KB097327

미들맨즈 러브 2

พี่เจตคนกลาง (The Middleman's Love)

Copyright ⓒ 2020 by littlebbear96
The Thai edition was originally published by Satapornbooks Co., Ltd.
All rights reserved.

Korean Edition copyright ⓒ 2024 by A2Z ENTERTAINMENT Co., Ltd.

이 책의 한국어판 저작권은 Satapornbooks와의 독점 계약으로 A2Z ENTERTAINMENT에 있습니다.
저작권법에 따라 보호받는 저작물이므로 무단 전재와 복제를 금합니다.

The Middleman's Love

미들맨즈
러브 2

พี่เจตคนกลาง

littlebbear96 지음
오롯 옮김

| 일러두기 |

* 외국 인명, 지명 등은 관용적인 표기를 따랐다.

* 관용구, 속어 등은 이야기의 분위기와 캐릭터의 성격에 따라 그대로 살리거나 국내 정서에 맞게 의역했다.

* 본문의 주는 옮긴이 주다.

차례

여기, 가슴이 너무 아파

다른 사람들 눈에는 제이드니팟이 항상 수다스럽기만 하고, 삶을 그렇게까지 진지하게 받아들이지 않아서 마냥 행복한 사람처럼 보일 것이다. 나는 상사에게 불려 가 내가 한 작업들의 사형선고를 받았을 때도 밖으로 나와 별것 아닌 것처럼 친구들과 가벼운 얘기를 나누면서 웃어넘겼다. 물론 속으로는 울고 있었다. 월급이 깎이기라도 할까 봐 무서웠지만 그들에게 제이드니팟은 모든 것을 농담처럼 가볍게 여기는 사람으로 비쳤을 것이다.

하지만 나처럼 쾌활한 또는 쾌활하려고 노력하는 사람도 지금처럼 억지 미소조차 짓지 못하는 순간이 온다.

이번 월요일 아침은 책상에 머리를 박은 채, 물 밖으로 나와 다 죽어가는 물고기처럼 허덕거리면서 시작되었다. 아직 7시 15분이라 사무실에는 아무도 없다. 오늘은 마이가 학교에 가는 날이라 지상철을 타야 했고, 그래서 아주 일찍 일어나야 했다. 하지만 너무 일찍 일어나버리는 바람에 지금 이렇게 사무실에 덩그러니 혼자 있다. 그러니 가식적으로 웃고 있을 필요가 없다. 솔직하게 온전히 슬퍼할 수 있는 순간이다.

내 숨결이 돈이라면 난 이미 파산했을 정도로 오래 한숨을 쉬었다. 내가 처한 상황이 이런데 어떻게 기분이 좋을 수 있을까?

모든 것이 변했다는 걸 알면서도 평범하게 행동하는 건 아주 어려운 일이다.

마이에 대한 감정을 알게 된 체육대회가 끝난 지 벌써 한 달이 지났다. 처음에는 이렇게까지 머리가 아프진 않았다. 나는 단지 '에이, 그런 감정 좀 느낄 수도 있지. 그게 정상이잖아? 어쨌든 그는 내가 어떤 감정을 느끼는지 신경 안 써. 그냥 평소처럼 행동하면 돼. 그럼 그도 뭔가 잘못됐다는 걸 눈치채지 못 할거고, 다 괜찮을 거야. 그러다 보면 이런 감정은 곧 사라지겠지'라고 여겼다.

하지만 아니었다. 내가 완전히 틀렸다. 이제 나는 마이 주변에 있을 때 더 이상하게 행동했다. 한 달이나 지났는데 아직도 극복하지 못했다.

이유가 뭐냐고? 그가 나를 너무 잘 챙기기 때문이지!

내가 먹고 싶어 하는 것은 뭐든지 그가 먼저 챙겨주었다. 내가 야근을 하면 그도 함께 야근을 했고, 집으로 돌아가는 길에 잠이 들면 내가 추울까 봐 담요를 덮어주기도 했다.

무릎을 꿇고 빌고 싶은 심정이다. 나에게 친절하게 대하지 말라고 간절히 애원하고 싶다. 나에겐 심장이 하나뿐인데, 이런 식이면 제대로 숨도 쉴 수 없단 말이다. 이대로도 충분히 벅차다. 네가 계속 이러면 내 마음이 대체 어떻게 정리되겠냐고!

나는 숨을 크게 내쉬며 의자를 뒤로 젖혀 죽은 사람처럼 축 늘어졌다. 그리고 손을 뻗어 20바트짜리 아메리카노를 마셨다. 월말이 다가올 때이니 나 같은 박봉의 직장인은 이런 거나 마셔야 한다.

"엄청 일찍 왔네. 그래픽 디자이너 월급이 너무 적어서 사무실 경비원까지 해야 했나 봐."

"입으로 똥 싸기엔 너무 이르지 않아?"

나는 기분이 조금 상해서 킹에게 아무렇게나 쏘아붙였다.

킹이 다가오더니 내 책상 옆에 섰다. 그에게서 민트 향수 냄새가 났다. 그가 짙은 검은색 머리카락을 뒤로 쓸어 넘기며 날카로운 눈빛을 드러냈다. 내 친구 쿤나콘이 엄청나게 잘 생겼다는 걸 인정하지 않을 수 없다. 하지만 신사처럼 보이는 마이와 달리 킹은 수백 마일 떨어진 곳에서도 그의 선수 기질을 알아챌 수 있을 것 같았다.

나는 어느 쪽을 더 좋아할까? 그건 너무나 당연하다. 안 그랬으면 이런 편두통도 없었을 것이다.

"너 반쯤 넋이 나간 것 같은데. 잘생기고 어린 남편이 반나절 자리를 비운다고 이렇게 우울해 있는 거야? 꼬맹아."

나는 커피를 마시다가 사레가 들리는 바람에 미친 듯이 기침을 토해내며 거의 울 뻔했다. 나를 향해 얄미운 미소를 짓고 있는 킹을 쏘아봤다.

"나, 남편? 콜록, 미친 새끼…. 콜록콜록, 씨이…."

나는 계속 기침을 해대며 욕을 뱉었다.

"입에 똥만 찬 새끼…."

저 나쁜 놈이 악당처럼 사악하게 웃으며 떠나는 동안에도 난 여태 기침만 했다.

남편? 물론이지, 킹.

내 남편이 아니라 으아의 남편이다, 이 자식아!

체육대회 이후 두 사람의 관계는 더욱 좋아진 것 같았다. 이제 마이는 나를 먼저 거치지 않고도 으아에게 쉽게 다가갔다. 나는 요즘 꽤 자주 그들이 서로 속닥거리며 웃고 있는 모습을 본다(탕비실에서 은밀히 관찰하고 있었다는 건 비밀이다). 비록 마이는 여전히 나와 더 많은 말을 나누었지만 그건 주로 업무에 관한 것이다.

금방이라도 나를 떠나갈 것 같아….

그래, 이쯤이다. 점점 멀어지다 내가 미들맨이라는 사실조차 잊히는 시점이.

나는 커피 컵 뚜껑에 턱을 얹은 채 사무실 창문으로 저 멀리 흘러가는 구름을 바라보았다.

으아가 마침내 멋진 사람과 함께하게 되어 기쁘다고 말해야 할까…?

하지만 너무 아프다.

가슴에 커다란 구멍이 난 것 같고, 아파서 죽을 것 같다.

하지만 이 모든 일은, 내가 직접 해낸 일이다.

이미 다른 사람을 좋아하고 있는 사람에게 빠지지 말았어야 했는데….

그때 사무실이 조금 소란스러워졌고, 나는 스윽 고개를 돌렸다. 무표정한 얼굴로 들어와 책상 위에 커피 잔을 내려놓는 으아를 쳐다보았다. 다른 사람이라면 그의 기분이 별로 좋지 않다고 생각할 수도 있지만, 내 눈에는 달랐다. 동그란 눈이 몹시 편안한 걸 보니 으아는 지금 행복한 게 맞다.

"어, 내 커피는?"

킹이 물었다.

으아는 아주 단조로운 말투로 '안 샀는데' 하고 대답했다.

"아, 으아. 너무 매정하잖아. 내 것도 사다 달라고 부탁했는데."

킹이 불평하자 으아는 살짝 웃었다.

"그렇게 커피가 마시고 싶으면 직접 줄 서서 사 와."

"알았다, 알았어. 간다, 가."

킹은 몹시 낙담한 표정으로 지갑을 들고 일어섰다. 으아의 부드러운 웃음소리가 들렸고, 만족스러워하는 표정이 보였다.

왜… 쎄한 기분이지?

"너 킹 만났는데도 커피 안 사다 준 거야?"

으아는 냉정해 보이는 얼굴과 달리 착한 사람이어서, 아무리 킹이 짜증 나는 놈이어도 그렇게까지 매정하게 굴 리가 없다.

"너 아래층 회사에 다니는 아가씨, 킹을 엄청 괴롭히는 데다가 징징거리던 그 여자 기억나?"

"어… 응, 왜?"

"커피숍에서 봤거든. 킹이 그녀를 보고 싶어 할 것 같아서."

아, 그는 킹에게 장난을 치고 싶었던 것이다.

나는 으아의 서늘한 미소와 장난기 서린 눈을 보며 머리를 긁적였다. 정말로 그들을 이해할 수가 없다. 그렇게 서로를 물어뜯고 나면 돈이라도 나와? 왜 친구끼리 그래…? 모든 인간이 함께 서로를 돕고 조화롭게 살아간다면 세상은 아주 행복하고 평화로운 곳이 될 텐데 말이다.

하지만 이 둘은 항상 이런 식이었다. 대학교 2학년 때 서로를 소개해줬던 기억을 떠올려보면, 둘은 서로를 아주 강렬하게 쳐다봤었는데, 내 눈엔… 당장 죽이고 싶어 하는 것처럼 보였다. 첫눈에 반하는 게 아니라, 첫눈에 극혐할 수도 있는지 궁금했다.

하지만 또 두 사람은 그런 것치고는 서로를 그다지 미워하지 않았다. 실제로 죽이거나 인생을 망치려고 할 정도는 아니었으니까.

"마이는 점심시간쯤에 오는 거지?"

으아가 내 옆의 빈자리를 보며 물었다.

"아, 응. 오늘 아침에 전화 왔어. 11시쯤 온대."

나는 그렇게 대답하면서 그의 얼굴을 살폈지만, 으아는 아무런 감정도 드러내지 않고 고개만 끄덕였다.

정말이지… 츤데레.

마이를 보고 싶다 한들 그 사실을 말하려면 백만 년은 더 걸릴 것이다.

다른 동료들도 서서히 사무실에 도착하기 시작했다. 거의 모든 직원들이 사무실에 와서는 마이가 자리에 없는 것을 보고 그의 부재에 대해 물었다. 그래서 난 그가 학교로 갔다는 말을 열 번도 넘게 했다. 그리고 그들이 그에 대해 물어본 만큼 마이에 대해 더 많이 생각하게 됐다.

마이, 제발 빨리 돌아와.

똑같은 대답은 그만하고 싶어!

네 생각도 멈추고 싶다고!

내 기도는 효과가 있었다. 11시 12분이 되자 마이가 단정한 교복 차림에 큰 간식 봉투를 들고 사무실로 들어섰다.

"예에, 나의 마이가 왔어!"

파이 선배는 마이에게 활짝 웃어 보이며 스무 살이나 어린 아이에게 윙크를 했다.

마이는 모두에게 공손하게 인사를 하고는 들고 있던 봉투를 내려놓으며 말했다.

"바나나튀김 좀 사 왔어요."

"헐! 나, 나나! 나 줘!"

건은 당장에 하던 일을 내던지고 마이에게 달려갔다. 나도 맛있는 냄새에 이끌렸다. 건이 들고 있는 바나나를 보자 눈이 크게 떠졌다.

마이가 가져온 것은 그냥 얇게 썬 바나나튀김이 아니라 몰렌 바나나튀김이었다.

인도네시아에서 유래된 간식인데 반죽으로 바나나를 감싸서 팬에 통째로 튀긴 것으로 태국식 바나나튀김보다 훨씬 맛있었다. 바로 먹어도 맛있고, 연유나 초콜릿 토핑과 함께 먹으면 극락의 맛을 느낄 수 있다. 그리고 내가 가장 좋아하는 길거리 간식이기도 했다. 대학교 때는 이걸 먹으려고 매일

공대 구내식당까지 가곤 했다. 으아는 그런 나에게 졸업하면 바나나튀김 장사를 하라고 할 정도였다.

물론 나도 처음에는 바나나튀김 프랜차이즈를 차리려고 했다가, 이 일을 먼저 하게 됐다. 내 바나나튀김 커리어는 그렇게 끝났다.

"어디서 찾았어?"

나는 바나나를 입에 넣고 우물거리며 마이에게 물었다.

첫입을 베어 물고 나는 거의 울 뻔했다. 오랫동안 이 맛을 느끼지 못했다. 졸업한 후로는 몰렌 바나나튀김을 파는 노점을 한 번도 보지 못했기 때문이다.

"저희 대학교에서요."

그는 모두가 간식을 만족스럽게 즐기는 걸 보며 행복한 미소를 지었다.

"제이드, 이거 네가 제일 좋아하는 거잖아. 옛날에 진짜 심하게 많이 먹었는데."

킹이 말했다.

나는 행복한 얼굴로 고개를 끄덕였다. 입안에 바나나가 가득 차서 말로 대답할 수가 없었다. 마이는 그 말을 듣고 마치 다섯 살짜리 아이를 흐뭇하게 보는 어른의 눈빛으로 나를 보았다. 그는 이전에도 여러 번 그런 표정으로 나를 쳐다보았다. 이제 누가 나이가 더 많은 사람인지 헷갈린다.

그런 얼굴을 해야 하는 건 나야! 내가 너보다 여섯 살이나 많다고!

"많이 드세요, 제이드 선배."

그가 부드러운 목소리로 말했다.

나는 연신 고개를 끄덕였다. 사실 그가 나에게 그런 말을 할 필요는 없다. 왜냐하면 난 이미 많이 먹고 있고, 다 먹어버릴 계획이기 때문이다. 다른 사람들에게는 미리 심심한 사과의 말을 전한다.

"제이드가 11시쯤 올 거라고 했는데, 왜 늦었어?"

으아가 지나가듯 묻자 마이가 웃으며 대답했다.

"바나나튀김을 사는 데 좀 걸려서요."

"음, 맛있네."

으아는 조금 먹어보다가 맛있다며 더 집어 먹었다.

그런데 그 맛있던 바나나튀김은 그들이 서로 웃으며 바라보는 모습을 보자 쌉쓸한 맛으로 변했다. 나는 둘을 더 이상 보지 못하고 시선을 돌렸다. 그리고 거의 다 빈 물병을 집어 들고 물을 채우러 가려고 일어섰다. 그때 기다렸다는 듯 내 책상 위로 새로운 물병이 턱 놓였다.

"여기 물이요."

물이 가득 찬 새 물병이었다. 나를 위해 이미 뚜껑도 따놓은 것이었다.

나는 미소 짓는 마이에게 '…고마워' 하고 중얼거리듯 말하고 서둘러 물을 마셨다.

마이, 너 독심술사야?

내가 물을 찾는 걸 어떻게 미리 알았지?

심지어 날 위해 뚜껑도 열어주었다. 이건 5성급 호텔 서비스가 아닌가.

마이, 나 단단해지려고 노력 중인데…. 또 이런 배려를 베풀면…. 다시 원점으로 돌아와버리잖아.

내 감정을 통제하는 방법에 대한 튜토리얼은 없는 걸까?

* * *

시곗바늘이 12시를 가리키자, 마지막 바나나튀김 조각도 끝이 났다.

"일어나, 일어나. 점심시간이야."

킹은 내 등을 세게 퍽퍽 두드리며 말하고는 마이의 등은 가볍게 토닥였다.

"다녀와. 난 배불러."

나는 터질 것 같은 배 위에 손을 얹고 문질렀다. 바나나가 위장을 다 채워서 점심이 들어갈 자리가 없을 것 같았다.

"네 마음대로 해."

내가 손을 내젓자 킹은 어깨를 으쓱했다. 나는 왼편에 앉아 나를 보며 웃고 있는 마이에게 눈길을 보냈다.

"오후에 배가 고파지면 드실 거라도 사다 드릴까요?"

"아니, 괜찮아. 지금은 아무 생각도 안 나."

배가 너무 불러서 음식을 생각하면 토할 것 같다. 게다가 뭘 사다 달라고 부탁해봤자, 대가를 지불할 수도 없을 것이다. 마이는 절대 내 돈을 받으려고 하지 않기 때문이다. 그럼 내가 그에게 저녁을 사줄 것이고, 그게 또 반복된다.

부자들은 원래 그런 건지. 웬만한 지출은 걱정도 하지 않나 보다. 내 친구가 그를 남자친구로 두는 건 정말 행운일 거다.

"다녀올게."

으아는 그렇게 말하고 마이와 킹을 데리고 떠났다.

나는 그들을 향해 손을 흔들며 모두가 사무실을 떠나는 모습을 지켜봤다. 그리고 혼자가 되자마자 꽉 조이고 있던 허리 벨트를 느슨하게 풀었다.

아, 훨씬 낫네.

30분 정도 휴대폰을 가지고 놀다가 내려놓고 일어나서 스트레칭을 했다. 그리고 지갑을 챙겨 오후에 먹을 만한 빵을 사러 아래층 편의점으로 향했다. 나란 사람은 분명 금방 배가 고플 것이고, 저녁까지 버티는 건 무리라는 걸 잘 알고 있다. 게다가 버블티도 마시고 싶으니까. 버블티 살 돈을 아끼기 위해 회사 건물 내 카페 그린머메이드의 커피 대신 저렴한 노점의 아이스블랙커피를 마셔온 것이기도 했다.

월말 때는 월급을 타기 전까지 궁핍하게 살아야 하는 직장인이지만, 그래도 버블티를 사기 위해 나름 돈을 아끼고 있다. 그게 내 우선순위고, 나 자신을 위한 보상이다. 버블티에 대한 나의 사랑은 그 어떤 것보다 큼지막하다.

나는 편의점에서 간식을 사기 전에 먼저 버블티 부스로 향했다. 그런데 사랑하는 버블티를 주문하러 부스로 가는 도중, 사람들 웅성거리는 소리가 들려 멈춰 섰다. 가만 보니… 사람들이 다투고 있는 세 사람을 구경하고 있었다.

나는 참견하길 좋아하는 사람이니까, 이게 무슨 일인지 알아야 했다. 그때 등을 돌리고 서 있는 두 남자가 낯이 익다는 것을 알아챘다.

잠깐만! 내 친구와 인턴이잖아!

나는 놀라서 그들을 향해 달려갔다.

누가 시작한 거야? 으아가 절대 싸움을 먼저 시작할 리는 없고….

"제이드 형!"

건이 나를 부르며 얼른 오라고 손을 흔들었다. 싸우는 소리는 점점 커졌다.

나는 그제야 으아가 누군가와 싸우고 있다는 걸 알 수 있었다. 상대는 몇 달 전 바람을 피운 게 들통나 결별 통보를 했던 으아의 전 남자친구였다. 지금까지 들은 바에 따르면 그 개자식은 내 친구와 다시 만나고 싶어 했다. 저 몹쓸 남자가 으아의 손목을 꽉 붙들고 있다.

"마지막으로 한 번만 더 말할게. 가! 더 이상 아무 말도 필요 없어."

으아의 목소리는 아주 차가웠고, 몹시 지쳐 보였다.

"그냥 좀 오해한 것뿐이야. 왜 이렇게 일을 크게 만들어? 난 아직 할 얘기 남았어!"

"가!"

"못 가."

남자는 소리치며 으아를 어디론가 끌고 가려고 했다. 나는 으아를 돕기 위해 끼어들려고 했지만, 마이가 재빨리 먼저 나서 그 쓰레기 같은 남자를 밀어냈다.

"이러지 마세요. 이런 건 옳지 않아요."

마이가 공손하게 말했지만, 나이만 먹고 뇌는 덜 큰 남자는 대뜸 소리부터 질렀다.

"넌 뭐야? 남 일에 참견하지 마!"

"아니, 당신이야말로 그만둬."

으아가 날을 세워 말했다.

냉랭한 그의 눈은 아름답고 매우 치명적이었다. 나는 그가 마이에게 가까이 다가가며 마치 쓰레기를 보듯 자신의 전 애인을 노려보는 걸 지켜보았다.

"내 남자친구한테 잘 얘기해봐."

"뭐?"

남자는 으아와 마이를 번갈아 보더니 억지스러울 만큼 크게 웃었다.

"네가 이런 꼬맹이랑 사귄다고? 전혀 못 믿겠는데, 으아."

어떤 꼬맹이? 모델처럼 멋진 남자 아니고?

"글쎄, 그건 네가 생각하기 나름이지. 어쨌든 지금은 만나는 사람이 있으니까 더 이상 귀찮게 하지 마."

"야, 너!"

"이미 떠난 사람을 이런 식으로 붙잡는 건 보기 좋지 않아요."

마이가 짐짓 달래는 목소리로 말했다. 그리고 손을 뻗어 그 남자를 붙잡았다. 그의 미소는 더 이상 평소에 보던 것처럼 따뜻하지 않았다.

"이런 짓 그만두는 게 좋아요. 요즘 SNS에 이런 일 금방 도는 거 알죠? 아마 여기 누군가가 당신의 한심한 행동을 찍어서 인터넷에 공유할지도 몰라요."

"이 새끼가!"

으아의 전 애인이 마이에게 달려들려는 순간, 건물 경비원이 들이닥쳐 그를 붙잡았다. 남자는 발버둥쳐보았지만 꼼짝도 하지 못했다.

"잘 부탁드립니다. 감사합니다."

마이는 경비원에게 감사하다고 인사한 다음 으아의 손목을 잡고 서둘러 현장을 빠져나갔다.

모여 있던 사람들의 웅성거림은 이제 더 시끄러워졌고, 나는 그 모든 걸 보고 들으며 망연자실 서 있었다.

"와! 마이 정말 멋지지 않아요?"

건의 감탄하는 말에 나는 묵묵히 고개를 끄덕였다. 돌아서서 건에게 한마디 하고 싶은데 눈은 여전히 그들이 떠나고 남은 잔상을 향해 고정되어 있었다.

그들은 정말 잘 어울렸다.

한바탕 소동이 끝나고, 나는 버블티를 마시러 다시 부스로 걸음을 옮겼다. 처음에는 바로 사무실로 돌아가려고 했지만, 마음이 바뀌어 한동안 바깥에 머물렀다. 잠시 후 사무실로 돌아오자 직원들이 으아와 그의 전 애인에 대해 떠들어대고 있었다.

"여기! 제이드 형 이제 왔네요."

건이 나를 불렀다.

다행히 으아가 아무렇지 않아 보여서 마음이 놓였다.

그런데 킹은 도대체 어디에 있는 걸까. 그들은 분명 같이 점심을 먹으러 갔는데 함께 돌아오지는 않았다.

"킹 형!"

그때 건이 또 한 사람을 불렀다.

호랑이도 제 말 하면 온다더니, 지금 그 악마가 손에 커피 한 잔을 들고 들어왔다.

"도대체 어디 있었어? 무슨 일 있었는지 몰랐어?"

그가 앉자마자 내가 그에게 따져 물었다.

"담배 피우고 있었어. 무슨 싸움?"

"으아의 전 애인이 다시 만나자고 찾아와서 소란을 피웠다고."

내 말을 듣고 킹은 잔뜩 굳은 얼굴로 으아를 바라보았다.

"맞아요, 형. 젠장. 진짜 심각했다니까요. 건물 앞에서 소리 지르고…. 마이가 으아 형 새 남자친구인 척하다가 한 대 맞을 뻔했어요."

건은 내가 오늘의 하이라이트를 낚아채기라도 할까 봐 얼른 선수 쳐 말했다.

진정해라. 난 지금 그럴 생각 없으니까.

"뭐? 마이, 그래서 어떻게 됐어?"

"경비원에게 인계하고 으아 선배 데리고 나왔어요."

"둘이 손도 잡았는데, 진짜 남자친구 같았다니까요."

건이 쉬지 않고 호들갑을 떨어댔다.

마이는 그저 평소처럼 단정한 미소를 띠고는 아무 말도 하지 않았다.

나는 고개를 떨구고 애꿎은 내 신발만 내려다보았다. 마이는 너무 부끄러워서 아무 말도 할 수 없는 것 같지만, 건의 말이 맞다.

내가 보기에도 그들은 정말로 진짜 예쁜 커플 같았다.

"남자친구인 척하게 해서 미안해."

으아가 마이에게 사과했다.

마이는 얼른 고개를 저었다.

"괜찮아요, 이해해요. 그 남자 하는 짓 보니 이대로 끝나진 않을 것 같은데…. 선배를 계속 따라다니기라도 할까 봐 걱정이에요."

그의 짙은 갈색 눈에 걱정스러운 빛이 스쳐 지나갔다.

으아는 부드럽게 미소 지으며 말했다.

"괜찮아, 알아서 할게."

"다시 나타나면 경찰부터 불러, 꼭."

킹의 말에 으아는 진지하게 고개를 끄덕였다.

우울했지만, 킹과 으아가 어떤 일에 동의하는 모습은 좀처럼 볼 수가 없는 귀한 거라 영상으로 남겨두고 싶었다.

대화는 사장님이 사무실에 들어오면서 끝이 났다. 모두 일을 하는 동안은 입을 다물었다. 나도 브로슈어 레이아웃 작업을 이어나갔다. 하지만 마이가 으아의 손목을 잡고 있던 모습이 계속해서 머릿속에 재생되었기 때문에 도무지 집중할 수가 없었다. 결국 나는 작업을 중단하고 자리에서 일어나 탕비실로 가 차를 끓였다.

그들의 한 장면이 내 마음속 깊은 곳을 관통했다고 해도 과언이 아닐 것이다. 공연히 기분이 너무 나빠져서 일이 손에 잡히지 않았다. 이런 감정을 어떻게 처리해야 할지 잘 모르다 보니 너무 당황스럽기만 했다.

나 자신을 위해, 우리 모두를 위해 분명히 해야 할까? 서둘러 그들을 커플로 맺어준다면, 그들의 관계가 확실해진다면 빨리 이 감정을 떨쳐낼 수 있지 않을까?

"제이드 선배."

익숙한 목소리가 날 불렀다. 마이가 나를 향해 다가왔다.

나쁜 놈.

너 진짜 날 너무 괴롭히고 있다고.

"물 더 없어도 돼요?"

나는 혼란스러운 표정으로 그를 바라보다가 너무 많은 생각을 하느라 손에 머그잔을 든 채 아무것도 하지 않고 있었다는 걸 깨달았다.

"아, 어. 지금 하려고 했어."

서둘러 머그잔을 채운 다음 조금 물러나 그에게 자리를 비켜주었다. 최근에는 마이와 가까이 있는 게 너무 마음이 불편해서 이런 멍청한 짓을 자주 했다.

명색이 선배인데…. 정말 멍청해 보이는구나, 제이드.

"오늘은 쇼핑몰에서 저녁 먹을까요? 으아 선배가 점심시간에 도와줘서 고맙다고 같이 식사하자고 했어요. 킹 선배도 온다고 하고."

나는 그를 돌아보며 억지로 장난스러운 미소를 지었다.

"응? 같이 가자고? 우리 매일 저녁 같이 먹잖아. 나 안 질려? 너희들끼리 가."

그가 으아와 데이트를 할 절호의 기회다. 눈치 없이 끼고 싶지 않았다.

게다가 지금 내겐 그들이 하는 말을 가만히 듣고 버틸 만한 힘도 없다.

"절대, 선배랑 있는 게 질릴 리 없어요."

그가 웃었다. 나는 또 억지로 미소를 지었다.

그래, 네가 나보고 싫증 난다고 직접 이야기할 리가 없지. 마이는 예의 바름 그 자체니까.

마이는 어떤 경우에도 절대로 나에게 무례하게 굴지 않을 것이다. 그는 너무나 좋은 사람이니까.

그래서 마이, 으아, 빌어먹을 킹과 나는 회사 근처 쇼핑몰에 뷔페를 먹으러 왔다. 하지만 난 별로 먹지 못했다. 특히 마이가 으아의 접시에 돼지고기를 올려주는 걸 보자 입맛이 싹 사라졌다. 돼지고기로 가득 찬 접시를 보는데도 식욕이 떨어졌다.

그래도 뷔페까지 와서 돈을 낭비하고 싶지는 않았기 때문에 먹고 싶지 않아도 억지로 음식을 꾸역꾸역 집어넣었다.

"그 식당 정말 맛있었어요. 다음에 또 가요."

마이가 집으로 가는 길에 말했다.

졸고 있던 나는 그의 목소리에 조금 정신을 차렸다.

"아, 응… 그래."

창밖을 내다보고서 집에 거의 다 왔다는 것을 알았다. 조금 전까지 지상철역 부근에서 정체가 심해 갇혀 있었는데, 그새 잠들었나 보다.

"으아 선배가 그런 사람이랑 만났다는 게 좀 놀라웠어요. 그 사람 으아 선배랑 전혀 어울리지 않았거든요."

"음, 그 사람도 처음엔 그렇지 않았어. 엄청 달달했는데, 바람피우는 걸 으아에게 들키고 나서 쓰레기처럼 돌변했지."

나는 한숨을 쉬며 눈을 가늘게 뜨고 그를 바라보았다.

"넌 그러지 않을 거지?"

그는 큰 소리로 웃었다.

"아뇨, 절대."

"좋아, 그런 식으로 행동하지 마."

석 달 정도 함께 지냈을 뿐이지만, 그가 변할 사람이 아니라는 걸 분명하게 알 만큼 우리는 가까운 사이다. 하지만 나는 미리 경고해두고 싶었다. 사랑이 달콤한 것이라고 하지만, 결국 언젠가는 시큰둥해진다. 언젠가 그들의 사랑이 시들해지고, 그래서 내 친구가 상처를 받는 일은 원치 않았다.

잠시 후 콘도에 도착했고, 나는 안전벨트를 풀고 내릴 준비를 했다. 그때 마이가 물었다.

"선배, 제가 어떤 사람이라고 생각하세요?"

"어?"

"선배한테는 제가 어떤 사람이에요?"

차는 어느새 내 콘도 입구 앞에 주차되었다.

"아, 어… 글쎄. 넌 예의 바르고, 친절하고, 배려심도 깊은 사람이야. 정말 좋은 사람."

그의 눈이 다시 빛나더니 희망에 찬 목소리로 물었다.

"제가 괜찮은 사람이라고 생각하세요? 남자친구로….“

빠앙.

그때 뒤에 따라온 차가 경적을 울렸다. 나는 콘도 앞에서 또 다른 싸움이 벌어지기 전에 재빨리 가방을 챙겨 차에서 내렸다.

"이제 갈게. 내일 보자."

"선배!"

마이가 무슨 말을 하려던 찰나 나는 차 문을 닫고 건물 안으로 뛰어 들어갔다.

검은색 BMW가 떠나는 것을 보며 길고 무거운 한숨을 토해냈다.

그는 나에게 자신이 으아의 남자친구가 될 만큼 좋은 사람인지 물으려 했다. 물론 그보다 더 나은 사람은 없다, 확실히. 난 그렇게 말해줘야 했지만, 그러고 싶지 않았다.

엘리베이터 앞에서 머리를 숙인 채 우두커니 서 있었다. 몸도 마음도 모든 것이 너무 무겁게 느껴졌다. 마음이 그렇게나 여러 번, 처참하게 무너졌는데도 적응이 되지 않았다.

하지만….

마음에 깊은 상처를 입을까 봐 그 말을 듣지 않으려고 값비싼 차 문을 쾅 닫았다. 차 문이 괜찮았으면 좋겠다. 저 BMW의 수리비를 내야 하면 굶어 죽을지도 모른다. 이미 충분히 비참한 상황이니까… 그것만큼은 피하고 싶다.

나는 침을 꼴깍 삼키고는 지갑을 어루만졌다. 온몸에 소름이 돋았다.

젠장, 제이드.

또 감정에 매몰돼서 이성을 잃으면 안 돼!

14

네가 본 게 무엇이었는지

카우침 점괘는 꽤 정확한 것 같다. 다음 날 아침 마이가 나를 데리러 왔을 때, 그의 차 문이 멀쩡해 보였기 때문이다. 어젯밤 일이 악몽인 것처럼 조금도 손상된 흔적이 없었다. 나는 마이 몰래 차 문짝에다 사과했다. 그리고 다시는 비싼 너에게 그런 짓은 하지 않겠다고도 속삭였다. 내 월급으로는 생활비를 감당하기도 힘들다고.

회사에 도착해 안전벨트를 풀고 차에서 내린 나는 이번엔 조심스럽게 차 문을 닫았다. 어제 이후로 그의 차를 탈 때 더욱 조심해야 한다고 스스로에게 계속 주의를 주었다. 하지만 오랫동안 조심할 필요는 없다. 마이의 인턴십은 앞으로 2주 후면 끝날 테니까.

나는 커피를 사기 위해 줄을 서 있는 마이의 넓은 어깨를 올려다보며 문득 슬픈 마음이 들었다. 친해진 사람들과 헤어지는 건 항상 슬프지만, 내가 그 사람을 짝사랑하고 있다는 것을 자각한 지금은 더 슬프다. 모든 일이 끝나면 그는 나에게 연락하는 일이 뜸해지거나, 혹은 아예 연락하지도 않을 것이다. 그러면 나도 그에 대한 마음을 극복하게 될 것이다.

꼭 그랬으면 좋겠다….

"제이드 선배, 교수님이 10시쯤 오신대요."

마이가 멍하니 서 있는 나를 향해 돌아섰다. 내가 그의 말을 이해하기까지는 꽤 시간이 걸렸다.

"아, 알겠어. 교수님 도착하시면 얘기해."

그의 교수님은 인턴십 프로그램 진행 상황을 직접 보고, 마이를 평가하기 위해 나와 면담을 할 것이다. 내가 생각하기에 마이에게는 전혀 문제 될 것이 없다. 그는 그동안 업무 능력을 완벽하게 보여주었으니까. 인턴십에서 좋은 평가를 받고, 1등의 영예를 얻을 게 틀림없다.

커피를 사서 사무실로 올라가는 길에는 언제나처럼 나를 찾는 사람이 많았다. 많은 여자들이 킹에게 선물을 전달해달라고 불러댔기 때문이다. 특이한 점은 오늘은 으아에게 가는 선물이 없다는 것이다.

아마 어제 벌어진 일 때문일 것이다. 모두가 마이와 으아가 만나고 있다고 알게 되었고, 단 하루 만에 그를 향한 선물이 뚝 끊기고 말았다.

나는 으아가 사무실로 들어오는 걸 보며, 동시에 마이가 그에게 정중하게 인사하는 소리를 들었다. 지금이야 그의 팬들이 상황을 오해한 것이지만, 어차피 곧 으아와 마이는 진짜로 연애를 하게 될 것이다. 마이의 인턴십은 2주 뒤에 끝나니까, 시간이 없으니 아마 곧 으아에게 고백을 하겠지.

"오늘은 누구 인기가 시들해졌던데. 선물이 전혀 없어, 아논 씨."

킹은 우리 회사에 새로 온 영업사원인 바이떠이에게 얻은 커피를 마시며 으아에게 또 시비를 걸었다.

으아는 '그게 항상 내가 원했던 거야' 하고 말하며 나를 바라봤다.

"앞으로도 누구든지 나에게 뭘 전해달라고 하면 절대로 받지 마."

"너 그 말 백 번은 했어. 제이드는 한 번도 그 말 들은 적 없다는 거 알잖아."

킹이 끼어들었다.

"내가 그거 안 받으려고 해도 다들 막무가내인 거 알지? 욕도 한다고."

떠올리기만 해도 온몸에 힘이 쭉 빠지는 기분이었다.

으아와 킹은 이전에도 이 이야기를 여러 번 했다. 물론 나도 메신저가 되고 싶지 않다. 하지만 부탁하는 사람들은 다 내 지인들이기도 했다. 그들과 회사에서 내내 엮여야 하는 나로서는 그들의 마음이 상할까 봐 혹은 얼굴 보기가 껄끄러워질까 봐 거절하기 어려웠고, 거절을 해도 막무가내였다. 또는 아예 순식간에 돌변해서 욕을 하기도 했다.

이런 사회를 살아가는 건 정말이지 쉽지가 않다. 어쩔 수 없이 연을 이어가기 위해 원하지 않는 일들도 해야 한다.

하지만 나는 그게 그렇게까지 큰 문제라고 여기지는 않는다. 적어도 그 대가로 맛있는 음식이라도 얻었으니까.

"알아, 네게도 사정이 있다는 건. 근데 지나치게 남의 기분을 생각할 필요는 없어. 네가 어떻게 하고 싶은지를 먼저 생각해."

킹이 내 머리를 거칠게 쓰다듬었다.

이 자식이! 머리 엉망으로 만들지 말라고!

"네가 헛된 희망을 준 사람들한테 내가 계속해서 선물을 전달하는 일이 없도록 할 수는 없어? 이제 그만 진지한 관계를 맺어서 이 문제를 해결해보는 게 어떠냐고!"

나는 머리를 다듬으면서 투덜거렸고, 킹은 나를 비웃으며 탕비실로 걸어갔다. 나는 큰 소리로 한숨만 쉬었다.

킹은 아마도 지금은 누구와도 진지한 관계를 맺고 싶지 않은 듯했다. 그러니 나는 앞으로 몇 년은 더 그를 위해 메신저 역할을 해야 할 것이다.

"제이드 선배."

머리를 고치느라 바쁜 와중에 마이가 내 팔을 톡톡 두드렸다. 나는 그가 슬며시 손을 뻗어서 깜짝 놀랐다.

"다른 방향으로 만지고 있어서요. 이제 됐어요."

그의 눈이 나를 똑바로 마주 보았다. 나는 그 다정한 모습에 눈을 떼지 못하고 또 매료됐다. 내 심장박동 소리가 귀에 들릴 정도로 크게 들렸다. 사무실은 에어컨 때문에 춥지만, 지금 내 얼굴은 몹시 뜨겁다.

제발, 얼굴까지 붉히지 마, 제이드!

나는 그에게 고맙다고 중얼거리며 재빨리 고개를 돌리고 컴퓨터를 켰다. 내 심장은 아직도 다른 사람들이 들을 수 있을 만큼 크게 뛰었다. 머리로는 제발 이러지 말라고 하는데 마음은 전혀 말을 듣지 않았다.

* * *

오전 10시, 마이의 담당 교수와 만났다. 나는 마이는 정말 좋은 학생이라고 평가했고, 업무 실력도, 집중력도 좋다고 말했다. 일전에 나는 그의 인턴십 평가에서 거의 모든 항목에

만점을 주기도 했다. 마음 같아서는 100점 만점에 100점을 주고 싶었지만, 뇌물을 받기라도 한 것처럼 보일까 봐 그러지는 못했다. 98점을 주긴 했지만…. 어쨌든 겨우 2점 빠진 100점이니까 그는 최고 성적인 A를 받아야 한다.

마이의 담당 교수가 떠나자 나는 다시 일을 하러 돌아왔다. 오자마자 사무실 사람들 절반이 사라진 것을 알았다.

"으아, 다 어디 갔어?"

"프로그래머들 회의."

그가 휴대폰만 쳐다보며 대답했다. 그는 눈썹을 잔뜩 찌푸린 채 침울한 표정을 짓고 있었다.

"무슨 일 있어?"

내가 묻자 그는 무거운 한숨을 내쉬며 휴대폰을 책상 위로 던지듯 내려놓았다. 그 소리에 나도 모르게 움찔했다.

그 비싼 걸! 아무리 화가 나도 그걸 던지면 안 되지!

"폭이 새 전화번호로 내게 전화를 했어."

으아는 아주 화가 난 목소리로 말했다.

폭은 그의 전 애인이다.

"아… 그래, 쉽게 그만두지 않을 것 같긴 했어."

"마이가 내 남자친구라는 걸 믿지 않는데. 계속 다시 만나자고 매달려."

으아는 입술을 꽉 깨물었다.

나는 으아가 더욱 걱정됐다. 요즘 같은 세상엔 누구도 믿을 수 없다. 사귈 때는 간이고 쓸개고 다 빼줄 것같이 달콤하게 굴다가도 헤어지면 이렇게 돌변하기도 한다.

헤어지고 서로에게 상처를 입히거나 심지어 살해했다는 기사가 나기도 했다. 그 폭이라는 남자는 아주 위험해 보였는데…. 남자라도 혼자 있는 것은 위험하다.

"그럼 믿게 해야겠네. 곧 네 생일이잖아. 그때 마이랑 함께 찍은 사진이라도 올려봐."

나는 조금 마음 아픈 해결책을 제시했다. 이 방법이 양쪽 모두에게 더 좋을 것 같았다. 마이에게도 고백의 기회가 생길 것이다. 그리고 나도… 그들을 보며 행복해해야 한다.

"괜찮아. 그렇게까지 할 필요 없어."

"그 사람이 네 콘도로 찾아와서 위협이라도 하면 어떡해. 내 생각엔 그가 더 이상 그런 짓을 하지 못하게 확실히 하는 게 좋을 것 같아. 마이가 도와줄 거야."

나는 그를 설득하려고 노력했다. 효과가 있었는지 으아가 돌아보았다.

"제이드."

"어?"

"탕비실로 가서 얘기 좀 할래?"

나는 고개를 끄덕이고 그를 따라 탕비실 구석에 있는 간식

창고로 들어갔다.

으아가 내 어깨를 꽉 붙잡고 강렬한 눈빛으로 쳐다봤다.

"너 지금 무슨 생각을 하는 거야?"

"어?"

"네가 나랑 마이가 단둘이 시간을 보낼 수 있게 하려고 애쓰는 거 알고 있어. 도대체 무슨 생각을 하고 있는 거야, 제이드?"

"뭐? 아, 아냐. 그냥 마이가 너랑 좀 더 가까워지면 좋겠어서…."

제이드, 너 왜 이렇게 목소리를 높여? 이러다 들킨다고!

"제이드."

그가 경고하듯 목소리를 깔고 말했다.

내 얼굴에 희미하게 번져 있던 미소가 한순간에 사라졌다. 나는 지금 나쁜 거짓말쟁이고, 궁지에 몰려 겁이 났다. 으아와 나는 4년간 룸메이트로서 함께 살기까지 해서 그는 나에 대해 아주 잘 알고 있다. 게다가 으아는 누군가 거짓말을 할때마다 유난히 강한 촉을 발휘했다.

내가 거짓말을 할 때도 항상 곧바로 알아차렸던 으아는 이번에도….

"나를 마이와 이어주려고 한다고는 말하지 마."

빙고.

들켰다.

"어…. 너 좋은 사람 만나고 싶어 하잖아. 너도 마이를 좋은 사람이라고 했고…. 그리고 무엇보다 마이도 널 좋아해."

이제는 솔직하게 말해야 할 때다. 나는 속으로 마이에게 미안하다고 말했다. 그가 직접 이야기했어야 하는데, 내가 대신 고백을 해버렸다.

"지금 뭐라고 했어?"

나는 천천히 다시 말했다.

"마이가, 너를, 좋아한다고."

"아냐."

으아는 즉각 부인했다.

나는 그의 어깨를 두드리며 마치 어린아이를 보듯 눈을 마주쳤다.

으아는 생각보다 순진해.

"아니, 맞아. 여기 온 첫날부터 널 보고 있었고, 널 항상 걱정해. 알고 있지 않아?"

내 말을 듣는 으아의 표정이 점점 이상해졌다.

그는 잠시 대꾸하기를 멈추고는 내가 그에게서 들어본 것 중 가장 긴 한숨을 내쉬었다.

"제이드, 난 마이를 좋아하지 않아."

"너무 갑작스럽지. 많이 당황했을 거야. 미안해, 근데…."

"그리고 마이도 나를 좋아하지 않아."

이제 내가 눈살을 찌푸릴 차례다. 마이가 내 친구에게 관심이 많다는 건 확실했다. 그는 첫날부터 으아를 뚫어져라 쳐다보았고, 늘 으아를 걱정하는데, 어떻게 그를 좋아하는 게 아닐 수 있단 말인가.

"내가 마이를 쭉 보고 있었어. 항상 널 보고 있었다니까."

"마이는 나를 쳐다보고 있지 않았어, 제이드."

"네가 눈치채지 못했을 뿐이야. 알았어, 알았어. 그럼 마이가 네 남자친구인 척했던 건? 너에 대한 감정이 없다면 왜 도와줬겠어?"

"내가 부탁했으니까."

그는 계속해서 이유를 만들어냈다.

그럼 이건 어때!

"밥 먹을 때면 너한테 돼지고기도 챙겨주고!"

"그건 그냥 기본적인 매너지. 내 손이 닿지 않는 곳에 있었잖아."

나는 잠시 입을 다물었다. 솔직히 말해서 마이가 으아에게 돼지고기를 얼마나 자주 주는지는 보지 못했다. 너무 대놓고 관찰하면 기분 상할까 봐 그냥 접시에 있는 돼지고기에만 집중했다. 하지만 그런 배려를 한다는 것 자체가 마이가 으아에게 관심이 있다는 뜻 아닌가!

"제이드, 마이는 나한테 돼지고기 두세 조각쯤 건네준 것뿐이야. 오히려 네게 한 주먹씩 챙겨줬지."

나는 그의 말에 눈만 깜박였다.

마이가 돼지고기를 많이 주긴 했는데, 아마 내 팔이 짧은 게 불쌍해서….

"하지만… 마이는 누구보다 널 잘 챙겼어."

내가 포기하지 않고 반격하자 으아가 눈을 치켜떴다.

"마이가 누구보다 날 챙겼다는 거, 정말 확실해?"

말문이 막혔다. 나는 첫날부터 마이가 으아를 좋아한다고 확신했는데, 으아의 단호한 태도가 내 추측을 엉망으로 만들었다.

"좋아하는 사람이 우리 사무실에 있다고 했는데…."

"알아."

나는 눈을 빛냈다. 충동적인 호기심이 일었다.

"너한테 말했어?"

"응."

"누군데? 말해봐!"

으아는 픽 웃는다.

"알고 싶어?"

"응!"

알고 싶어서 죽을 지경이다.

정말로 이해가 안 된다. 으아가 아니면 도대체 누구란 말인가.

어쩌다 그걸 놓쳤지? 난 최고의 명탐정 코난 팬인데!

"내 생각엔 네가 직접 물어보는 게 더 나을 것 같아."

그는 내 어깨를 꽉 쥐고 웃었다.

사악해 보인다.

으아가 이럴 수 있다니 믿을 수 없어!

"야아, 나 궁금하게 만들어놓고 이대로 그냥 둘 거야?"

"가서 직접 들어. 안 그럼 어차피 내 말 못 믿을 테니까."

"하지만…."

"꼭! 그에게 직접 물어보는 거, 잊지 마."

그는 웃는 낯으로 탕비실을 떠났고 나는 혼자 남겨져 혼란스러워했다.

탕비실에 남은 나는 열심히 머리를 굴리며 핫초코를 만들었다. 일보다 이게 더 스트레스다. 어쩌면 으아가 오해했을 수도 있고, 아니면 마이가 부끄러워서 으아에게 거짓말을 했을 수도 있다. 마이는 수줍음이 많으니까…. 아마 으아에게 진실을 말하기가 너무 두려웠을지도 모른다.

핫초코를 마시니 기분이 조금 나아졌다. 나는 여전히 내가 쭉 생각해온 것을 믿을 수밖에 없었다. 그래서 결국 마이에게 직접 물어보기로 정했다.

두고 봐!

* * *

오지랖 버튼이 눌리자 남의 일에 참견하기 좋아하기로 소문난 제이드니팟 씨는 하루 종일 일에 집중할 수 없었다. 그렇다고 다른 생각을 할 수도 없었다. 오늘 내가 한 일이라고는 마이를 바라보는 것뿐이었다.

나는 그에게 너무나 묻고 싶었다. 당장이라도 소리쳐 물어보고 싶지만 아직은 자제력이 좀 남아 있었다. 그가 나에게 방해받지 않고 일을 마칠 수 있도록 퇴근 후에 물어보는 것이 더 낫다고 생각해 끝까지 참고 버텼다.

난 정말 좋은 직원이다. 사적인 일로 다른 사람의 업무를 방해하지 않도록 애쓰고 있으니까. 사장님이 내가 얼마나 회사에 헌신적인 사람인지 알아주길 바랐다.

시간은 또 왜 이렇게 느리게 흘러가는 걸까?

근무 시간은 도대체 언제 끝나? 나 지금 너무 궁금해서 죽어가고 있다고.

시간은 달팽이처럼 느리게 흘렀지만 결국 근무 시간은 끝이 났다. 나는 후다닥 컴퓨터를 껐다. 정말로 좋아하는 사람이 누구인지 묻기 전 마지막으로 확인하기 위해 으아와 전 남자친구에 대해 이야기하고 있는 마이에게 눈을 돌렸다.

입술을 꼭 물고 마이를 지켜보는데, 가슴 한구석이 콕콕 쑤셨다. 누구라도 마이가 으아를 진심으로 걱정하고 있다는 걸 알 정도인데, 어떻게 아직도 그걸 부인할 수가 있을까.

으아, 내가 옳았다는 거, 알겠어?

"제이드 선배."

마이가 내게 다가와 말을 걸기 전까지 나는 또 생각에 빠져 아무 말도 듣지 못하고 있었다.

"오늘 저녁은 뭘 먹을까요?"

"돼지고기 바비큐 소스를 곁들인 밥."

나는 곧장 대답한 다음 다른 직원들에게 먼저 간다고 하고 마이와 함께 사무실을 나왔다. 조금 배가 고팠는데 이젠 조금도 허기가 들지 않았다.

정말이지, 이건 물어볼 필요도 없다.

이렇게 뻔한데 물어봐야 해?

오늘 우리의 저녁 식사는 평소보다 더 조용했고, 나는 그가 묻는 말에만 대답했다. 마이에게 물어봐야 할지 말지 나 자신과 치열하게 싸우고 있었기 때문이다. 물어보고 싶었고, 물어보려고 했는데 지금 이렇게 그를 대면하고 있으니 확신이 없었다.

무례한 사람으로 비칠까 봐 두려운 건지, 아니면 상처받을까 봐 무서운 것인지 알 수 없었다.

내 기분은 뭐냐고….

하지만 명탐정 코난의 열렬한 팬으로서 책임을 다해 알아내야 한다!

콘도에 거의 다다를 때까지 나는 계속 내면에서 치열하게 나 자신과 논쟁을 벌이고 있었다. 그때 마이의 목소리가 들렸다.

"선배."

"어?"

"무슨 일 있어요? 스트레스가 많은 것 같은데…. 표정도 안 좋고요."

그는 묻기만 하는 것이 아니라 엄지손가락으로 내 미간 사이를 부드럽게 문지르기도 했다. 그 따뜻한 손길에 몸이 잔뜩 굳어버렸다.

"아니, 아냐. 아무것도."

난 멀리 앞에 있는 도로를 바라보았다. 콘도에 거의 도착했다.

알고 싶지만, 듣고 싶지 않다.

어떡하지?

하지만 묻지 않으면 오늘 밤엔 잠도 안 올 것 같아….

….

좋아, 물어본다!

나는 심호흡을 한 뒤 운을 뗐다.

"마이, 나 물어볼…."

"으아 선배랑 얘기해봤는데 아직도 전 애인한테 스토킹당하고 있나 봐요."

내가 다 묻기도 전에 그의 말이 먼저 나왔다. 나는 급하게 입을 다물었다.

"맞아! 그 멍청한 놈이 으아에게 다른 남자친구가 있다는 걸 믿지 않는대."

그렇게 말하며 마이의 반응을 살폈다. 그는 웃지 않았다. 내 친구를 정말로 걱정하고 있는 듯했다.

"그 사람 좀 위험한 것 같아요."

"응, 나도 그래서 으아가 걱정돼. 그 사람 이름이 뭐더라…? 아니, 어쨌든 아직도 으아를 괴롭히는 것 같아서 걱정돼."

나는 눈앞으로 뻗은 도로를 응시하며 잠시 말을 멈췄다. 그리고 마침내 그에게 제안했다.

"내 생각엔 네가 으아의 남자친구라는 걸 좀 더 확실하게 밝혀야 할 것 같아."

"…정말 그렇게 생각해요?"

"그래, 으아와 함께 저녁을 먹으면서 셀카를 몇 장 찍어서 올린다거나 하면 그 남자도 믿게 될 거야. 으아 생일이 얼마 안 남았으니까, 괜찮은 생각 아니야?"

내 말을 끝으로 예상치 못한 침묵이 이어졌다. 갑자기 오한이 들었다.

무슨 일이지?

나 뭐 잘못 말했나?

"정말로 으아 선배랑 그렇게 하길 원해요?"

그가 나를 가만히 바라봤다. 평소와 다르게 표정이 굳어 있었다.

"…응, 너 으아 좋아하잖아."

"…."

"고백했어? 이제 고백할 때가 된 것 같은데…."

내가 말을 끝내기도 전에 차가 내 콘도 입구 근처에 홱 멈춰 섰다.

"어… 나, 내, 내릴 때 됐구나."

나는 안전벨트를 풀면서 말을 더듬었다. 갑자기 엄청 긴장됐다. 함께 시간을 보낸 지 녁 달이나 됐지만, 이런 버전의 마이를 본 적은 없었다.

"그날, 우리 차에서 이야기했잖아요."

마이는 잠시 말을 멈췄다가 계속 말했다.

"선배가 내가 누굴 좋아하는지 알고 있다고."

"그래, 너 으아를 좋아하잖아."

나는 주저 없이 대답했다.

마이는 뭔가 스트레스를 받는 것처럼 이마를 찡그렸다.

"그동안 제가 으아 선배를 좋아한다고 생각했던 거예요?"

"응, 네가 으아를 어떻게 보는지 눈치를 챘지. 세심하게 챙겨줬잖아. 으아가 아니면 또 누구겠어?"

내가 수집한 정보에 따르면 으아가 맞다. 마이는 매너가 좋지만 특별하게 보살피는 사람은 으아뿐이다. 물론 난 제외다. 좋아하는 사람의 가장 친한 친구에게 친절하게 대하는 건 당연하니까.

"나 진심으로 널 응원해. 넌 좋은 사람이니까, 내 친구에게 잘 어울리는 사람이야."

그의 어깨를 살짝 두드렸다. 그런데 마이가 내 손을 꽉 잡고 강렬한 눈빛으로 나를 바라봤다.

"오해하셨네요."

"어…?"

나는 거의 소리를 지를 뻔했다.

"오해? 뭘?"

"전 선배가 알고 있다고 생각했는데…."

그의 깊은 목소리가 너무 씁쓸하게 들려서 기분이 좋지 않았다. 마이는 가만히 나를 응시했고, 나는 머리를 한 대 얻어맞은 것처럼 혼란스러워서 바보 같은 표정을 지었다.

그럼 정말로 마이는 으아에게 반한 게 아냐?

"제가 충분히 티를 내지 않아서 오해했나 보네요."

더욱 혼란스러워하는 나를 향해 그가 허리를 숙여 다가왔다. 잘생긴 얼굴이 가까이 오자 나는 돌멩이처럼 굳어 그대로 앉아 있을 뿐 아무것도 할 수 없었다.

내 본능이 미친 듯이 날뛰었다.

마이! 가까워. 이건 너무 가깝다고!

그의 따뜻한 숨결이 내 뺨에 닿았고, 내가 뒤로 물러나려고 시도하기도 전에 그의 손이 내 목뒤를 부드럽게 감싸 쥐었다. 그리고 속삭였다.

"해도 돼요?"

"…!"

그의 따뜻한 입술이 내 입술에 닿았다. 그리고 잠시 입가를 머뭇거리더니 그대로 멈추지 않고 천천히 움직이기 시작했다.

숨소리가 너무 적나라하게 들렸다. 나는 저주라도 걸린 듯 가만히 굳어버렸다. 이런 일에 맞서기에는 내 팔과 다리의 힘이 너무 약했다. 가뜩이나 둔감했던 감각이 이제는 다시 돌아올 기미도 없이 완전히 사라졌다. 지금 알 수 있는 것과 느낄 수 있는 것은 오직 마이의 입술이 내 입술에 닿아 있다는 것과 그 입술의 감촉뿐이다.

천천히, 하지만 숨 가쁘게.

그가 조심스럽게 입술을 떼어내고 멀어질 때까지 입맞춤은 오랫동안 지속되었다.

내가 오해했다는 말을 들었을 땐 그냥 손으로 머리를 한 대 얻어맞은 것 같았는데, 지금은 벽에 머리를 처박은 것 같다. 나는 놀라 입이 조금 벌어지는 사이 넉 달 동안 돌보던 인턴의 잘생긴 얼굴을 그저 바라만 보고 있었다.

마…. 마이가…. 나한테…. 키…. 키스….

"이제 알겠어요?"

그는 엄지손가락으로 내 입술을 부드럽게 쓸며 어느 때보다 깊은 목소리로 물었다. 그의 눈은 반짝거렸고, 내 얼굴은 아주 화끈거렸다. 이젠 분명하다.

젠장!

겁나 확실해!

"전 으아 선배를 좋아하는 게 아니에요."

그는 미치도록 달콤한 미소를 지으며 다시 몸을 숙였다. 그리고 내 뺨에 그 예쁜 코를 대고는 귓가에 속삭였다.

"선배를 좋아해요."

15
모든 일에는 처음이 있는 법

어렸을 때, 이웃집 아이가 찬 공에 머리를 얻어맞은 적이 있었다. 엄마가 나에게 달려오셨을 때까지 나는 바닥에 쓰러져 그대로 누워 있었다. 이마가 저리고, 어지러웠으며, 별이 보였던 기억이 난다. 하지만 결국 그런 것들은 모두 사라졌고, 나는 아무 문제 없이 잘 자랐다.

그런 느낌은 머리를 뭔가에 세게 부딪힐 때만 난다고 생각했는데, 지금은 꼭 어디에 박거나 넘어져야만 하는 건 아니라는 걸 깨달았다.

….

입술을 공격당해도 현기증이 날 수 있다!

나는 거의 30분 동안 멍청하게 소파에 앉아 꺼진 텔레비전의 검은 화면을 보고 있었다. 이제 일어나서 샤워하고 옷을 갈아입어야 하는데, 마이가 나에게 키스하고… 또 뺨에 키스를 한 후, 나는 뇌가 감전되어 졸지에 기능을 다 멈춘 것 같은 감각을 느꼈다.

'선배를 좋아해요.'

어제저녁의 기억이 다시 떠올랐다. 그 순간 나는 무엇을 해야 할지, 어떻게 행동해야 할지 몰랐다. 그 낮게 울리는 목소리는 마음에 위안이 되었는데 어쩐지 조금 장난기가 깃들어 있었다. 나는 마라톤을 뛴 것처럼 숨이 차고 얼굴이 화끈거렸다. 마이가 미소를 지으며 집으로 데려다줄 때까지 말없이 거기 앉아 있었다.

'내일 봐요.'

차에서 내리기 전에 뭐라고 중얼거렸던 기억은 있다. 나는 당황한 채 엘리베이터를 타고 곧장 방으로 들어왔고 소파에 누웠다. 그리고 두 뺨에 손을 얹었다. 방금 일어난 일을 생각하면서. 두 뺨이 여전히 불타고 있었다.

그는 나를 좋아한다고 했다….

그것밖엔 생각이 나질 않는다.

나를…?

충격적이다. 이야기가 이렇게 될 거라고는 상상도 못 했다. 마이가 부끄러워서 으아에게 거짓말을 했거나, 아니면 으아가 아닌 다른 사람을 좋아하는 건데 내가 정말로 착각을 했거나 둘 중 하나라고만 생각했다. 그런데 그 사람이 나일 거라고는 꿈에도 생각 못 했다.

만약 그가 말로만 그랬다면 나는 농담이라고 여겼을 것이다. 하지만 내 입과 뺨에 키스까지 하며 확실히 해줬으니 이제는 믿을 수밖에 없었다.

27년을 살아왔는데, 누군가가 나를 좋아한다며 키스해준 건 처음이다. 그것도 나보다 여섯 살이나 어린 남자가!

늘 그가 내 가장 친한 친구의 남자친구가 될 거라고 생각했는데, 내 친구가 아니라 내 남자친구가 될 것 같다.

여전히 모든 것이 의심스럽기만 해서 소파에 누운 채 일어나지 못했다.

집까지 데리러 오고, 데려다주고, 간식이나 밥을 사주고, 이것저것 챙겨주는 것까지 그 사람이 한 모든 것은 내가 그의 선배이기 때문이 아니라, 처음부터 나에게 접근하려는 것이었다.

그 말은 넉 달을 지나오면서 모든 것을 오해하고 있던 사람은 나뿐이라는 것이다.

젠장, 내 탐정 자아가 사라졌어!

나는 속으로 신음하면서 꺼이꺼이 울었다.

내 침실에 있는 명탐정 코난 컬렉션이 있는 곳으로 가보고 싶었다. 아오야마 선생님은 자신의 열렬한 팬이라던 나의 실수에 아주 실망하셨을 것이다. 항상 발군의 추리력을 가지고 있다고 자신했지만 그저 내 멋대로 모든 것을 상상하고 있었다. 그래서 그때 으아가 그런 이상한 미소를 지었던 것이다. 줄곧 알고 있었던 것이다!

그러고 보니 건과 파이 선배 두 사람도 마이가 나를 특별히 챙긴다고 했다. 그렇다면 나만 빼고 모두가 그걸 꿰뚫어봤다는 뜻인가?

나란 사람은 이 세상에 존재하기엔 너무 멍청하다….

너무 부끄러워 바닥에 주저앉아 베개로 머리를 몇 번이나 때렸다. 평소에 가끔 허당 짓을 하긴 했지만, 땅을 파고들어 숨고 싶을 정도로 부끄러웠던 적은 없었다.

나는 특별할 것도 없고 모든 면에서 평범한 사람이다. 회사에는 예쁜 얼굴이 많다. 예를 들어 으아…. 그런데 마이가 나를 좋아한다?

아니면 요즘 애들은 취향이 이상한 게 트렌드인가?

차 안에서의 그 순간을 떠올리기만 해도 또 얼굴이 빨개진다. 베개에 얼굴을 처박았다. 누군가 내 이런 모습을 본다면 분명 비웃을 것이다.

물론, 나도 한 번 연애를 한 적이 있다. 하지만 그건 9학년 때였고 고작 열다섯 살이었다.

당시에는 손을 잡아보는 것 외에는 아무것도 하지 않았고, 그마저 한 달도 채 지나지 않아 버림받았다. 그 후 나는 10년 넘게 싱글로 지냈다. 그러니 나에게 이런 일이 일어났을 때 심각하게 충격을 받는 건 당연한 일이다.

마이는 내가 이런 걸 알까?

사실 난 너보다 훨씬 수줍음이 많다고!

나는 첫사랑을 시작한 어린 소녀처럼 수줍어하면서 한동안 멍청이처럼 앉아 있었다. 그리고 오후 8시가 되어서야 겨우 샤워를 했다. 잠옷 차림으로 화장실에서 나온 나는 휴대폰을 들고 채팅방을 살피다가 문제의 남자가 보낸 메시지를 보고 눈이 휘둥그레졌다.

'좋은 꿈 꿔요.'

손에서 휴대폰이 떨어지며 큰 소리가 났다. 동시에 내 심장이 또 미친 듯이 뛰기 시작했다.

이 남자는 내게 정신 차릴 시간을 줄 생각이 전혀 없는 걸까? 심장마비라도 걸리길 바라는 거야?

나는 화면이 꺼질 때까지 그의 메시지를 읽어야 할지 고민하며 꽤 오랫동안 쳐다보다가, 결국 휴대폰을 치워두고 이불 속으로 들어갔다.

이불 속에 웅크린 나는 손을 들어 입술을 지그시 눌렀다. 이제 그의 얼굴을 볼 때마다 차 안에서 했던 키스가 떠오를 것 같다. 싫은 건 아니지만, 내일 그의 얼굴을 어떻게 봐야 하지…?

절대 웃을 수 없을 거고, 웃는다 해도 아주 이상한 모양새일 거다. 도무지 표정을 제대로 지을 수가 없다. 내가 화가 났다고 생각할지도 모르겠다. 게다가 아무 일도 없었던 척 태연할 수도 없다.

도대체 내일은 어떻게 행동해야 해?

아아아아아!

마음을 정할 수가 없다.

하루만 쉴까?

나는 이불을 머리 위까지 뒤집어쓴 채 점점 미쳐갔다.

* * *

결국 새벽 5시에 일어났고 어지러운 기분으로 화장실로 향했다. 그리고 거울 속의 내 모습을 보고 비명을 지를 뻔했다. 좀비라도 된 것처럼 눈 밑은 어둡고, 기운도 모두 빠져나가서 남아 있는 것이 없는 빈껍데기 같았다.

어젯밤에 잠을 거의 못 잤기 때문에 별로 놀랄 일은 아니었다. 눈을 감으면 어제의 그 키스가 계속 생각났다.

키스 한 번에 이렇게 잠도 한숨 못 잤는데 어떻게 오늘 그를 아무렇지 않다는 듯 만날 수 있을까. 나는 옷을 갈아입은 후 무언가 현명한 일을 하기로 결심했다. 그리고 나를 잠 못 이루게 만든 그 남자에게 메시지를 보냈다.

'급한 일이 있어서 사무실에 먼저 갈게. 오늘은 나 데리러 올 필요 없어.'

그러고 나서 마이를 기다리지 않고 사무실까지 지상철을 타고 왔다.

도무지 마이 앞에서 무슨 말을 해야 할지 모르겠다. 이전까지 누구도 나에게 고백이란 걸 한 적이 없었으니까. 만약 이대로 그와 함께 차 안에 있게 된다면 나는 또 어떤 멍청한 짓을 하게 될지 모른다. 그러니 지금 당장은 내가 이 상황을 받아들일 수 있을 때까지 정리할 시간이 조금이라도 필요했다. 제발, 마이와 함께 있는 동안 너무 긴장하지 않도록 도와줄 다른 사람들이 사무실에 있어야 했다.

나는 그런 것들이 도움이 되기를 간절히 바랐다.

사무실에 도착하니 아직 오전 7시도 되지 않은 시간이었고, IT 부서 사무실은 텅 비어 있었다. 나는 혼자 사무실에 앉아 근처 시장에서 사 온 아침을 먹다가 사무실 문이 열릴 때마다 움찔거렸다. 하지만 그들이 마이가 아닌 걸 알고는 안도의 한숨을 쉬었다.

"제이드 형."

"왁!"

그때 갑자기 누군가 내 어깨를 붙잡는 바람에 나는 거의 의자에서 튕겨져 나갈 뻔했다. 돌아보니 건이 실없이 웃고 있었다.

"놀랐잖아!"

"하하, 오늘 좀 이상한데. 무슨 일이에요?"

내가 얼굴을 잔뜩 찌푸리는데도 그는 계속 웃었다. 나는 놀란 가슴을 쓸어내리며 진정하려고 애를 썼다.

"아무 일 없어."

"그렇구나. 근데 오늘은 왜 혼자 왔어요? 인턴은 어디 가고?"

그의 물음에 나는 또 한 번 질식할 뻔했다.

"일찍 와서 해야 할 일이 있어서. 귀찮게 하고 싶지 않아서 나 먼저 왔어."

"무슨 일인데요?"

"신경 꺼."

나는 그가 자리로 돌아가 아침 식사하는 걸 지켜보았다. 아직도 내 심장은 뭔가를 훔치다 들킨 것처럼 쿵쾅거렸다.

제이드, 그만 좀 놀라줄래?

고작 키스한 걸 가지고 왜 그러냐고.

"제이드."

"아무것도 아니라고!"

"…."

내 이름을 부른 사람은 대답이 없었다. 돌아보니 으아가 나를 빤히 쳐다보고 있었다. 순간 그의 눈이 반짝였다.

"어, 으아. 오늘은 엄청 일찍 왔구나…."

나는 여전히 나를 쳐다보고 있는 남자를 보며 억지로 웃었다.

나 오늘 평소 같아 보이지, 그렇지? 아마 다른 사람들은 모를 거야….

하지만 난 이미 이상했다.

"나 일찍 온 거 아닌데."

그는 시계를 가리켰다. 오전 8시가 다 됐다.

오… 그래.

일찍 온 게 아니구나….

"2분 일찍 왔으니까, 일찍 온 거 맞네. 하하."

그는 잠시 가만히 나를 보다가 대답했다.

"그럴지도."

아침은 이미 다 먹어서 남은 음식도 없지만, 나는 친구의 시선을 피하기 위해 재빨리 빈 도시락을 뒤적였다. 그의 레이저 같은 눈이 나를 향해 있는 것이 고스란히 느껴졌다.

사랑하는 친구여, 그만 좀 쳐다볼 수 없겠니? 나 손까지 떨 것 같아.

"마이는 오늘 쉬어?"

"아니, 내가 그냥 먼저 왔어."

나는 서둘러 대답하고는 제발 그가 더 이상 아무것도 묻지 않기를 기도했다. 다행히 그는 그저 고개를 끄덕이고는 다른 쪽을 쳐다봤다.

하… 다행이다….

"그래서, 어제는 어땠어? 마이한테 물어봤어?"

내 목에서 기침이 터져 나왔다. 너무 요란하게 기침을 하는 바람에 사무실 사람들 시선이 한꺼번에 내게 쏠렸다. 나는 목이 메어서 물을 찾아 헤맸다.

제발!

나 좀 살려줘!

"여기, 물 좀 마셔."

으아는 나에게 물병을 건네주고 내가 마시는 걸 지켜보며 계속 참을성 있게 대답을 기다렸다.

"어, 그… 물어보는 걸 깜빡했지 뭐야? 하하…."

목소리가 조금 떨리는데, 마침 사레가 들린 참이니까 이상하게 들리진 않겠지?

"근데 으아, 너 이 팸플릿 작업 다 했어? 바스 선배가 글꼴 크기 조정하라던데."

업무 이야기로 화제를 돌렸다. 다행히 으아는 참견하는 걸 좋아하지 않아서, 순순히 업무 상태로 돌입했다.

휴….

오늘 아침은 정말 힘들다.

"제이드!"

킹이 멀리서 소리쳤다. 오늘 그는 짙은 색 셔츠와 슬랙스를 매치해 위험하고 섹시해 보였다. 하지만 나를 놀라게 한 것은 킹의 잘생긴 얼굴이 아니라 그와 함께 들어오는 대학 교복을 입은 키 큰 청년이었다. 킹이 그에게 어깨동무를 하고 들어오고 있었다.

"오늘 네 인턴 버리고 왔어? 너무 무책임하잖아."

킹이 나를 지나 자기 책상으로 걸어가며 말했다. 마이는 내 옆자리로 와서 앉았다.

평범하게 행동해, 제이드.

그냥 평소처럼!

"안녕하세요, 제이드 선배."

"안녕."

나는 그의 얼굴을 보지도 않은 채 짧게 대답했다.

뺨이 또 뜨거워지고 있어.

왜… 왜 또 귓가에 그의 속삭임이 들리냐고!

"잘 잤어요?"

그는 기분이 좋아 보였다. 나는 조금 고개를 끄덕였다.

잘 자긴 개뿔. 너 때문에 날밤 새웠다!

"저도요."

마이는 빛나는 눈으로 나를 보며 말했다. 부드러운 미소를 짓고 있지만 그 눈은 여우처럼 반짝였다. 얼굴이 더욱 뜨거워 졌다.

"어젯밤에는 정말 좋은 꿈을 꿨어요."

"…."

나는 아무 대꾸도 못 하고 컴퓨터 화면만 쳐다보았다. 내 얼굴은 이미 섭씨 40도에 도달했다. 에어컨은 전혀 도움이 되지 않았다.

너무 부끄러워서 기절한 사람도 있을까?

없다면 내가 최초가 될 것이다.

왜냐하면… 이 어린 남자가 날 죽일 작정인 것 같으니까!

잠시 숨 고를 시간을 달라고!

* * *

동료들에게 나는 아주 수다스러운 사람일 것이다. 언제나 무엇이든 말하고 있었을 텐데, 으아의 영혼이 씌기라도 한 것처럼 조용한 모습은 오늘이 처음일 것이다.

마이가 옆에 앉아 있는데 내가 어떻게 입을 벙긋할 수 있 겠는가.

나는 등을 곧게 펴고 앉아 컴퓨터 화면만 계속 쳐다봤다.

사람들은 내가 열심히 일하는 줄 알겠지만, 사실 내 온 정신은 옆에 있는 이 남자에게 집중하고 있다. 그래서 내 작업은 전혀 진전이 없는 상태다.

마이는 평소 조용히 일을 하는 타입이고, 때때로 나나 으아에게 조언을 구할 뿐이었다. 그런데 오늘 그는 거의 10분에 한 번씩 나를 불렀다.

"제이드 선배."

이거 봐, 또!

"응?"

나는 그를 잠깐 쳐다보고는 곧장 내 일에 집중하는 척 시선을 돌렸다. 그러자 그가 의자를 끌고 가까이 다가와 겨우 진정시킨 내 심장박동 리듬을 다시 바꿔놓았다.

"괜찮으시면 이것 좀 봐주세요."

그리고 내 책상 위에 노트북을 올려놓았다.

마이, 일에 대해 물어보는 건 괜찮지만… 이렇게까지 가까이 올 필요는 없다고!

와아악악!

어깨 닿았어!

"응, 아주 좋아."

나는 빛의 속도로 그의 작업을 한번 훑어보고는 대답했다. 그런 반응을 보고 마이는 오히려 더 가까이 다가왔다.

"정말요?"

그가 계속 물었다. 나는 컴퓨터 화면만 쳐다보고 있었지만, 그가 얼굴을 내 쪽으로 슬며시 숙이는 걸 느낄 수 있었다. 그는 평소같이 침착한 표정이었는데 나는 그의 눈에서 어쩐지 즐거운 기색을 읽었다.

왜 자꾸 궁지로 몰리는 기분이 드는 거지?

"응, 괜찮아. 파일만 나한테 보내줘."

"알겠어요. 제가 더 도와드릴 일이 있어요?"

"없어."

"정말요?"

"응."

"흠… 할 일이 많아 보이는데요. 아침부터 같은 화면만 보고 있잖아요. 아무 말도 안 하고."

지금 내 안에서 무슨 일이 일어나고 있는지 다 안다는 듯한 말투였다.

난 또 딱딱하게 굳어버렸고, 마이는 말을 계속 이었다.

"제가 도울 일이 있으면 알려주세요."

그는 아주 밝게 웃고 있지만, 이전처럼 사랑스러워 보이지는 않았다.

뭔가 수상했다. 어쩐지 좀… 사악해 보였다.

그럼 제발 가만히 있을 시간을 달라고 하면 그렇게 해줄 거냐고!

"응, 필요하면 부를게. 지금은 네 일 해."

나는 다시 시선을 피했지만 또 얼굴이 화끈거렸다. 다행히도 그는 나를 더 이상 몰아붙이지 않고 노트북을 가지고 자기 자리로 돌아갔다. 그제야 나는 안도의 한숨을 쉬었다.

여섯 살이나 어린아이 앞에서 나는 왜 이렇게 냉정을 잃어버리는 걸까.

완전 창피한 일 아니냐고!

그때 으아가 물병을 움켜쥐는 모습을 보고 내가 물었다.

"어디 가?"

"물병 채우러."

나는 재빨리 그의 손에서 물병을 낚아챘다.

"내가 떠다 줄게. 나 핫초코 타러 가려고 했어."

"그래, 고마워."

으아는 다시 자리에 앉아 일을 계속했고, 나는 서둘러 탕비실로 달아났다.

주위에 아무도 없는 것을 확인한 다음 나는 또 한 번 한숨을 내뱉었다.

아직 업무를 시작한 지 세 시간도 안 됐는데, 세 번쯤 전쟁을 치른 기분이다. 평소처럼 굴려고 최선을 다했지만 마이는 전혀 협조적이지 않았다. 내가 조용히 있으려고 할수록 그는 더 가까이, 더 자주 다가왔다.

내게 고백한 후로 마이는 변했다. 그가 나를 일부러 놀리고 있다는 걸 알 수 있었다. 왜 벌써부터 이러는지는 확실히 모르겠지만, 일단 내가 부끄러워하고 있다는 것은 분명했다. 하지만 이제 곧 서른이 되는 사람으로서 아직 대학 졸업도 안 한 어린아이 앞에서 이렇게 부끄러워할 순 없었다.

으아처럼 차분하고, 존경스러워 보여야 했다.

근데 제이드 넌 대체 뭘 하고 있냐고!

이 나이 먹고 처음 사랑에 빠진 소녀처럼 굴다니.

얼마나 창피한 일이냐고!

그나마 내 이런 상황을 누구도 눈치채지 못한 것 같아서 다행이다.

나는 아무도 없는 탕비실에서 조용히 숨을 고르며 통제력을 되찾으려고 노력했다. 부끄러워하지 않을 방법을 찾아야 한다. 부끄러워하지 않는 법을 연습해야만 한다. 그래야 진짜 문제에 대해 제대로 생각할 수가 있다.

그것이 무엇이겠는가.

그는 나에게 고백을 했고, 난 아직 아무 말도 안 했다. 마이가 곧 내게 답을 요구할 것이다. 내가 아마 더 어렸다면, 아직 고등학생 또는 대학생이었다면 고백을 받았다는 사실에 기뻐서 그 자리에서 승낙했을 것이다. 하지만 무려 스물일곱이다. 그렇게 단순하게, 분위기에 휩쓸려 당장 결정을 내릴 수는 없었다.

나도 마이를 좋아한다. 하지만 누군가와 사귄다는 건 또 다른 문제다. 어른이 되면 앞으로 어떻게 살아가야 하는지 미래에 대해 많은 생각을 하고, 그것은 한 살 한 살 나이가 들어갈수록 깊이가 더해지게 마련이다. 나 정도 나이를 먹으면, 이제는 가볍게 스쳐 지나갈 사람이 아니라 오래 지속되는 편안하고 안정적인 사랑을 찾아야 한다. 게다가 사랑은 소설에서처럼 두 사람만의 문제가 아니라, 서로의 가족 그리고 친구들과도 얽힌 것이다.

마이는 아직 어리다. 그에게는 아직 시간도, 선택의 여지도 많아서 내 경우와는 완전히 다르다. 게다가 마이는 자신의 성 정체성에 대해 가족에게 한 번도 말한 적이 없을 것이고, 나 같은 중국계 태국인 가정에 대해서도 어떻게 생각하는지 모를 것이다. 그리고 또 하나 중요한 문제인 우리 생활 수준의 차이가….

생각할 것이 너무 많다. 게다가 지금 난 미쳐버리기 일보 직전이라 어떤 것도 제대로 생각할 수가 없다.

"선배."

익숙한 목소리가 또 나를 괴롭혔다. 나는 돌아서서 마이가 나를 향해 다가오는 것을 보았다.

나한테 전혀 쉴 타이밍을 주지 않으려는 거지, 응?

"아직도 핫초코 만들어요?"

그는 내 빈손을 보며 웃었다.

나는 머그잔을 가지러 걸어가면서 대답했다.

"지금 만들려고. 너도 한 잔…."

나는 채 말을 마치지 못하고 바짝 얼어붙어버렸다.

"제가 할게요."

어느새 뒤로 다가온 그가 내 귓가에다 부드럽게 말했다. 동시에 그의 손이 머그잔을 쥐고 있는 내 손에 닿았고, 그의 온기가 나를 전율케 했다.

게다가 여기엔 우리 둘뿐이다. 어제 차 안에 우리 둘만 있었던 것처럼.

"다, 다 되면 내 책상에 올려줘! 난 다시 일하러 갈게!"

나는 그의 손에 머그잔을 쥐여주고 도망쳤다.

사무실로 돌아와 의자에 털썩 주저앉았다. 뭘 한 것도 없는데 너무 피곤해져서 멍할 정도였다. 그런 나를 으아가 물끄러미 쳐다보았다. 하지만 나는 꿋꿋하게 그를 마주 보지 않고 마이가 돌아오기 전까지 어떻게 하면 이 달아오른 얼굴을 식힐 수 있을지 고민했다.

저 남자가 내 모든 감각과 이성을 마비시키고 있다고!

* * *

나는 오늘 점심시간을 포함해 아홉 시간 동안 내내 침묵을 지켰다. 다들 나한테 으아 코스프레를 하는 거 아니냐고 물었지만, 어떻게 대꾸해야 할지 갈피를 잡을 수 없었다.

특히 마이가 옆에 앉아 있으니 도무지 정신을 차릴 수가 없었다. 그래서 나는 하루 종일 가만히 앉아 내 옆에 있는 남자만 몰래 흘끔거렸다.

마이의 잘생긴 얼굴을 보니 그가 왜 나처럼 평범한 사람을 좋아하는지 더 이해할 수 없었다. 그가 정말 나를 좋아한다고 한 게 맞는지 헷갈릴 정도였다. 도대체 나의 어떤 점이 좋은 걸까?

"예에, 드디어 끝났어요. 울고 싶다, 진심."

뒤쪽에서 쾌활한 목소리가 들렸다. 돌아보니 건이 해리포터에게 양말을 받은 도비 같은 표정을 짓고 있었다.

시계를 확인하니 오후 5시였다. 평소 같으면 이 시간을 기대하고 있었을 텐데, 퇴근 시간이 된 걸 전혀 의식하지 못한 것은 이번이 처음이었다. 하지만 이건 일에 너무 집중해서가 아니라 극심한 스트레스를 받아서였다.

얼마나 한심한가.

"조심해. 네 일이 영원히 끝날 수도 있으니까. 해고될 수도 있다고."

킹은 건의 머리를 가볍게 밀었지만, 그렇게 말한 그도 아주 재빠르게 컴퓨터를 끄고 있었다.

"괜찮을 거예요. 바스 선배 여기 없잖아요. 킹 형, 오늘 데이트해요? 완전 섹시한데!"

"난 원래 항상 섹시해."

킹이 눈썹을 치켜올렸다.

그의 음흉한 미소를 보니, 아마도 여느 때처럼 자신의 베이비 중 하나와 데이트를 하려는 것 같았다.

"이제 갈게. 내일 보자."

으아가 나에게 인사했다.

"아, 응… 조심히 가."

나는 으아에게 어색하게 손을 흔들어주었다. 그 폭이란 남자가 또 괴롭히진 않을까 걱정스러웠다.

"너희들도 얼른 집에 가라. 엄한 데로 새지 말고."

킹도 내 어깨를 두드리며 떠났다.

그가 두드린 어깨를 만지작거리다가 무언가를 깨달았다.

근무 시간이 끝났다. 이제 집에 갈 시간이라는 뜻이다. 그 말은….

젠장!

"집에 안 가요?"

마이는 내가 자리에서 미동도 하지 않는 걸 보고 물었다.

"남아서 이 일 좀 끝내려고. 먼저 가도 돼."

나는 별로 설득력 없는 억지 미소를 지었다.

그가 내 컴퓨터 화면을 들여다보며 내가 하고 있던 작업을 가만히 쳐다봤다.

"기다릴게요."

"그럴 필요 없어. 끝내고 친구 좀 만나려고. 먼저 가."

그를 얼른 보내고 싶었지만, 그가 계속 물었다.

"그럼 제가 거기까지 데려다드릴까요?"

"아니! 내 친구 카페가 통러 근처에 있어. 그냥 지상철 타면 돼."

사실 거기엔 친구가 없다. 난 그저 그와 단둘이 있지 않기 위해 거짓말을 하고 있다.

거짓말은 옳지 않지만, 지금은 별수 없어…!

"기다릴 수 있어요."

"시간 낭비야, 알지? 그냥 먼저 돌아가서 인턴십 보고서라도 마무리해. 아직 안 끝났지?"

그는 대답하지 않았고, 우리 사이엔 잠시 침묵이 흘렀다.

"알겠어요, 그럼."

그의 목소리가 좀 이상하게 느껴졌다. 고개를 들어 그의 얼굴을 보았는데, 입은 미소를 짓고 있지만 눈은 슬퍼 보였다. 나는 죄책감에 사로잡혔고, 그러는 동안 마이는 가방을 챙겼다.

나 잘한 거 맞아…?

"내일은… 데리러 가도 돼요?"

나는 머뭇거리며 입술을 깨물었다.

"네가 괜찮으면… 응…."

이런 대답을 기다렸는지 그의 눈에 비친 슬픔이 애초에 없었던 것처럼 순식간에 사라졌다. 그는 나에게 방금 전보다 훨씬 좋아 보이는 미소를 지었고, 내 기분도 덩달아 훨씬 좋아졌다.

마이가 그렇게 슬퍼하는 걸 보고 싶진 않아….

부서의 다른 사람들은 모두 떠나갔고, 나는 마이가 천천히 가방을 챙기는 걸 지켜봤다. 오늘따라 유난히 챙기는 속도가 느린 게, 마치 내 머리를 더 어지럽히고 싶어 하는 것같이 느껴졌다. 그 순간 그가 나를 돌아보았고, 나는 그를 본 적 없는 것처럼 재빨리 시선을 돌렸다.

"서둘러. 그러다 도로 한복판에 갇힐지도 몰라."

마이가 내게 슬며시 다가왔는데, 그의 눈은 사무실 뒤편을 쳐다보고 있었다. 그 시선은 테이블 위에 있던 쓰레기를 치우고 있는 후배 프로그래머 남완을 향해 있었다. 프로그래머들은 엄청나게 많은 간식을 먹곤 했는데, 대부분 킹이 받은 선물들이었다. 그래서 그들이 매일매일 버려야 하는 쓰레기의 양도 꽤 많았다.

그런데 마이는 왜 그녀를 쳐다보는 걸까….

"마이, 왜…."

남완이 쓰레기를 버리러 돌아서는 순간, 그가 내 볼에 입을 맞췄다. 나는 멍청하게 눈만 크게 뜨고 그 자리에 굳어버렸다.

"내일 봐요."

마이는 가방을 들고 아무 일도 없었다는 듯 여유롭게 미소를 지으며 떠났다. 나는 그가 떠나는 것을 멍하니 바라보며 조금 전 불시의 공격을 받은 볼을 매만졌다.

"제이드 선배, 괜찮아요?"

남완이 물었다.

그녀는 아마도 내가 석상처럼 앉아 있는 것을 보고 걱정이 되어 물었을 것이다. 나는 고개를 젓고 그녀에게 잘 가라고 인사했다. 그녀가 떠나고 사무실 문이 닫히자마자 머리를 책상 위로 쿵 떨어뜨렸다.

내가 마이를 잘못 알고 있었다.

순진한 꼬마인 줄 알았는데….

이 앙큼한 꼬마!

이 키스 도둑!

이 남자가 계속 이런 식이면, 어떻게 정신을 차리냐고!

누가 좀 도와줘!

16
역사는 그대로 반복되지는 않는다

마이가 나를 좋아한다고 고백한 지 거의 일주일이 지났다. 그런데 며칠 전부터 마이의 상태가 좀 이상해졌다.

그는 이제 더 이상 처음 며칠 그랬던 것처럼 나를 놀리지 않았다.

이건 분명 내가 과하게 생각하는 게 아니다. 고백하고 며칠 동안은 날 심하게 놀리며 정신 차릴 수 없게 했고, 나는 아직 마음을 정하지 못해 그를 줄곧 피해 다녔다. 그런데 최근 며칠은 너무 조용했다. 내 말은, 그가 내게 거리를 둔다기보다는 음… 나에게 아무것도 하지 않는다는 뜻이다.

처음엔 조만간 학교로 돌아가야 해서 수업을 비롯한 학교 생활에 대한 걱정으로 스트레스를 받는 걸까 생각했다. 하지만 나 말고는 사무실 직원 모두에게 평소와 다를 바 없이 행동한다는 걸 깨달았다. 예전에는 주로 나하고만 대화를 하는 사람이었는데, 최근에는 나와 함께 있으면 오히려 입을 닫고 조용해졌다.

몇 킬로미터쯤 떨어진 곳에서도 뭔가 잘못되었음을 알 수 있었다.

이번 주 마지막 근무일인 금요일 아침.

나는 콘도 로비에서 그를 기다리고 있었다. 오전 7시가 되자 그의 검은색 BMW가 내 앞에 멈춰 섰다.

"좋은 아침."

나는 그에게 인사를 건네며 조수석에 앉았고, 오늘도 단정하게 대학 교복을 입은 마이는 정중하게 미소 지었다.

"좋은 아침이에요, 선배."

마이는 항상 먼저 말을 걸어 대화를 이끌어내거나, 내가 두서없이 아무 이야기나 하는 걸 들어주었다. 그래서 우리가 함께 차를 타고 다닌 넉 달 동안 차 안에서 조용했던 적이 거의 없었다. 하지만 지금 나는 너무 부끄러워서 아무 말도 할 수 없었고, 이 불편한 침묵은 정체를 알 수 없는 불안을 조성했다.

침묵을 못 견디는 나 같은 사람에게는 마치 깜깜한 동굴에 갇힌 것처럼 너무 불편한 상황이었다.

"차가 너무 막히네."

꽉 막힌 도로에 늘어서 있는 차들을 보며 말했다. 빨간불 뒤로 차들이 조금도 움직이지 못하고 갇혀 있었다.

하지만 마이는 '그러네요' 하고 간단히 대답하곤 조용히 도로만 응시했다.

그 후 차는 완전히 침묵에 빠졌다. 사무실에 도착할 때까지 차에서 난 소리라고는 에어컨 바람 소리뿐이었다.

"내가 커피 사 올게. 먼저 사무실로 가도 돼."

평소에 이렇게 말하면 옆에 머물면서 함께 기다려주곤 했는데, 오늘은 그냥 웃으며 고개를 끄덕이고는 바로 엘리베이터로 향했다.

그 미소는 언제나처럼 부드럽고 다정했다. 유일하게 다른 점이 있다면 어쩐지 슬퍼 보인다는 것이다.

이건 정상이 아닌 것 같다.

나는 그가 내 마음에 또 다른 구멍을 내고 떠나가는 걸 지켜보며 지금 우리 사이에 무슨 일이 일어나고 있는지 알 수 없어 괴로웠다.

언제나 마이를 향한 내 감정이 일방적인 것이라고 생각했고, 그가 나에게 고백할 거라고는 꿈에도 상상해본 적이 없었다. 하지만 그의 감정도 나와 같다는 사실을 알고 나니 내 가족들이나 미래 같은 것들이 뒤엉켜 떠오르면서 그에게 어떻게 대답해야 할지 걱정되고 혼란스러웠다. 그런데 내가 결정을 내리기도 전에 마이는 벌써 어딘가 다르게 행동했다.

그의 눈은 분명 내게 할 말이 많아 보였지만, 결국은 아무 말도 하지 않았다. 그리고 나도 물어볼 용기가 없었다.

무슨 일이지? 나 정말로 이해가 안 돼….

"왜 또 멍하니 있어? 잠을 충분히 못 잤어?"

뒤에서 파이 선배의 하이톤 목소리가 들렸다. 나는 그녀가 평소보다 더 섹시한 분위기의 타이트한 빨간 드레스를 입고 있다는 걸 알아차렸다.

"아, 선배. 오늘 아주 멋지네요."

"물론이지. 파티하는 날이잖아. 화끈해 보여야 해. 나 머리 세팅하려고 5시에 일어났어."

나는 감탄하며 웃었다. 여자들이 정말 존경스러웠다. 나는 일어나서 옷도 제대로 입기 힘들어하는데…. 심지어 어떤 날에는 머리를 빗는 것조차 잊어버리고 출근하기도 했다.

"환영회를 한 게 엊그제 같은데, 벌써 송별회라니. 최고의 부사수가 떠나는데 어때? 너 좀 외로울지도 모르겠다."

그녀의 말을 듣자 나는 미소를 감췄다.

4개월이 빠르게 지나갔다. 벌써 다음 주가 마이의 인턴십 마지막 주였기 때문에 선배들이 송별회를 열어주기로 했다. 하지만 다음 주 금요일에는 바스 선배와 파이 선배가 사장님과 후아힌에서 회의를 해야 했기 때문에 오늘로 날짜를 바꾼 것이다.

"그러게요…. 외로울 것 같아요."

나는 솔직하게 말했다.

예전에는 혼자 일하는 게 편하고 좋았는데 앞으로 그럴 거라 생각하면 너무 외로울 것 같았다. 특히 마이와 나 사이의 불편한 긴장감 때문에 더 우울하게 느껴졌다.

"마이는 정말 보고만 있어도 기분이 좋았는데, 이제 보내야 한다니 너무 안타까워."

"선배의 킹이 남아 있잖아요."

"마이만큼 귀엽지는 않잖아. 마이는 예의 바르고 매너도 좋고, 후우!"

그녀는 길게 한숨을 내쉬었다.

내가 할 수 있는 건 아무 말 없이 서 있는 것뿐이다.

이제 헤어질 시간인데, 우리 사이에 뒤늦게 찾아온 불편한 압박감이 자연스러운 이별을 방해하고 있다.

* * *

나와 킹, 으아. 이 셋 중에서 하루 종일 침묵을 지킬 수 있는 사람은 으아뿐이고, 나는 그와 정반대. 침묵은 내가 가장 참을 수 없는 것 중 하나여서, 낯선 사람과 함께 시간을 보내야 하는 경우(예를 들면 택시를 타거나 긴 줄을 서서 기다리는 경우) 너무 조용해지면 옆 사람과 이야기할 수 있을 만한 소재 한두 가지를 열심히 찾을 정도였다. 그런데 지금 마이와는 어떻게 무슨 대화를 해야 할지 모르겠다.

지금도 옆 책상에서 들려오는 마우스 딸깍거리는 소리가 몹시 신경 쓰였다. 무슨 말이라도 해야겠는데 도무지 그가 어떤 상태인지 파악할 수가 없었다. 나는 수많은 감정에 휩싸인 채 내가 돌보고 있는 인턴의 무뚝뚝한 얼굴을 바라보았고, 그가 나와 대화를 하고 싶은 기분인지 아닌지 알 수가 없어 난감했다.

어쩌면 나 같은 사람을 좋아하는 게 착각이었다는 것을 깨달았을지도 모른다.

그리고 이런 생각은 나를 아주 슬프게 했다. 그렇지만 그렇게 생각하는 것이 틀린 것은 아니다. 나조차도 마이 같은 사람이 왜 나를 좋아하는지 도무지 이해할 수 없으니까.

"그래픽 팀, 내 방에서 회의 좀 하자. 마이, 넌 계속 일하고 있어도 돼."

바스 선배가 우리를 불렀다.

자리에서 일어나 회의실로 가려다가 마이와 눈이 마주쳤다. 그는 이번에도 나에게 조그맣게 미소를 지은 다음 컴퓨터 화면을 바라보며 아무 말 없이 일을 계속했다.

평소 같았으면 무슨 말이라도 했을 텐데…. 그는 이런 식으로 조용한 타입이 아니다.

무슨 일 있냐고, 괜찮냐고 물어보고 싶었지만, 으아가 빨리 오라고 해서 아픈 머리만 감싸 쥐고 서둘러 팀원들을 따라갔다.

정신 차리자. 나도 우선은 내 일에 집중해야 해. 개인적인 일은 나중이야.

* * *

회의는 정확히 정오에 끝났다. 다이어리를 들고 회의실을 나가려는데 누가 내 어깨를 붙잡았다. 으아였다.

"왜? 무슨 문제 있어?"

나는 몽콘 선배가 무슨 부탁이라도 하려는 줄 알았는데, 나를 붙잡은 건 으아였다. 그가 이럴 때면 무슨 일이 잘못된 것 같은 기분이 들었다.

"나한텐 없어. 너한텐 있는 것 같고. 무슨 일 있어? 너 너무 조용해."

그는 나를 끌어당겨 근처 의자에 앉히고는 옆에 앉았다. 그의 크고 동그란 눈이 나를 한눈에 꿰뚫어버릴 것처럼 응시했다.

"넌 날 너무 잘 알아, 하하!"

나는 웃기지 않지만 억지로 웃어 보였다. 으아는 눈썹을 치켜올리며 입꼬리를 조금 씰룩였다.

"넌 오픈북이나 다름없어, 제이드. 네가 마음속에 근심거리를 가지고 있다는 걸 누구나 알 수 있을걸."

나는 천천히 의자 등받이에 기대 눈을 감았다.

"그래 보여?"

"응. 무슨 일이야?"

나는 잠시 천장을 올려다보다가 대답했다.

"네가 마이에게 물어보라고 해서, 그렇게 했어."

"음."

"마이가 날 좋아한대."

나는 으아의 반응을 살폈다. 그는 조금 웃기만 했다.

"계속 얘기해."

"음…. 요 며칠 마이가 나에게 거리를 두는 것 같아."

내 목소리는 내 귀에도 슬프게 들렸다. 그에 대한 감정을 알게 된 이후로 마이는 내게 너무나 큰 영향을 끼쳤다. 그가 웃는 모습을 보면 기분이 좋아지고, 그가 슬퍼하는 모습을 보면 나도 슬펐다. 그가 지금처럼 나에게 말을 하지 않고 있으니…. 걱정되고, 고통스러웠다.

"너희 둘이 좀 떨어져 다니는 것 같긴 하더라."

"마이한테 무슨 심경 변화라도 있는 걸까? 내가 뭘 잘못한 거야?"

이게 시험이라면 나는 이 관계 수업에서 낙제할 게 분명하다. 하지만 나는 10년 넘게 어떤 연애 관계도 맺어본 적이 없었다. 그래서 이런 상황은 나에게… 상실의 감정 같은 걸 안겨주기도 했다.

"넌 마이의 고백을 받고 어떻게 했는데?"

"당황해서…. 어떻게 해야 할지 정말 하나도 모르겠어서 아무 말도 못 했어. 생각할 게 많기도 했고…. 근데 지금은 마이가 너무… 이상해."

으아는 턱을 괴고 가만히 내 이야기를 듣고 있다.

"마이는 네가 자길 좋아하지 않는다고 생각하네."

나는 이어진 그의 말에 놀랐다.

"어? 아니, 난 아직 아무 말도 안 했는데 왜 그런 생각을 하겠어?"

"네가 아무 말도 하지 않았기 때문에 그렇게 생각하는 거야, 제이드. 누군가에게 고백을 했는데 그 사람이 아무 말도 없고 피한다고 생각해봐. 너라면 어떻게 생각하겠어?"

그의 설명은 나를 끝없는 침묵 속으로 몰아넣었다. 나는 마이가 왜 나를 놀리지도, 말을 걸지도 않았는지 이해되기 시작했다.

아마 으아의 말이 맞을 것이다. 내가 그의 입장이라면 나는 완전히 자신감을 잃고 깊은 절망에 빠졌을 것이다.

"하지만… 난… 마이를 좋아해…."

"글쎄, 그 사람은 그걸 모르잖아. 내 생각엔 마이가 자신감을 좀 잃은 것 같아. 네가 같은 감정이 아니라고 생각할 테니까. 또 그렇다고 무례하게 대하고 싶지는 않을 거야."

"아…."

너무 생각만 많이 하는 바람에 의도치 않게 그에게 상처를 준 것 같아 죄책감이 들었다. 고개가 절로 푹 숙여졌다.

으아가 자리에서 일어나 내 어깨를 부드럽게 두드렸다.

"일단 점심 먹자. 매점은 사람이 많을 것 같네."

"응…."

내가 일어서자 으아가 내 머리를 쓰다듬었다.

"그 일에 관해서는 마이가 더 우울해지기 전에 서둘러서 대화를 해보는 게 좋겠어."

"응, 오늘 얘기해볼게."

으아는 고개를 끄덕이고 나서 먼저 회의실을 나섰다. 나는 머리를 손질하며 그를 따라갔고, 앞서 걸어가는 친구의 뒷모습을 보고 있으려니 따뜻한 미소가 번졌다.

으아는 내 말을 항상 잘 들어주었다. 늘 세상 어떤 것에도 관심 없다는 듯 냉랭하게 행동하면서도 내가 상태가 좋지 않거나 문제가 있을 때마다 가장 먼저 알아채고 도와주려는 사람이 바로 으아였다. 그에 반해, 어린 시절부터 친구였던 킹은 세심하게 관찰하는 사람이 아니라서 내 문제를 가장 마지막으로 알게 되는 사람이었다. 그런 킹이라도 일단 뭔가를 알아차리면 늘 나에게 도움을 주곤 했다.

이런 좋은 친구들이 있어서 정말 행운이다.

우리는 엘리베이터로 걸어갔고, 나는 아직도 머리를 만지느라 손이 바빴다. 훌륭한 내 두 명의 절친들이 내 신경을 거슬리게 하는 게 있다면, 그들은 내 머리를 쓰다듬는 걸 좋아한다는 것이다. 예전에는 킹만 그랬지만 요즘은 으아도 그런 나쁜 습관을 갖게 되었다.

내 머리에 뭐 있어? 왜 자꾸 문지르는 거야?

지금도 충분히 지저분하다고!

* * *

어떤 일을 계획할 때마다 왜 항상 그 계획을 방해하는 일이 생기는지, 대대적인 연구가 필요하다. 점심 식사 후에 곧장 마이와 얘기하려고 했는데, 아직 점심을 절반도 먹지 못한 상태에서 바스 선배로부터 날 호출하는 급한 전화가 온 것처럼 말이다.

결국 나는 계획을 보류해야만 했다. 음식을 씹을 시간도 없이 삼켜낸 후, 얼른 일을 처리하고 마이와 이야기를 나눌 시간을 만들려고 사무실로 달려갔다. 그런데 작업을 마치고 사장님께 보내니 배경색이 마음에 들지 않고 텍스트가 만족 스럽지 않다며 시안이 순식간에 다시 돌아왔다. 결국은 컴퓨 터 화면에 근무 시간이 끝나간다는 알림이 뜰 때까지 꼼짝 못 하고 책상에 붙어 앉아 수정을 거듭해야 했다.

나는 긴 한숨을 내쉬고 파일명을 '최종의최종_진짜최종' 에서 '최종의최종_진짜마지막최종'으로 변경한 뒤, 최악으로 치닫는 갑갑한 마음을 안고 또 한 번 메일을 보냈다.

결국 마이와 한마디도 하지 못했다. 오늘은 완벽하게 행운 이 내 편이 아닌 날이었다.

"아직도 마음에 안 드신대?"

으아가 나를 안쓰럽게 여기며 물었다.

나는 정말 마지막이길 바라는 마음으로 피드백을 기다리 며 채팅방을 주시했다. 뭔가 부족하더라도 오늘은 더 이상 작 업을 하고 싶지 않다고 말하고 싶었다.

제발….

아니, 그렇게 마음에 안 들면 직접 해보시라고요!

하지만 마음속으로만 외칠 뿐이었다. 아마 또 고치라고 한 다 해도 나는 '네'를 입력하고는 다시 수정할 것이다.

그래도 내 인생에 아직 자비가 남아 있었다. 마침내 사장님은 오케이 사인을 주었기 때문이다.

나는 몹시 지쳐서 의자에 기대 늘어졌다. 그리고 마침내 참고 참았던 일을 했다. 바로 내 옆에 앉아 있는 인턴을 쳐다보는 것이다.

마이는 오늘 오후 내내 나에게 한마디도 하지 않았지만, 가끔 바쁜 나를 위해 물병을 채워주거나 사소한 것들을 챙겨주었다. 나에게 그다지 화가 난 것 같지는 않아서 조금 안심이 되었다.

그냥… 지금까지도 나한테 말을 걸지 않아서 좀 씁쓸하기는 했다.

오늘 오전 회의가 끝나고 으아와 이야기를 나누면서 내가 사랑이란 감정 앞에 얼마나 바보 같았는지 깨달았다. 나는 내 미래와 가족, 우리가 서로 잘 맞을지에 대해서만 걱정했고, 그러느라 가장 중요한 것을 놓쳤고, 그의 마음을 아프게 했다는 걸 이제야 알았다.

미래? 그와 잘 맞을지에 대한 걱정?

그런 건 만나보지 않으면 모르는 일이고, 그런 문제가 있다 하더라도 차차 해결해가면 된다.

지금은 그런 걸 걱정할 때가 아니다.

나는 마이를 좋아하고, 마이는 나에게 고백했다.

그런데 그의 마음에 아무런 답을 하지 않았으니, 그게 가장 큰 문제다.

그나저나 어떻게 운을 떼야 하지?

내 머리는 내 생각을 어떻게 해야 가장 잘 표현할 수 있을지 방법을 찾느라 연신 뱅글뱅글 돌았다.

오늘은 마이의 송별회를 하는 날이니 그의 BMW에는 세 명의 동승자가 더 있었다. 차 안의 분위기가 너무 들떠 있어서 마이에게 말을 걸 타이밍을 잡을 수가 없었다. 송별회 중에 그가 혼자 있을 때나, 아니면 집으로 돌아가는 길에 이야기를 나누는 게 가장 좋을 것 같았다.

하지만 역시.

계획대로 되는 일은 하나도 없다.

송별회 분위기는 환영회와 다르지 않았다. 모두가 엉덩이를 떼고 일어나 노래하고 춤을 췄다. 물론 우리가 이때까지 해왔던 일을 생각하면, 그들이 모든 것을 내려놓고 신나게 노는 걸 비난할 수는 없다.

킹은 마이와 나 사이에 앉아 우리를 방해했다. 마이는 항상 그랬듯이 공손하게 모든 사람의 잔을 계속 채워줬다.

나를 제외한 모두가 술을 마시는 게 이번 송별회의 목적인 듯했다. 나는 마이와 대화를 해야 했기 때문에 온전히 정신을 유지하려고 킹이 건네준 맥주를 옆에 앉은 으아에게 넘겨주었다. 그런데 그도 술이 당기지 않는지 고개를 젓고는 대신 펩시를 집어 들었다.

그러고 보니 오늘 으아도 술을 한 모금도 마시지 않고 있었다. 아마도 지난번처럼 너무 취해서 킹이 그를 데리고 가는 일이 생기지 않길 바라는 것 같았다.

"아! 이제 우리 마이가 정말로 가는 거야?"

파이 선배는 노래를 끝내고 나서 계속 마이크를 붙잡은 채 말을 이었다. 그리고 마이를 룸 앞쪽으로 불러냈다.

"가기 전에 인터뷰하자. 몇 달 우리랑 지내면서 회사에서 받은 인상이 어땠는지 들려줄래?"

"아마 '아, 드디어 끝났다! 해방이야'라고 생각할 것 같은데요!"

건이 소리치자, 모두가 웃었다.

마이는 부드럽게 웃으며 파이 선배에게서 마이크를 건네받았다.

"여러분과 함께 일할 수 있어서 영광이었고, 정말 기쁩니다. 4개월 동안 모든 분들이 바쁘신 와중에도 열심히 가르쳐주신 은혜 잊지 않을게요. 좋은 경험이었습니다."

"뭐야, 난 진실을 듣고 싶다고!"

킹이 소리치자 마이가 다시 웃었다.

"거짓말 아니에요."

"그래, 마이는 거짓말 같은 거 안 해. 너랑 달리 아주 착한 아이니까."

파이 선배가 힘을 보탰다.

"아, 선배. 우리 사랑이 벌써 식은 거예요? 슬프네요."

킹은 드라마틱하게 우는 모습을 연출했다.

하….

나는 머리가 터지기 일보 직전인데, 놀고들 있네….

연기를 마친 그는 시원하게 맥주를 들이켰다.

"마이가 떠나면 킹에게 다시 돌아갈 거야. 하지만 지금은 이 슬픔을 달랠 시간이 필요해."

파이 선배는 머리를 쓸어 넘기며 옆에 있는 키 큰 남자를 향해 미소 지었다.

"마이, 떠나기 전에 우리한테 작별 선물 줄 수 있어?"

"선물이요?"

"우리를 위해 마지막으로 한 번만 노래를 불러줘."

"오, 그래! 불러줘!"

모두 파이 선배의 말에 동조했다. 마이는 살짝 웃으며 노래방 책을 집어 들었다.

"알겠어요. 제 노래 조금만 견뎌주세요."

그가 처음 노래를 불렀던 때가 떠올랐다. 견뎌달라고? 그건 너무 겸손한 말이다. '견디다'라는 표현을 쓰기에 그의 노래는 너무 좋았다.

비가 오네요.
당신을 생각하면 그런 느낌이 들어요.
오늘 밤이 아무리 춥더라도, 나를 따뜻하게 해주는 사람.
비와 바람에게 말해요. 당신에게 이것만은 전해달라고.

마치 몇 달 전으로 돌아간 것 같았다. 데자뷰다. 마이가 이쪽을 바라보며 저 무대 위에서 노래를 부르던 날…. 얼마 전이었다면 그가 으아를 바라보고 있다고 생각했을 테지만, 지금은 그가 나를 보고 있다는 걸 분명히 알았다.

당신이 그리워요.
당신이 보고 싶어요.
우리 둘만 있던 그 밤으로 돌아가고 싶어요.

노랫말이 귀에 꽂혀 들었다.
그의 노래는 지난번과 많이 다르다. 슬프고 외로운 느낌…. 지금 마이의 기분이 그런 걸까?

나는 아직도 매 순간을 기억해요.

나는 아직도 모든 감정을 기억해요.

난 아직도 우리가 있던 곳에 있어요.

비가 내리던 밤, 결코 떠날 수 없어요.

박수 소리가 울려 퍼졌다. 나도 박수를 치며 조금 멍해진 얼굴로 무대에 서 있는 키 큰 남자를 바라보았다.

"아아아! 마이가 얼마나 날 그리워하는지 느꼈어."

파이 선배는 마이 얼굴에 있지도 않은 눈물을 닦아주는 척하면서 모든 여성의 질투심을 불러일으켰다. 물론 비명 소리는 덤으로. 남자들은 그녀에게 야유를 퍼부었고, 마이는 그저 가만히 무례하지 않은 선에서 그녀가 스스로 물러날 때까지 기다렸다.

나는 그가 자리로 돌아오면 잠시 밖에 나가 이야기를 나누자고 물어보려고 했다. 그런데 갑자기 주머니에 있던 휴대폰이 울렸다. 엄마 전화였다.

"엄마."

나는 전화를 받으며 룸에서 빠져나왔고, 동시에 마이는 자리로 돌아갔다. 그의 고요한 얼굴을 돌아보며 통화가 끝나면 데리러 다시 오겠다고 다짐했다.

잠깐만 기다려, 마이.

룸 안의 소음이 들리지 않는 복도 끝에서 엄마와 이야기를 나눴다. 엄마는 오늘 아빠의 건강 상태가 매우 좋아졌다며 혈압과 당 수치가 안정을 찾아가고 있다고 알려주었다. 엄마의 속사포 같은 말을 따라잡을 수도, 끊을 수도 없었기 때문에 마냥 듣고만 있었다. 그렇게 통화를 끝내는 데 거의 30분이나 걸렸다.

휴대폰을 다시 주머니에 넣고 마이를 보러 룸으로 돌아갔다. 하지만 내가 룸으로 들어서자마자 목격한 것은 마이가 손에 맥주잔을 든 채 고개를 푹 숙이고 앉아 있는 모습이었다. 아직 깨어는 있지만 곧 기절할 것 같았다.

"제이드, 네 꼬마 정신 놓은 것 같아. 차인 사람처럼 계속 술 마셨거든."

킹은 내가 돌아오자마자 그렇게 보고하곤 자리에서 비틀거리고 있는 마이에게서 고개를 돌렸다.

나는 그를 깨우기 위해 다가가 마주 앉았다. 그는 졸린 눈으로 나를 바라보고는 내 어깨에 머리를 툭 떨어뜨렸다.

"야, 그런 표정 짓지 마. 난 천천히 마시라고 했다고. 마이가 내 말을 안 들은 거지."

내 비난조의 눈빛을 읽은 킹이 재빨리 변명하듯 말했다.

"9시 다 됐어. 넌 마이 집으로 데리고 가."

옆에 있던 으아가 건조한 목소리로 말했다.

나는 으아의 말에 일말의 망설임도 없이 동의했다. 마이는 지금 누구와도 대화를 나눌 상태가 아니었다.

"알았어, 나 먼저 들어갈게. 너희들도 조심해서 가."

"너도. 아, 조심히 운전해라. 마이 차 사고 나면 네 월급으로 감당 안 된다."

킹이 놀리듯이 웃었다.

일부러 더 겁주는 킹의 다리를 걷어찬 뒤 모두에게 작별 인사를 하고 마이를 그의 차로 데려갔다.

나는 차 키를 찾은 다음 그를 좌석에 앉히고, 안전벨트를 매어주었다.

빌어먹을 데자뷰. 지난번에도 술 취한 그를 이렇게 데려가야 했다. 하지만 그때와 달리 지금은 그의 집이 어디인지 정확하게 알았다.

"C동, 1517호."

내 평범한 콘도 맞은편에 있는 고급 콘도로 차를 몰고 들어가면서 중얼거렸다. 마이가 내게 자신의 집 번호를 알려줄 당시에는 그다지 주의를 기울이지 않았다. 정말로 그를 데려다줄 일이 생길 거라곤 상상도 못 했으니까. 그래도 다행히 정확하게 기억하고 있었다.

나보다 키가 10센티미터나 더 큰 사람을 짊어지고 가는 것은 너무나 힘든 일이다. 더 난감한 문제는 마이가 나에게 모든 체중을 싣고 있어 앞으로 한 발짝 내딛는 게 너무 벅차다는 것이다. 어쨌든 나는 겨우겨우 그를 그의 방으로 데려갈 수 있었다. 내부가 어두워 잘 보이지는 않았지만, 키카드를 이용해 문을 열고 들어가자마자 이 방이 내 방보다 훨씬 크다는 건 바로 알 수 있었다.

잠시 숨을 고르고 마지막 힘을 다해 마이를 그의 침대에 내려놓다가 함께 넘어지고 말았다.

한동안 그의 위에 쓰러진 채 숨을 헐떡였다. 그리고 마침내 일어나려고 했을 때 갑자기 그가 나를 감싸 안고 순식간에 몸을 돌려 내 위로 올라왔다. 나는 깜짝 놀라 아무것도 하지 못하고 얼어붙었다. 나를 붙든 그의 손아귀 힘에 숨이 막히는 듯한 기분이 들었다.

그의 숨결을 따라 알코올 냄새가 느껴졌다. 나를 보고 있는 그의 갈색 눈은 평소처럼 정중하고 다정해 보이지 않았다. 오히려 공격적으로 보여서 아무것도 할 수가 없었다. 지금까지 그가 이렇게 무서운 표정을 짓는 건 본 적이 없었다.

"마, 마이?"

그를 밀어내려고 해보았지만 조금도 움직이지 않았다. 마이는 고개를 숙여 더 가까이 다가와 깊게 잠긴 목소리로 나를 불렀다.

"제이드 선배⋯."

"아, 응. 나, 나야."

나는 그의 붉게 충혈된 눈을 보고 침을 삼켰다.

젠장!

지난번엔 이렇게 위협적인 장면은 없었잖아! 데자뷰면 데자뷰답게 똑같으란 말이야!

"…좀 …비켜줄 수 있어? 무거워…."

나는 초조해져서 말을 더듬었다. 드라마에서 이런 자세를 몇 번 본 적이 있었다. 이다음 일어날 일이 무엇인지는 거의 확실했다.

"선배."

마이는 내 말을 듣지 않고 목덜미에 얼굴을 가져다 대었다. 겁이 나서 그를 밀어내려고 했지만, 그가 그렇게 있는 것 말고는 아무것도 하지 않는다는 것을 깨닫고는 저항을 멈췄다.

"선배… 나 안 좋아해요?"

술 취한 남자가 내 귓가에서 느릿하게 중얼거렸다. 그의 목소리에서는 깊은 슬픔이 느껴졌고, 나는 어쩔 줄 몰라 얼어붙었다.

"내가… 선배 정말 좋아하는 거 알아요?"

이어지는 말에 나는 한숨을 쉬고 그의 머리를 가볍게 쓰다듬었다.

"나, 널 좋아하지 않는다고 말한 적 없어. 왜 그렇게 생각하는 거야?"

마이는 아무 말도 하지 않았다. 잠이 들려는 건지 알아들을 수 없는 말을 조금 중얼거렸다.

나는 힘을 주어 그를 밀어내고 침대에 제대로 뉘어놓았다. 그리고 그의 신발을 벗기고, 에어컨을 켠 다음 주위를 둘러보며 그의 몸을 닦아줄 만한 걸 찾았다.

잠시 후 새 타월을 가져와 그의 얼굴을 조심스럽게 닦아내고는 완벽한 얼굴을 가만히 눈에 담았다. 나는 아직도 내가 마이와 정말로 연애를 할 수 있을지 확신이 없었고, 불확실한 미래가 걱정됐다. 하지만 마이는 나를 좋아하고 나도 마이를 좋아한다. 우리가 같은 마음을 가지고 있는데 내 솔직한 감정을 거부할 이유는 없다.

장애물에 부딪히게 되면 함께 해결할 방법을 찾으면 된다. 모든 문제에는 극복할 방법이 있다.

나는 휴대폰을 들고 마이와의 채팅방에 접속했다. 일어나면 전화하라는 메시지를 보내고 이불을 덮어주었다. 한동안 가만히 그를 내려다보다가 미소 지었다. 그리고 속삭였다.

"마이, 내 대답 들으려면 빨리 일어나."

내 콘도는 그의 콘도 맞은편에 있기 때문에 10분 만에 내 방에 도착했다. 나는 서둘러 샤워를 하고 침대에 누웠다.

정말 긴 하루였다.

내일은 꼭 좋은 일들이 기다리고 있기를.

17
누군가 간절히 기다린 대답

불안한 마음으로 아침을 맞이했다. 어제는 마이를 집에 데려다주고 나서 아침이 빨리 오길 바라며 억지로 잠을 청했다. 아침 7시에 일어났고, 옷을 다 입은 다음 이 불편한 기다림의 시간을 견디기 위해 아무거나 할 일을 찾아 헤맸다. 그러는 중에도 5분에 한 번씩은 휴대폰을 확인했다.

오전 8시가 되고, 오전 9시 그리고 10시가 될 때까지도 휴대폰은 울리지 않았다.

숙취가 심한가…?

대학 시절 으아도 숙취 때문에 정오가 다 되도록 일어나지 못하곤 했다. 그러니까 마이가 아직 전화를 안 해도 특별히 이상한 건 아닐 것이다.

휴대폰에서 눈을 떼고 화장실 청소에 매달렸다. 다시 시계를 보니 오전 11시가 가까웠는데 아직도 연락이 없었다. 혹시 내 휴대폰이 무음 상태인지 다시 확인해봤다. 그것도 두 번씩이나.

아직 자고 있는 거겠지….

오전 내내 집안일을 하고 나니 배가 고팠다. 아쉬운 마음을 달래며 절대 울릴 생각이 없어 보이는 휴대폰을 제자리에 내려놓고 라면을 끓였다. 이러고 있으려니 마이가 내 방에 왔던 때가 떠올랐다.

아직도 그가 이 부엌에서 얼마나 능숙하게 음식을 만들었는지 생생하게 기억했다. 만약 그가 여기 있었다면 나는 지금 라면을 먹고 있지 않았을 것이다. 그는 나보다 훨씬 요리를 잘하니까, 냉장고를 뒤져 또 다른 맛있는 음식을 만들어냈을 것이다. 하지만 내가 할 수 있는 건 계란을 넣은 라면뿐이다.

나는 라면이 담긴 그릇을 들고 소파로 가져갔고 텔레비전을 보면서 점심을 먹었다. 그런 와중에도 내 신경은 온통 텔레비전 위에 걸린 벽시계로 가 있었다.

이제 오전 11시 30분이다. 이쯤이면 깨어났어야 한다.

지난번에 여기 왔을 땐 이 시간에 일어났었는데….

아니면 휴대폰이 꺼져서 내 메시지를 못 봤나?

그릇을 내려놓고 채팅방을 확인했다. 마이는 아직 내가 보낸 메시지를 읽지도 않았다. 그에게 전화를 하는 게 나을지 잠시 고민하는 사이 읽음으로 상태가 바뀌었다.

좋아, 이제 전화가 오겠지?

휴대폰을 손에 꼭 쥐고 기다렸다. 그런데 전화는 오지 않고 메시지가 왔다.

'데려다주셔서 감사합니다. 또 이런 일로 귀찮게 해서 죄송해요.'

그리고 더 이상의 메시지나 전화는 오지 않았다. 나는 얼굴을 잔뜩 찌푸렸다.

정말로 할 말이 이게 다야? 다냐고!

전화 달랬는데 왜 안 해?

아직 그릇엔 라면이 남아 있지만 더 이상 먹고 싶지 않았다. 일어나서 부엌으로 가 남은 음식을 버리고 바로 그릇을 씻었다. 안 봐도 내가 얼마나 얼굴을 찡그리고 있는지 알 것 같았다. 마음속도 마찬가지였다. 의문이 한가득이었다.

마이는 내게 대체로 순종적이었다. 그에게 뭘 하라고 지시하는 걸 별로 좋아하지 않지만, 어쨌든 그는 항상 내 지도나 지시를 순순히 따르곤 했다. 하지만 이번에는 내 요청에도 전혀 반응하지 않는다. 그 이유는 아마도… 내게 화가 났기 때문일 것이다.

나는 소파에 몸을 내던졌다. 그렇다고 그를 비난할 수는 없다. 처음부터 그에게 내 마음을 솔직하게 말하지 못한 건 내 잘못이니까. 이제 그가 깨어났다는 것을 알았으니, 모든 걸 분명히 해야겠다고 마음먹었다.

다시 휴대폰을 들고 그에게 전화했다. 전화를 받기를 기다리는 동안 가슴이 두근거렸다.

"네, 선배."

통화가 연결되고 들려온 익숙한 목소리에 나는 침을 꿀꺽 삼켰다.

"이제 일어났구나. 좀 어때?"

"괜찮아요."

"다행이다. 어제 많이 마셨지? 내가 다시 돌아갔을 땐 이미 취해 있더라고."

내 말이 끝난 뒤에도 그는 한동안 조용했다.

"네, 또 귀찮게 해서 죄송해요."

그는 언제나처럼 정중하게 사과했다. 그의 목소리는 조금 쉰 듯했고, 그래서인지 더 무뚝뚝하게 들렸다.

"아냐, 괜찮아 정말로. 그래서…."

"더 이상 귀찮게 하면 안 될 것 같아요. 월요일에 봬요."

내 말을 끊고 이어서 한 말은 뜻밖이었다. 덕분에 나는 준비했던 말들을 모두 잊어버렸다.

"아, 알겠어. 다음에 봐."

"네."

그는 바로 전화를 끊었다.

나는 무거운 마음으로 휴대폰을 응시했다. 그는 내가 자신에게 아무 감정이 없다고 오해했고, 그래서 나와의 대화를 피하는 것 같았다. 나 역시 그의 반응이 너무 예상 밖이어서 말문이 막혀버렸다.

하지만… 이대로 놔둘 수 없잖아.

나는 심호흡을 하고 이 낙담한 남자에게 다시 전화를 걸준비를 했으나 곧 손가락을 멈췄다.

이런 얘기는 전화로 하면 안 되잖아.

집으로 만나러 가야 할까?

휴대폰을 내려놨다가 곧 집어 들었다. 그리고 다시 내려놨다가 또다시 집어 들었다. 쉽게 결정을 내릴 수가 없었다. 그의 완벽한 얼굴을 보지 않고 말하는 게 훨씬 쉬울 것은 분명하다. 하지만 나라면, 누군가에게 화가 나 있을 때 그 사람이 찾아와 화해를 청한다면 정말 기쁠 것이다.

그러니까 난, 그렇게 해야만 한다.

심플한 티셔츠에 반바지를 입은 내 모습을 보고 고민하다가 결국 조금 더 단정해 보이는 긴 바지로 갈아입었다. 그리고 휴대폰과 키카드, 지갑을 들고 콘도를 나와 바로 건너편 건물로 향했다.

나 제이드니팟은 매사에 매우 헌신적인 사람이다. 내 일을 위해 많은 것을 바쳐왔다. 그러니 사랑에 관한 일에도 당연히 최선을 다할 것이다.

내가 간다!

* * *

그를 직접 대면해서 내 마음을 전하겠다고 용기를 내긴 했지만, 막상 그의 콘도 앞에 서보니 막연히 불안해졌다.

콘도 로비의 경비원을 보자마자 깨달았다. 어젯밤처럼 그의 키카드도 없는 지금의 나는 입주민도, 입주민에게 허락을 받은 사람도 아닌 낯선 사람이라는 것을. 그러니 마이를 만나려면 그가 나를 데리러 나와야만 한다.

하지만 그가 그렇게 하고 싶지 않다면…?

다시 그에게 전화를 걸었다. 여기까지 왔으니 끝까지 가야 한다. 그가 전화를 받는 데는 그리 오래 걸리지 않았다.

"네, 선배."

"너 지금 콘도에 있어?"

"네."

"음… 나 네 콘도 로비에 있어."

사실 지금 난 완전히 미쳐버릴 것 같았지만, 가능한 한 침착하게 목소리를 내려고 노력했다. 별일 아닌 것처럼.

"무슨 일 있어요? 제 콘도에 두고 가신 거라도…."

"아니, 그건 아니야. 어…."

내 목소리가 조금 떨렸다. 그래서 잠시 호흡을 가다듬은 다음 말을 이었다.

"너랑 얘기하고 싶어."

통화 너머에서는 침묵하고 있었다. 그의 답을 기다리는 동안 숨이 멎을 것만 같았다. 불안이 온몸을 휘감았다.

잠시 후 그가 대답했다.

"잠깐만요. 내려갈게요."

"응."

나는 전화를 끊고 로비 소파에서 기다렸다. 5분도 채 안 되어서 마이가 내려왔다. 그는 편안해 보이는 긴 바지에 티셔츠를 입고 왔다. 머리도 단정했지만, 조금 피곤해 보였다. 어젯밤 그렇게 술을 많이 마셨으니, 완전히 숙취가 해소된 채로 깨어나는 건 불가능한 일이었을 것이다.

"선배."

그는 멀리서부터 걸어오며 두 손을 모으고 인사했다. 나는 그가 가까이 오자 소파에서 일어섰다. 마치 공식 석상에서 사장님께 혼나는 것처럼 심장이 쿵쾅쿵쾅 뛰었다.

"무슨 일이세요?"

그는 아무 감정도 없는 얼굴로 물었다. 그런 그의 얼굴을 보고 초조하게 옷소매를 꽉 움켜쥐었다.

"그냥… 할 얘기가 좀…. 여긴 대화를 나누기에 적당하지 않은 것 같아. 위로 올라갈 수 있을까?"

그가 거절하면 어쩌나, 두려운 마음으로 조심스레 물었다.

마이는 또다시 침묵했다. 그가 고개를 끄덕이고 나를 안으로 인도하기까지는 조금 시간이 걸렸다. 나는 안도의 한숨을 쉬며 그를 따라갔다.

15층으로 올라가는 엘리베이터 안에는 정적만 흘렀다. 너무 조용해서 숨을 쉬는 것조차 참아야 할 것 같았다.

이대로 엘리베이터 벽에 스며들어 사라지고 싶어…!

마이는 내내 단 한 번도 날 쳐다보지 않았다. 날카로운 눈빛으로 정면만을 보고 있어서 더 마음이 무거웠다.

하지만 나도 강하게 나가야지.

난 마음먹은 걸 할 거야. 네가 이런 반응이라고 해도…. 그래도 이 일을 바로잡아야만 해.

"들어오세요."

그는 문을 열고 나를 안으로 안내했다. 철컥, 문이 잠기는 소리가 더욱 불안한 마음을 부추겼다. 실내를 둘러보며 애써 주의를 다른 곳으로 돌렸다.

어젯밤엔 거실에 불을 켜지 않아서 집 안을 세세하게 볼 수 없었다. 지금 보니 생각했던 것과 크게 다르지 않았다. 전체적으로 화이트 톤에 깔끔하고 정돈된 느낌을 주는 방이었고, 소파와 테이블, 텔레비전과 같은 큰 가구가 심플하게 배치되어 있었다. 내 방처럼 여기저기 어수선하고 어지러운 구석이 없었다. 가장 눈에 띄는 것은 나무로 된 커다란 램프였는데, 덕분에 이 방이 더 아늑하게 느껴졌다. 이 집 주인처럼 따뜻했다.

"네 방 정말 멋지다."

나는 용기를 내어 무겁게 내려앉은 침묵을 깨뜨렸다.

"감사합니다."

그는 미소를 지으며 소파를 가리켰다.

"거기 앉으시면 돼요. 마실 거라도 좀 갖다 드릴게요."

"아냐, 괜찮아. 정말 괜찮아."

나는 재빨리 그의 셔츠를 붙잡았다. 마이는 돌아서서 자신을 붙잡고 있는 내 손을 바라보았다. 그의 짙은 갈색 눈에 조금 놀란 기색이 들어 있었다. 나는 서둘러 그의 셔츠를 놓고 심호흡을 한 후 말을 꺼냈다.

"내가 여기에 온 건…."

"제가 고백한 것 때문이죠?"

그는 알고 있다는 듯 내 말을 가로챘다.

나는 고개를 끄덕이고 그를 올려다보았다. 그의 입가에 걸린 미소는 믿을 수 없을 정도로 슬퍼 보였다.

"선배를 불편하게 할 생각은 전혀 없었어요."

이제는 그가 내 시선을 외면했다. 그는 고개를 떨군 채 말을 이었다.

"저 때문에 불편하셨죠. 정말 죄송해요."

"아니, 아니야…. 그게 아니라…."

숨이 막혔다. 겁에 질린 내 심장이 터질 듯 쿵쾅거렸지만 마이는 계속해서 말을 이어갔다.

"제가 상처받을까 봐 직접적으로 말할 수 없었던 거죠?"

그는 애써 미소를 지으려고 했다.

내 목구멍은 꽉 막혀서 아무 말도 나오지 않았다. 이제 곧 숨도 멎을 것만 같다. 앞에 있는 이 남자의 얼굴이 너무 슬퍼 보여서 가슴이 바위에 짓눌린 듯 갑갑해졌다.

이 사람은 웃는 얼굴이 가장 잘 어울리는데…. 그 얼굴이 보고 싶다.

마이가 이렇게 슬퍼하는 모습을 보고 싶지 않다. 더 최악인 것은 그를 슬프게 한 원인이 나라는 것이다.

"다시는 선을 넘지 않을 거예요. 걱정하지 마세요."

그는 속이 형편없이 문드러졌을 텐데도, 나를 위해 최대한 상냥하게 말했다.

나는 조금 망설이다가 그의 손을 붙잡았다. 그리고 이제야 마음속에 있던 말을 내뱉었다.

"그런 거 아니야."

"네?"

"그렇지 않아…. 내가 널 좋아하지 않는다는 거."

잠시 침묵이 흘렀다. 나를 보고 있는 그의 갈색 눈동자에서 무언가를 읽어내기엔 너무나 많은 것이 복잡하게 뒤섞여 있었다. 나는 몹시 걱정스러운 마음으로 입술을 한번 꼭 깨물고는 생각을 정리하려고 애쓴 다음 말을 이었다.

"그날… 네가 날 좋아한다고 했을 때는 너무 놀랐어. 너 같은 사람이 나 같은 사람을 좋아할 거라고는 상상도 해본 적이 없었거든."

"저 같은 사람이 왜 선배를 좋아하면 안 돼요?"

마이가 곧장 반문했다. 나는 그저 건조하게 웃었다.

"널 봐. 넌 정말 완벽해. 게다가 나보다 훨씬 예쁘고 멋진 사람들이 사무실 곳곳에 널려 있는데, 하필 나같이 평범한 사람을 좋아할 거라고 감히 누가 생각할 수 있겠어?"

"선배는 평범하지 않아요."

그의 목소리가 더 단호해졌다.

그의 진지한 표정에 나는 할 말을 잃었다.

"선배를 처음 봤을 때부터 눈을 뗄 수가 없었어요. 선배는 정말 매력적이고, 좋은 사람이에요. 제가 선배를 사랑하지 않을 이유가 없다고요."

사랑하지 않을 이유가 없다는 그 말이 너무나 또렷하게 들려와 나는 얼굴을 붉혔다. 차마 마주 볼 수가 없었다.

마이가 가까이 다가와 내 어깨에 손을 얹었다.

"좀 더 자신감을 가져요. 선배가 다른 사람들을 보고 느끼는 것처럼 선배도 누구보다 많은 걸 갖고 있어요."

"…."

아무 말도 할 수 없었다. 심장이 너무 빨리 뛰어서 마이가 들을까 봐 겁이 났다.

나도 나만의 가치가 있다고 생각하려고 노력했다. 하지만 몇 번이고 비교당하면서 숱하게 좌절을 겪고 나면… 자존감이란 건 희미해질 수밖에 없었다.

나는 그런 절망적인 감정을 숨겼고 최대한 깊숙이 묻어버렸지만, 스스로 나라는 존재를 지워버렸다는 사실은 알지 못했다. 마이의 말을 듣고 내게 그 어떤 자신감도 남아 있지 않다는 것을 깨닫기 전까지 말이다.

그의 말이 훈풍처럼 내 가슴을 따뜻하게 감싸주었다. 나는 고개를 들어 그의 눈을 바라보았고, 미소 지었다.

"날… 좋아해줘서 고마워. 그리고, 그동안 마음 아프게 해서 미안해."

마이는 다시 미소 지었다. 그리고 천천히 고개를 저으며 말했다.

"너무 깊게 생각하지 마세요. 괜찮아요, 선배가 절 좋아하지 않아도…."

"좋아해."

마이가 말을 마치기도 전에 가장 중요한 말부터 꺼내놓았다. 긴 침묵이 이어졌다. 마이는 놀란 표정으로 나를 바라보고 있었다. 나는 이 기회를 놓치지 않고 계속해서 말했다.

"너무 갑작스러워서 어떻게 행동해야 할지 몰랐어. 네가 좋아…. 젠장, 난 그냥…. 하, 지금까지 한 번도… 한 번도 내 앞에서 날 좋아한다고 고백한 사람이 없었어."

"어떻게 해야 할지 몰라서 거리를 뒀다고요…?"

그가 되물었다.

그의 눈빛이 조금 전보다 훨씬 밝아졌다.

"응, 생각이 너무 많아서…. 조금만 정리가 될 때까지 기다리려고 했어. 근데 최근엔 네가 날 피하길래… 나한테 고백한 걸 후회하는 것 같아서…."

"절대 아니에요."

마이가 단호하게 내 말을 잘라버렸다. 그는 몸을 조금 더 숙여 내 얼굴을 똑바로 마주 보며 진지하게 말했다.

"내 마음을 전하지 않고는 더 이상 견딜 수가 없었어요. 선배를 사랑하는 것도, 사랑한다고 말한 것도 후회하지 않아요. 다시는 그런 식으로 생각하지 말아요."

그의 말을 머금은 내 가슴에 꽃이 피어났다. 나는 살며시 고개를 끄덕였고, 마이의 얼굴에도 미소가 떠올랐다.

"그래서… 선배도 절 좋아한다는 거죠?"

그가 내 얼굴에 조금 더 가까이 다가들며 물었다. 그의 깊은 목소리가 내 얼굴을 더 붉게 만들었고, 할 수 있는 일이라고는 고개를 끄덕이며 그가 얼른 뒤로 물러나길 기도하는 것뿐이었다.

너무 긴장해서 발작이라도 할 것 같다고!

"그럼 제가 남자친구가 되어달라고 해도 괜찮죠?"

"어… 음… 응, 그래."

나는 그의 눈을 똑바로 쳐다보지도 못하고 더듬거렸다. 아마 토마토처럼 보일 게 틀림없다.

이건 전혀 멋지지 않잖아, 제이드!

"그럼 이제 전 선배의 남자친구예요."

그가 환하게 웃었다.

나는 고개를 끄덕이며 그의 햇살 같은 아우라를 바라보았다. 이런 갑작스러운 변화에 적응하지 못해 머리가 제멋대로 핑핑 돌았다.

난 이제 더 이상 싱글이 아니다. 그리고 내 남자친구는 여섯 살 연하다.

어떤 점쟁이가 나에게 이런 일이 일어날 것이라고 점쳤다면 나는 그를 사기꾼이라고 했을 것이다. 하지만 이제는 안다. 살다 보면 어떤 일이든 일어날 수 있다.

그럼 내가 뽑은 치치스틱의 점괘가 정확했던 거야?

"선배가 절 피할 때는 정말 힘들었어요."

막 내 남자친구가 된 그가 슬픔에 젖은 목소리로 말했다. 이 커다란 댕댕이의 귀가 축 처진 게 보이는 것 같았다.

"정말로 절 좋아하지 않는 줄 알았거든요."

"미안해."

진심으로 사과를 전했지만 그는 여전히 비에 젖은 강아지 같은 얼굴이었다.

"엄청 슬펐어요."

"응… 정말 미안해."

당황한 나는 어떻게 하면 그의 마음을 풀어줄 수 있을지 고민하며 어쩔 줄 몰라 했고, 마이는 그런 나를 바라보다가 물었다.

"보상해주실 거예요?"

"어… 그, 그래서 여기까지 온 건데…."

나는 조금 횡설수설했다. 지금까지 살면서 누구와도 트러블을 일으킨 적이 없어 어떻게 그의 기분을 풀어줘야 할지 알 수가 없었다. 내게 툭하면 퉁명스럽게 구는 사람은 젠뿐이었지만, 그 애가 까칠하게 구는 건 그다지 스트레스가 아니었다. 심지어 간식을 사주면 쉽게 풀리기도 했다.

그럼 그에게도 간식을 사줘야 할까?

"맛있는 거 사줄게. 먹고 싶은 건 뭐든."

내 제안에 마이는 픽 웃었다.

"전 그런 걸 원하는 게 아니에요."

"그럼 뭘 원하는데?"

나는 더 이상 생각나는 게 없어 절망감을 느끼며 물었다.

그의 얼굴에 만연했던 천진한 미소가 여우같이 변했고, 동시에 내 머릿속에서 경고음이 울렸다.

"키스해주세요."

오 마이 갓!

어쩐지 무섭더라니, 이럴 줄 알았어!

깜짝 놀란 나는 초조하게 입술을 잘근거렸다. 저 천진난만한 얼굴에 애처로운 강아지 눈빛은 꼼수다. 마이가 순진하기만 한 댕댕이가 아니라는 사실을 완전히 잊고 있었다.

이거 교활한 늑대잖아!

심지어 사무실에서 내 뺨에 키스하기도 했다. 그가 마냥 순진하다면, 어째서 내게 이런 보상을 요구하겠는가!

"선배…."

마이는 내가 망설이는 걸 보고 불쌍한 목소리로 애원했다.

"진짜 마음 아팠어요…."

"그… 그러면, 내가… 키, 키스하면 용서해줄 거야?"

그는 열렬히 고개를 끄덕이고 나를 더 가까이 끌어당겼다. 이제 우리 사이에는 더 이상 틈이 없다. 마이는 점점 더 가까이 다가왔고, 그의 유난히 짙어 보이는 갈색 눈동자와의 거리는 불과 몇 인치밖에 남지 않았다.

"제발요."

내 얼굴은 불같이 타오르고 있지만 그 눈에 담긴 기대를 보면 도저히 버틸 재간이 없었다.

우린 이제 연인이니까… 이, 이런 건 평범한 일이다. 게다가 난 그에게 용서를 구하려고 여기 온 거니까….

"누, 눈 감아."

마이는 곧장 눈을 감았고, 나는 잠시 망설이다가 얼굴을 가까이 움직여 그의 입술에 내 입술을 갖다 대었다.

내가 느끼기에도 엄청 서투르잖아…!

부드럽고 따뜻한 촉감이 낯설지만 기분은 너무 좋다.

나는 그렇게 5초 정도 있다가 입술을 떼어냈다.

하지만 내가 완전히 그에게서 떨어지기 전, 그가 갑자기 내 얼굴을 감싸 쥐고 다시 한번 입술을 짓누르더니 곧 열렬히 그리고 탐욕스럽게 내게 키스를 했다.

"웃…."

그가 내 아랫입술을 가볍게 깨물자 나는 눈을 크게 떴다.

동시에 놀란 내가 힘주어 꽉 물고 있던 입술을 벌렸고, 그 틈을 노려 그의 혀가 입안으로 들어왔다. 마이의 부드럽고 따뜻한 혀가 내 입안을 마음껏 놀리자 이제 막 두 번째 키스를 하고 있는 나는 그저 멍하니 서서 미친 듯이 뛰는 심장을 부여잡고 이대로 정신을 잃지 않기만을 바랐다.

그날, 차 안에서 내 입술을 훔쳤을 때 그가 키스를 잘한다는 걸 알아채긴 했지만 이건… 더….

숨이 넘어가기 직전에야 그가 조금 떨어졌다. 하지만 그의 입술은 여전히 내 입가에 머물러 있었다. 그는 한 번 더 내게 키스했고, 경직되다 못해 마비된 내 몸을 끌어당겨 품에 안았다. 우리 두 사람은 아무 말 없이 잠시 동안 숨을 가다듬었다.

"너무 사랑스러워요."

그는 내 어깨에 얼굴을 묻은 채 낮은 목소리로 귓가에 속삭였고, 내 얼굴은 온통 붉어졌다. 나는 쿵쾅거리는 심장을 진정시키기 위해 한참을 애써야 했다.

"기, 기분이 좀 나아졌어?"

"네."

그는 그제야 나를 품에서 놓아주고 예쁜 미소를 지어 보였다.

하… 너무 부끄러워서 쳐다볼 수가 없어….

이게 누가 누구한테 키스한 거냐고!

원래 키스가 이런 기분이 드는 거야? 엄청 이상해!

기분이… 좋긴 한데, 손을 어디에 둬야 할지도 모르겠고.

난 또 왜 이렇게 부끄러워하는 거야!

"뭐 좀 먹었어요?"

그는 아직도 내가 잔뜩 굳어 있다는 걸 알아채고 센스 있게 화제를 바꿔주었다. 나는 고개를 끄덕였다.

"응, 넌?"

"아직이에요."

"나가서 뭐 좀 먹을래?"

그러고 보니 집에서 나오기 전에 바지를 갈아입어 다행이었다.

"좋아요, 밥 먹고 영화도 봐요."

"그래."

주말이라 시간도 많고 영화 본 지도 오래되었으니까….

"근데 오늘은 집에 안 보낼 거예요."

"뭐?"

나는 아주 당혹스러운 얼굴로 그를 보았다. 이 남자는 빛이 날 정도 환하게 웃은 다음 말을 잇는다.

"올 땐 선배 마음이었겠지만, 보내주는 건 제 마음이니까요. 오늘은 여기서 자고 가요."

"…."

"나랑 같이 자요."

그는 또다시 애처로운 얼굴을 해 보였지만, 사무실에서의 도둑 키스랑, 방금 전의 키스를 생각하면….

더 이상 속지 않을 거야!

네 꿍꿍이가 뭐야!

"자고 가요, 네?"

내가 잠시 아무 말도 없이 가만있자 그는 조금 더 단단한 말투로 답을 강요했다. 나는 머뭇거리며 입술을 꼭 깨물고는 결국 고개를 끄덕였다.

"알겠어."

하, 난 정말 어쩔 수가 없다.

마이의 슬픈 댕댕이 눈빛을 보면 항상 지게 된다.

마이는 내 대답이 떨어지자마자 곧바로 환하게 웃으며 옷을 갈아입으러 갔다.

소파에 털썩 주저앉아 침실로 사라지는 어린 남자친구의 뒷모습을 바라보며, 오늘 무슨 일이 일어날지 불안해했다.

그는 조용하고 예의 바른 신사처럼 보이지만 실제로는 착하면서, 나쁜 아이이기도 하다.

키스 테크닉을 보면… 선수일지도 모른다. 난 아주 생초짜인데…. 이제는 남자친구가 되어 함께 하룻밤을 보낼 예정이다.

나는….

오늘 밤을 무사히 넘기지 못할지도 모른다.

18

남자친구가 있다는 것

내가 처음이자 마지막으로 누군가와 사귄 건 10여 년 전일이다. 그때 나는 용돈을 만화책 사는 데 다 써버리곤 하는 빈털터리 9학년 아이에 불과했다. 여자친구는 댄스 동아리 활동을 하고 있어 오픈하우스 행사 공연을 준비하기 위해 거의 매일 연습을 해야 했다. 그래서 피로를 풀어주려고 영화관에 데려가려 했지만, 그녀는 약속 장소에 나타나지 않았다. 알고 보니 그 시간에 10학년 선배와 만나고 있었던 것이다. 그렇게 내 첫 데이트는 망가졌고, 내 삶에 연애라는 것도 영원히 끝나는 듯했다.

그 이후로 데이트를 한 적이 없었다. 하지만 지금 마이와 함께 쇼핑몰에 왔고, 이건 내 인생의 공식 첫 데이트다.

무려 스물일곱 살에!

난 정말 다른 사람들보다 한참이나 느리다.

쇼핑몰에서 몇 시간을 보낸 후, 하늘이 어둑어둑해질 즈음에야 우리는 거기서 나왔다. 차 안의 시계가 오후 8시를 가리켰다. 차를 모는 운전자의 옆모습을 보다가 우리가 함께 보낸 오후를 생각하며 흐뭇하게 웃었다.

우리는 일식당에서 점심을 먹었다. 마이는 규동을 주문했고, 나는 이미 집에서 라면을 먹고 나와서 사이드만 시켰다. 식사를 하는 내내 쉬지 않고 이야기를 나누었고, 서로에 대해 더 많이 알게 되었다.

그는 대학교 친구들에 대해 들려주었고, 나는 이것이 내 인생 공식 첫 데이트라고 고백했다. 마이는 조금 놀란 얼굴로 물었다.

"연애해본 적 없어요?"

"해봤는데 3주밖에 안 돼서 차였어. 데이트할 시간도 없었으니까 이게 처음이야."

나는 빨대로 컵에 담긴 얼음을 찔러대며 대답했다.

마이는 활짝 웃으며 내 손을 잡았다.

"그럼 이제부터 제가 좋은 기억을 남겨줄게요."

점심 식사 후에는 영화를 보러 갔다. 내가 티켓과 팝콘을 사려고 하자 마이가 끼어들어 직원에게 먼저 신용카드를 건넸다. 내가 할 수 있는 일은 나중에 그에게 갚아야 할 빚이 얼마인지 기억해두는 것뿐이었다.

영화를 보는 내내 그의 손은 한 번도 내 손을 떠나지 않았다. 마이가 엄지손가락으로 내 손등을 살살 문지르자 어딘가 모르게 따끔거리는 기분이 들었고, 너무 가까이 붙어 있는 탓에 영화에 집중할 수 없었다. 영화가 끝난 후에는 저녁으로 샤브샤브를 먹고 집에 오는 길에 크리스피도넛도 샀다.

쇼핑몰에 머무는 동안에도 우리 두 남자는 내내 손을 잡고 있었는데, 그는 쳐다보는 사람들의 시선을 전혀 의식하지 않았다. 요즘에는 다양한 성 정체성이 꽤나 받아들여지는 편이지만, 그래도 우리를 이상하게 보는 사람들이 없지는 않았다. 하지만 마이가 그런 것들에 조금도 신경 쓰지 않는 모습을 보자 나는 따뜻하고 안정적인 느낌을 받았다.

그는 말한 대로 나에게 정말 좋은 기억을 남겨주었다.

지금 우리는 콘도에 점점 가까워지고 있다. 나는 안전벨트를 풀려고 손을 뻗었다가 마이가 오늘 밤은 그의 집에서 자고 가라고 한 말을 떠올렸다.

오 마이 갓.

완전히 잊고 있었다.

"가요."

마이는 그의 콘도에 차를 주차한 후 내 손에서 도넛 상자를 가져가 대신 들어주었다. 나는 몹시 긴장한 채 조용히 따라가 엘리베이터를 타고 그의 집으로 올라갔다.

야심한 시각, 단둘이 한집에 있는 연인….

나는 바보가 아니다. 이런 상황이라면 무슨 일이 일어날 수 있는지 알고 있다.

"먼저 씻을래요?"

마이가 물었지만, 나는 머릿속에서 조잘대는 목소리들과 격렬하게 싸우느라 바로 대답을 못 했다.

"음… 너 먼저 해. 나는, 어… TV 좀 보고 싶어."

"알겠어요. 저 먼저 씻고 올게요."

그는 내 뺨에 부드럽게 키스하고 화장실로 들어갔다. 구름 속에 있는 것처럼 머릿속이 온통 뿌옇게 잠겨 아무 생각도 들지 않았다. 머리통을 감싸 쥔 채 비척거리며 소파로 가서 털썩 앉았다.

얘는 왜 이렇게 다 자연스럽지?

오늘 몇 번이나 심장이 멈출 뻔한 나와 달리 어색함이 전혀 없다.

요즘 애들은 이런가? 이게 세대 차이야?

아니면 내가 익숙하지 않아서…?

나는 텔레비전을 틀어놓고 어떻게든 긴장을 풀어보려고 애썼다.

아마 너무 오랫동안 혼자였어서, 어떻게 행동해야 할지 몰라서, 그래서 이렇게 떨리는 거겠지. 곧 익숙해질 거야.

하지만 가장 걱정스러운 건 오늘 밤이 어떻게 될지 모른다는 점이라고!

"선배."

방 주인의 낮은 목소리가 들렸다. 뒤돌아보니, 허리에 수건만 두른 남자가 서 있었다. 곧장 얼굴이 화르륵 타올랐다. 마이는 미소를 짓고는 내게 셔츠, 바지, 수건을 건네주었다.

"제 옷이 선배한테는 좀 클 것 같은데, 괜찮으면 좋겠어요. 이제 씻고 올래요?"

"응, 씻으러 갈게."

나는 그의 완벽한 몸매를 보고는 손에서 옷을 낚아채듯 움켜쥐고 화장실로 달려갔다. 그리고 문을 닫은 다음 크게 한숨을 쉬었다.

씻었으면 나오기 전에 옷 입는 법 모르냐고!

내가 집에 있는데, 일부러 그런 거야?

마이는 정말 여우다!

나는 빨개진 얼굴을 벅벅 문질렀다. 열기가 사라지질 않았다. 마이의 몸을 본 건 이번이 처음이 아니었다. 지난번에는 너무 정신이 없었고, 그의 완벽한 몸매에 질투심 외에는 아무것도 느끼지 못했다. 하지만 지금은 심장이 튀어나올 것처럼 미친 듯이 뛰었다.

도대체 난 왜 이렇게 부끄러운 거냐고!

찬물에 이 모든 잡념이 다 씻겨나가길 바라면서 서둘러 샤워를 했다. 그리고 그가 준 옷을 입었다. 그의 티셔츠는 너무 컸고, 바지도 바닥에 질질 끌려서 걸으려면 손으로 잡아 올려야 했다. 샤워를 마치는 데는 15분 정도밖에 걸리지 않았지만, 그가 있는 화장실 밖으로 나가기 전에 준비를 하는 데만 15분쯤 더 썼다.

솔직하게 말해야 해….

난 아직 준비가 안 됐어….

하지만 모든 일에는 처음이 있는 법이야.

….

아니, 근데 처음이 그렇게나 아프다며!

나는 계속 요상한 생각에 빠져 있다가, 이렇게 화장실에 계속 있어서는 안 된다는 걸 깨달았다. 이 정도면 마이가 내가 여기서 머리를 부딪혀 죽었다고 생각할지도 모른다.

마침내 옷을 다 갈아입고 밖으로 나왔고, 소파에 앉아 텔레비전을 보고 있는 그를 발견했다. 그는 화장실 문이 열리는 소리가 들리자마자 나를 돌아보았다.

"옷이 너무 크네요."

그가 나를 이리저리 살펴보며 말했다.

"나 작은 거 아냐. 네가 너무 큰 거야."

나는 혹시라도 그가 놀릴까 봐 아무 말도 못 하게 먼저 말해버렸다. 마이는 웃었다.

내가 옆에 앉자 마이는 무릎에 머리를 대고 누웠다.

"네, 제가 너무 커서 그래요. 선배는 그대로 괜찮아요."

그는 그렇게 말하며 나를 사랑스럽게 올려다보았다. 나는 너무 부끄러워서 눈을 마주치지 못하고 애꿎은 텔레비전 화면만 노려봐야 했다.

"넌 진짜 듣기 좋은 말만 골라서 해. 얼마나 많이 만나본 거야, 어?"

나는 화면에서 눈을 떼지 않은 채 조금 투덜거리듯 말하고는 손으로 그의 머리카락을 쓸었다.

"두 번뿐이에요."

그는 내 손을 잡고 만지작거리며 대답했다. 나는 의심스럽다는 듯 눈썹을 치켜올렸다.

"정말이야?"

"그것도 고등학교 때요. 대학에 와서는 만난 적 없어요."

"그럼 왜 헤어졌어?"

마이 같은 남자는 모든 여자의 꿈일 테고, 무엇보다 바람둥이 타입도 아닌데, 왜 헤어졌을까?

그리고 어쩌다 나랑 만나게 된 걸까.

"첫 번째는 상대가 이민을 갔어요."

"아, 장거리 연애는 어렵지…."

"두 번째는 잘 지내질 못했어요. 사소한 일에도 질투가 심했거든요. 서로 다른 대학에 들어갔는데, 그래서인지 제가 만나는 새로운 친구들에 대해 완전히 편집증적으로 집착하곤 했어요. 아무리 노력해도 믿어주지를 않아서, 헤어졌죠."

나는 고개를 끄덕였다. 많은 커플이 헤어지는 이유 중 하나인 질투….

킹도 예전에는 진지한 관계를 맺은 상대가 있었다. 하지만 편집증에 가까울 정도로 질투하고 집착하고 통제하려 들던 연애에 지쳐버린 그는 이제는 그런 관계를 맺지 않고 하룻밤 데이트로만 끝내버리곤 했다.

물론 그걸 해결책이라고 해야 할지 모르겠지만.

"나 그렇게 질투하는 사람은 아니야. 너무 걱정 마."

나는 그다지 집착하지 않고, 그렇다고 마이가 그럴 것 같지도 않았다. 우리 둘 다 서로에게 솔직하고 진심을 다한다면 어떤 문제가 생겨도 잘 해결할 수 있을 것이고, 그다지 머리 아플 일도 없을 것이다.

"전 선배가 저한테 소유욕을 느꼈으면 좋겠는데요."

그가 웃으며 말했다.

나는 그의 머리를 한껏 부볐다. 너무 귀여워서 꼭 쥐어 터

뜨리고 싶을 정도다. 그런 다음 나는 다시 텔레비전을 보려고 고개를 돌렸다.

시간이 흐를수록 눈꺼풀이 점점 무거워졌다. 오늘 꼭 해결해야 하는 중요한 일에 대해 생각하느라 어젯밤부터 잠을 거의 못 잤고, 이제야 그 피로가 한꺼번에 몰려왔다. 샤워를 하고 에어컨 바람을 쐬며 여유를 즐기려니 노곤노곤 잠이 쏟아졌다.

"졸려요?"

마이가 일어나 앉으며 물었고, 나는 고개를 끄덕였다.

"응, 조금."

"이제 자러 가요."

하지만 그 말에 4샷 에스프레소를 원샷한 것처럼 정신이 번쩍 들었다. 나는 마이의 웃는 얼굴을 올려다보았다. 역시 그의 표정은 순진해 보이지만… 꼭 뭔가를 숨기고 있는 것 같기도 했다.

"아, 난 소파에서 자도 돼."

나는 어색하게 웃었는데 마이는 고개를 저으며 텔레비전을 껐다.

"침대에서 같이 자요."

마이는 손을 잡고 날 침실로 데려갔다. 그리고 침대 헤드 근처에 있는 무드등을 켰다. 따뜻한 느낌의 옅은 빛이 방의 분위기를 더욱 편안하게 해줬다. 나는 침대에 앉아 그의 옆, 빈 공간을 두드리며 이리 오라고 부르는 마이를 쳐다보았다. 마치 도살장으로 끌려가는 소가 된 기분이 들었다.

"무드등 끌까요?"

나는 고개를 저었고, 누워서 이불을 덮으며 말했다.

"괜찮아."

천장을 보고 누워야 할지, 옆으로 누워서 마이를 봐야 할지, 아니면 마이에게 등을 돌리고 누워야 할지, 그런 것조차 정하지 못하고 혼란스러워했다.

이게 이렇게 복잡할 일이야?

나는 잠시 망설이다가 결국 그에게 등을 돌렸다.

"잘 때 많이 움직여요?"

마이의 목소리가 고요해진 방 안의 침묵을 깨뜨렸다.

"글쎄, 조금…?"

내 대답에 이어 묵직한 팔이 허리를 감싸오자 나는 흠칫 놀라 몸을 오므렸다.

"그럼 침대에서 떨어지지 않게 제가 안고 자야겠네요."

마이가 낮은 목소리로 속삭였다. 나는 꼼짝도 하지 못하고 통나무처럼 딱딱해진 채 누워 있었다. 그는 우리의 몸이 완전히 닿을 때까지 더 가까이 다가왔다. 그의 따뜻한 숨결이 들리는 것도 모자라 느껴지기까지 했다. 그리고 곧 그 숨결이 귓가에 닿았고 그가 부드럽게 내 귓바퀴를 깨물자 온몸이 전율했다. 나는 눈을 꼭 감았다.

"무서워요?"

내가 얼마나 긴장했는지 알아채고 그가 물었다.

"아니."

나는 조금 높아진 목소리로 대답했고, 뒤에서 그가 웃는 소리가 들렸다.

"선배가 준비되지 않았다고 하면 전 아무것도 하지 않을 거예요."

그의 대답은 내 안에 쌓여 있던 모든 스트레스를 풀어주었다. 나는 안도의 한숨을 쉬었다.

내가 특별히 유교보이인 건 아니지만, 우린 오늘에서야 연인이 되었다. 그런 일을 하기엔 너무 이르다고 생각할 뿐이다. 게다가… 그가 내게 '그것'을 넣을 거라는 사실을 알고 있으니 조금 더 준비할 시간이 필요했다.

"제가 무서워요?"

마이의 목소리가 슬프게 들렸다.

아니, 네 행동을 보라고!

어떻게 과대망상에 빠지지 않겠냐 이 말이야!

"네가 무서운 게 아니야, 아직 준비가 안 됐을 뿐이지. 그래서 조금 긴장됐어. 널 두려워하고 그런 건 절대 아니야."

마이는 살짝 웃더니 나를 좀 더 꼭 안아주었다.

"그런 걱정은 하지 않아도 돼요. 나 때문에 억지로 할 필요도 없고요. 그런 것 때문에 선배를 원한 건 아니니까."

"진심이야?"

나는 예상 밖이라는 듯 그를 돌아보았다.

"음… 조금은, 원하긴 하지만…."

"…."

거봐. 이 교활한 댕댕이!

"하지만 우리 둘 다 준비가 되었을 때 자연스럽게 하게 되면 좋겠어요. 오늘 밤은 그냥 선배를 안고 자고 싶은 거니까 겁먹지 마요, 알았죠?"

그의 부드러운 목소리가 내 몸을 따뜻하게 감싸주었다. 나는 내 허리를 감싸 안은 팔에 손을 얹고 중얼거렸다.

"고마워."

"뭘요. 잘 자요, 선배."

"응, 좋은 꿈 꿔, 마이."

"이렇게 선배를 품에 안고 자면 정말로 좋은 꿈을 꿀 수 있을 것 같아요."

나는 부드럽게 웃었다. 그리고 천천히 눈을 감았다. 오늘은 정말 아주 달콤한 꿈을 꿀 것만 같았다.

밤은 평화롭게 지나갔다. 마이는 약속을 지켰고, 정말로 나를 안고 잠만 잤다. 그래서 나는 다음 날 아침에도 멀쩡히 살아있었고, 건강했다. 물론… 아침에 눈을 떴을 때 그가 내 목덜미에 이런저런 장난을 많이 쳤지만. 혼자가 아닌 누군가의 옆에서 깨어나는 것은 낯설지만 따뜻했다.

남자친구가 있다는 건 이런 거구나.

어제는 쇼핑몰에 다녀왔지만 일요일인 오늘은 그냥 집에서 간단한 아침 식사를 준비했다. 물론 요리는 마이가 했다. 그런 다음엔 누워서 영화를 봤다. 여느 때와 다를 바 없는 평범한 주말이지만, 내 옆에 이 남자가 있으니 아주 특별한 날이 되었다.

주말 내내 마이는 내게 꼭 들러붙어 있었다. 내가 어디에 있든 와서 껴안거나 어깨에 팔을 둘러 감쌌고, 좋아하는 장난감을 가지고 노는 강아지처럼 나를 이리저리 움직였다. 그게 아니면 내 무릎을 베고 누워 있었다. 그러고 보니 우리가 사무실에 있을 때도 마이는 늘 내게 붙어 있었지만, 이전까지는 손끝 하나 닿지 않고 그저 가까이에만 머물렀다. 그래서 내가 그의 정신적 지주나 엄마라도 된 것인지 궁금하곤 했는데, 이젠 그가 날 좋아했기 때문에 그랬다는 것을 안다.

돌이켜보면 그가 나를 좋아한다는 게 분명히 보였을 텐데, 난 전혀 눈치채지 못했다. 이번 생에 탐정이 되는 건 글렀다는 걸 인정해야만 하다니…. 아오야마 선생님이 절대로 용서하지 않을 실수였다.

결국 나 혼자 모든 걸 잘못 생각했으니, 모두가 날 바보라고 불러도 반박할 수가 없다. 이번만큼은 인정한다.

일요일을 몽땅 마이의 집에서 보냈다. 하루 더 묵고 가라는 말에 거의 밤을 지새울 만큼 늦게까지 그의 집에 머물러버렸다. 하지만 나는 집으로 돌아가야 했다. 다가오는 월요일, 출근을 하려면 옷을 빨아야 했기 때문이다. 그래서 결국 그가 나를 데려다주었다.

헤어지기 전, 잘 자라고 인사를 나누는 동안 그는 마치 내게 버려지는 강아지처럼 굴었다. 그래서 나는 그의 얼굴에 다시 미소를 띄워놓으려고 볼에 뽀뽀해주었다. 그것만으로도 집에 돌아갈 수 있을 정도로 그의 기분을 회복시킬 수 있었다.

다음 날 아침, 그는 나를 데리러 왔고, 우리는 함께 출근을 했다.

"잘 잤어?"

조수석에 올라타면서 물었다.

"선배가 없어서 잘 못 잤어요."

그는 가볍게 웃었지만, 그 눈에는 어젯밤 함께 있지 않은 것에 대한 서운함으로 채워진 심술이 묻어났다.

"그전에는 잘 잤으면서."

"하지만 더 이상은 그럴 수 없어요. 선배가 옆에 있는 게 훨씬 더 좋다는 걸 알아버렸으니까."

그를 향해 다시 웃었다. 단 이틀이었지만, 남자친구인 마이는 사무실에서 사수와 부사수로 보던 것과 많이 다르다.

직장에서는 공손하고, 예의 바르며, 나이에 비해 훨씬 성숙해 보였지만 단둘이 있으면 그는 커다란 몸집에 전혀 어울리지 않게 나를 종일 껴안고, 늘 필요로 하며 조금도 떨어지지 않는다.

사람이 누구와 함께 있고, 어디 있느냐에 따라 성격이 달라지는 것은 전혀 이상한 일이 아니다. 게다가 마이는 집에서는 막내이고, 형과 나이 차이도 많이 난다고 했다. 그래서 내게 더 어리광을 부리는 것일 수도 있다. 동생이 있는 사람에게 그런 그는 귀여울 뿐이다.

그리고 우리가 함께 시간을 보낸 지난 몇 달 동안 내가 항상 그를 인턴으로만 봐왔다는 걸 깨닫게 됐다. 이제 우리는 연애를 하고 있으니 마이에 대해 배울 것이 많다. 마이도 나에 대해 알아갈 것이 많을 것이다. 새롭게 알게 된 사실은 마이가 스킨십을 좋아한다는 것이다. 난 아직 그게 익숙하지 않지만, 점점 적응할 것이다.

마이를 남자친구로 두고 나니 마치 아이를 하나 키우게 된 것 같은 기분이 들기도 했다.

월요일 아침의 교통 상황은 정말 끔찍해서 오늘은 예상보다 조금 늦었다. 우리가 도착했을 때는 이미 모두가 사무실에 와 있었다.

"안녕 마이, 회식 때 정신을 완전히 놨던데, 기억나?"

킹이 월요일 아침부터 마이를 놀려댔다. 마이는 조금 수줍게 웃으며 인사할 뿐이다. 킹은 곧장 타깃을 나로 바꿨다.

"제이드, 마이 집에 잘 데려다줬어? 마이가 자는 동안 이상한 짓 한 건 아니지?"

"내가 너냐! 난 자는 사람한테 이상한 짓 안 해!"

나는 그의 등을 찰싹 때렸다. 킹의 눈이 이상하게 빛난다.

"나도 자고 있는 사람한텐 뭐 안 해. 동의하에 하는 걸 좋아하지."

킹이 웃었다.

그때 내 오른쪽에 있는 사람에게서 답답하고 긴 한숨 소리가 들렸다.

"너 괜찮아, 으아?"

내 물음에 그는 언제나처럼 짧게 대답했다.

"코 막혀서 그래."

"야돔 줄까?"

으아는 고개를 저었다. 그는 마이를 보더니 나에게 돌아섰다. 그리고 의자를 내 쪽으로 끌어오며 물었다.

"이제 분명히 밝혔지?"

"응, 확실히 했어."

으아는 살짝 웃으며 다시 일하러 갔다.

빈 병을 집어 들었고, 물을 채우러 가려는데 뒤에 있는 사람이 내 손에서 물병을 가져갔다.

"제가 가져다드릴게요."

마이가 곧장 물을 뜨러 일어났고, 나는 '고마워' 하고 작게 웅얼거렸다.

"아아, 제이드만을 위한 서비스라니, 남자친구 같잖아."

파이 선배와 그녀의 팀이 나를 쳐다봤다.

"부러워요?"

내가 놀리듯 말하자 그녀가 시선을 거뒀다.

"당연하지. 우리 팀은 인턴을 뽑지도 않으니까, 마이같이 우수한 인턴이 올 일도 없고. 마이, 졸업 후에 우리 회사에 입사하고 싶은 생각 없어? 우린 널 환영해."

그녀는 아주 진지한 표정으로 말했다.

마이는 미소를 지으며 가만히 서 있을 뿐이다.

"에이, 선배. 마이는 대기업으로 가야죠. 놓아주세요."

킹이 말했다.

"맞아요. 그래픽 디자이너로 여기서 일을 시작해버리면 다른 좋은 곳에 가기 어려워질 거예요. 마이의 잠재력에 걸맞은 곳을 찾게 해줘야죠."

나는 진심으로 말했다.

아마 사장님의 사촌 동생인 몽콘 선배가 있었다면 감히 이런 말을 할 수 없었겠지만, 그는 언제나 그렇듯 아직 출근을 하지 않았으니 다 들리도록 말할 수 있었다.

"좋게 생각해주셔서 감사합니다."

마이는 부드럽고 공손하게 대답을 피했다.

나조차도 그에게 그런 걸 물어본 적이 없다는 걸 깨달았다. 앞으로 그가 어떤 선택을 할지 전혀 알지 못했다.

"우리 회사에 들어오지 않아도 괜찮아. 하지만 내 마음속 방에 들어오지 않으면 안 돼."

파이 선배는 모두가 그녀에게 야유하자 깔깔거리며 함께 웃었다.

"아, 놔주세요. 거기에 갇혀 있다니 불쌍하잖아요."

건은 울 정도로 크게 웃었고, 파이 선배가 그에게 목베개를 집어 던졌다. 그리고 비웃는 모든 사람들을 맹렬하게 노려보았다.

"야! 내 마음에 들어오는 게 그렇게 싫을 정도야?"

"거기엔 선배 남편이 있어야 하지 않아요?"

킹이 물었다.

"나도 공사는 구분하거든!"

그녀는 삐죽거리며 킹을 향해 소리치고는 마이에게 윙크를 해 보였다.

"뭐라고요? 남편이랑 별개로 마음에 담겠다는 거예요?"

킹이 계속해서 놀려대자 그녀는 살인이라도 일으킬 만큼 무서운 눈빛을 쏟아냈다.

"그래서, 내 마음에 들어오기 싫단 말이야, 마이?"

나는 마이가 이번에는 어떻게 이 상황을 모면할지 궁금해하며 쳐다보았다.

"그건 안 된다고 말씀드려야 해서 정말 죄송해요. 선배 남편이 저한테 화를 내실지도 몰라요."

그는 또 한 번 살아남았다. 나는 사무실 사람들과 함께 웃다가 이제 일을 해야겠다고 마음먹었다. 하지만 거의 동시에 이어진 마이의 말에 깜짝 놀랐다.

"그리고 전 더 이상 싱글이 아니에요. 다른 누구에게도 제 마음을 줄 수 없어요."

나는 순간적으로 마이를 바라보았고, 그는 천진하게 미소 지었다. 이 소식에 사무실에 있는 모두가 놀라워하는 소리를 들으면서 나는 얼굴을 살짝 붉혔다.

"뭐라고? 너 지난주까진 싱글이었잖아. 도대체 언제부터?"

"아, 아쉬워."

"맙소사. 그 행운을 가져간 사람이 누구야?!"

파이 선배가 비명을 질렀다.

등골이 서늘해질 만큼 오한이 느껴졌지만 나는 미소를 감출 수 없었다.

나야, 선배.

나 복권 맞았어!

"여기, 그 행운을 가져간 사람이요."

내 어깨 위에 살며시 손을 얹는 마이의 손길에 몸이 움찔했다.

아, 젠장.

이렇게까지 다이렉트로 말할 줄은 몰랐는데!

"근데 운이 좋은 사람은 저인 것 같아요. 제이드 선배가 제게 기회를 줬으니까요."

마이가 부드러운 목소리로 덧붙이자 내 심장은 더욱 빠르게 쿵쾅거렸다.

고요함이 곧 환호로 바뀔 때까지 사무실은 침묵에 점령당했고, 나는 꽤 오랜 시간 고통을 견뎌야 했다.

"오, 젠장! 그럴 줄 알았어! 내가 말했잖아요! 마이가 제이드 형만 보고 있다니까!"

건이 소리쳤다.

"제이드, 너 진짜 응큼하다!"

파이 선배도 덧붙였다.

"인턴은 곧 떠날 건데, 직원 한 명을 그에게 빼앗기다니. 우리 회사 망할 운명인 거야?"

바스 선배도 웃으며 말했다.

선배까지 놀리지 마요!

"뭐야, 나도 아직 애인이 없는데. 너 이 절친을 버리고 마이의 연인이 됐단 말이야?"

킹이 나를 향해 고개를 절레절레 저었다.

"그래, 제이드. 어떻게 이럴 수가 있어?"

모두가 킹을 따라 나를 몰아세웠다. 공연한 소란에 우리 부서뿐만 아니라 다른 부서 사람들까지도 나를 놀려댔고, 내 얼굴은 완전히 빨개졌다. 평소라면 두고 보지 않고 하나하나 일일이 다 받아쳤겠지만, 지금 난 무슨 말을 해야 할지 몰라 가만히 듣고만 있었다.

그동안 나는 우리 부서의 누군가가 연애를 할 때 놀림을 주도하는 사람이었는데, 젠장! 이건 내 죗값이다.

그만 좀 놀리면 안 돼? 나 부끄러워서 진짜 미치겠다고!

"축하해."

으아는 짧지만 진심을 다해 축하해주었다.

나는 그를 향해 돌아섰고, 부드럽게 미소 짓는 으아를 고마운 심정으로 바라보았다. 평소 그 무심하던 얼굴에 따뜻한 미소가 떠올랐다. 아주 희귀한 광경이다.

"고마워."

으아는 역시 항상 내 편이었다. 지금 모두가 나를 너무 괴롭혀대서 어떻게 해야 할지 모르겠는데, 그는 여전히 내 천사다.

하지만 내가 그를 천사라고 추앙한 지 5초도 채 지나지 않아 그가 내 어깨에 손을 얹고 말했다.

"나한테 점심 빚진 거야. 내가 엄청 도와줬잖아."

"…."

"감사의 의미로 제가 살게요."

이렇게나 놀림을 받게 된 원인인 마이가 내게 날아드는 총알을 피할 수 있도록 도와줬다. 으아는 만족스러운 얼굴로 다시 일하러 갔고, 나는 충격에 빠진 채 자리에 널브러졌다.

킹은 늘 그랬던 것처럼 나를 궁지로 몰고, 으아까지 무심한 얼굴로 아무 짓도 하지 않은 척 나를 놀려댔다.

젠장.

가장 친한 친구라는 놈들이 너무 착해서 눈물이 다 난다!

19

미스터리한 비밀

'시간이 빠르다'라는 말은 삶에 아무 문제가 없고 늘 행복할 때나 할 수 있는 말이다. 지금 내 삶이 딱 그런가 보다. 어제가 월요일이었던 것 같은데, 정신을 차려보니 벌써 금요일이다.

그 말은, 오늘이 마이가 여기서 일하는 마지막 날이고 내가 그와 함께 차를 타고 출근하는 마지막 날이라는 뜻이다.

나는 졸음을 떨쳐내고 겨우 일어나 샤워를 한 다음 옷을 갈아입었다. 그 후 로비로 내려가 마이를 기다렸고, 늘 그랬듯 같은 시간에 마이의 BMW가 내 콘도 앞에 도착했다.

차 문을 열자 대학 교복을 입은 마이가 언제나처럼 부드러운 미소로 나를 반겼다. 조수석에 앉으니 몸을 숙여 안전벨트를 채워주었고, 나는 조심스럽게 숨을 내쉬며 코앞에 놓인 그의 잘생긴 얼굴을 바라봤다.

이제부터는 그를 사무실에서 볼 수 없다. 우리가 처음 만났던 날을 생각하면, 그날 집까지 태워주겠다고 했던 이 어린 남자가 4개월 후 내 남자친구가 되었다는 사실이 아직도 믿기지 않는다.

그가 처음부터 날 좋아했다는 건 불가사의할 정도다.

나한테 도대체 무슨 매력이 있다는 건지…!

갑자기 뺨에 입을 맞춘 마이 때문에 나는 몹시 당황했다.

"왜 절 그렇게 보고 있는 거예요?"

마이는 이미 안전벨트를 매어주고도 상체를 물리지 않고 웃음기 가득한 얼굴로 물었다.

"아, 아냐…. 나 너 안 봤어."

나는 얼른 고개를 돌리고 시선을 먼 곳으로 던졌다.

그의 입술이 남긴 온기에 뺨이 불처럼 타올랐다. 정말이지, 감당하기 버겁다.

이제 일주일이 지났다. 서로에게 닿는 일에는 좀 더 익숙해져야 할 것 같다. 주위에 사람이 있을 땐 내 어깨를 감싸는 정도지만, 단둘이 있을 때면 그는 늘 내 볼에 입 맞출 기회를 찾아낸다. 처음엔 정말 적응이 안 됐지만, 그래도 이제 제법 여유로워진 편이다. 하지만 여전히… 너무 부끄럽다.

난 아직도 처음처럼 너무 수줍어해.

빌어먹을.

"거짓말."

그는 내 거짓말을 꿰뚫어본 듯 눈을 가늘게 떴다. 나는 무슨 말인지 모르는 척하면서 하늘만 쳐다봤다. 하지만 마이가 내 볼에 입 맞출 또 다른 기회를 준 것이나 다름없었다.

"웃…. 너 뭐 하는 거야?"

"벌이에요. 거짓말했으니까."

그는 내 얼굴이 새빨개진 걸 보고 만족스러운 듯 웃었다.

그의 얼굴을 밀어냈는데, 이번엔 내 손을 잡고 다시 손등에 키스했다.

"손이 정말 부드러워요."

그는 아무렇지 않게 말했지만, 난 재빨리 그의 시선을 피하고 화제를 바꿨다.

"빠, 빨리 가자. 벌써 길이 막히기 시작하는 것 같아."

내가 말까지 더듬거리자 마이는 빙긋 웃고는 얌전히 사무실로 출발했다.

내가 알게 된 마이의 또 다른 점은 날 놀리는 걸 정말 좋아한다는 것이다. 그는 내가 수줍어할수록 더 짓궂게 놀린다. 언젠가는 그에게 놀림을 당하지 않을 정도로 강해지겠다고 다짐했지만, 조금 전 상황을 생각하면 아직도 갈 길이 구만리다.

"인턴 마지막 날인데 기분이 어때?"

차가 막 고속도로에 진입할 즈음 내가 물었다.

"처음엔 많이 긴장했는데, 잘 마무리하게 돼서 다행이에요."

"이제 너 가면 아무도 내 물병 안 채워주겠다."

나는 조금 슬픈 듯이 한숨을 쉬었다. 마이는 그런 나를 쳐다보더니 꽤 진지하게 대답했다.

"그럼 빨리 돌아갈까요?"

"뭐?"

나는 영문을 몰라 눈을 깜박였다.

"어딜?"

"회사요. 입사 지원을 할지 고민 중이에요."

그의 대답에 나는 혼란스러운 표정으로 바라보았다.

"정말 그럴 거야? 내 생각엔… 먼저 다른 회사에 지원해보는 게 좋을 것 같아."

"제가 같은 회사에 있는 거, 별로예요?"

"아니, 아니. 그런 게 아니야. 네 잠재력을 생각하면, 더 많은 기회를 얻을 수 있는 큰 회사에서 시작했으면 좋겠어. 가족이 같은 회사에 있으면 안 된다고도 하잖아. 회사가 경제적으로 어려워지고 혹시 누군가 직장을 잃게 되더라도, 다른 가족이 안정적인 직장이 있으면 괜찮을 테니까…."

나는 내가 그와 한 직장에 다니는 걸 원하지 않는다는 오해를 주지 않으려고 서둘러 설명했다.

당연히 사랑하는 사람과 함께 있고 싶다. 하지만 먼저 사회에 나와 이만큼 경험한 인생의 선배로서, 그가 우리 회사보다 훨씬 좋은 대기업에서 일을 시작했으면 좋겠다. 그래서 앞으로 더 큰 기회를 얻고 성장하길 바란다.

"절 가족으로 생각해줘서 기뻐요."

나를 쳐다보는 마이의 갈색 눈이 반짝였다.

내가 이만큼 말했는데 지금 그 말만 들은 거냐고!

"글쎄, 음… 어쨌든 난 네가 그렇게 결정했으면 좋겠어. 물론 네가 알아서 충분히 잘 생각해서 결정할 거라고 믿고."

내 말에 마이는 환하게 웃었다.

"고마워요."

졸업까지 몇 달이나 남았으니 그에게는 생각할 시간이 꽤 있다. 그의 최종 결정은 아직 알 수 없지만, 남자친구이자 직장인 선배로서 곁에서 그의 미래를 최선을 다해 응원할 것이다.

이런 면에서는 나이 많은 남자친구가 있다는 건 좋은 일이겠지? 나는 조금 뿌듯해하며 미소 지었다.

* * *

마이의 마지막 근무일은 아무 문제 없이 지나갔다.

나는 그에게 회사 웹사이트의 새로운 배너를 디자인하는 임무를 작별 선물로 주었다. 바스 선배는 작업을 고쳐달라고 계속해서 요청하곤 했기 때문에 마이에게 그 임무를 주어 이별 기념 장난을 치기로 한 것이다. 하지만 마이의 작업 결과를 보내자마자 아주 만족스러워했고, 우리 부서로 칭찬 메일까지 보냈다. 우리 사장님이 마이를 얼마나 입사시키고 싶어 하는지 알 수 있었다. 여러 번 혼이 났던 나나 으아와는 달랐다.

하지만, 죄송해요, 사장님.

그는 제 것이랍니다. 그리고 전 그를 당신에게서 멀리, 아주 멀리 떨어지게 할 거예요!

"퇴근 시간이다! 가요, 가요!"

정확히 오후 5시 30분이 되자 건이 소리쳤다.

나는 일어나 서둘러 가방을 챙겼다. 마이는 4개월간 그를 돌봐준 으아와 킹에게 감사의 의미로 저녁을 사기로 했다. 으아는 마이를 잘 돌봐준 게 맞지만, 킹은…. 내 남자친구가 왜 그 자식에게 밥을 사줘야 하는가. 어쨌든 그래서 우리는 근처에 있는 태국 퓨전 레스토랑에서 저녁을 먹기로 했다.

사무실에서 함께 지냈던 동료들 모두가 마이에게 와서 작별 인사를 했다. 누군가는 그에게 좋은 일이 있기를 기도해주기도 했다. 인턴십에서도 좋은 결과를 얻고, 또 좋은 직장을 얻기를 바라면서도 우리와 더 이상 함께 하지 못하는 것을 몹시 아쉬워했다. 그리고 나와 오래오래 함께하라는 덕담을 해 주기도 했다.

나는 마이와의 일이 알려진 후 매일 놀림을 받았다. 이제는 그 소식이 다른 부서에도 퍼져서 회계팀 민트와는 쳐다도 볼 수가 없게 되었다.

난 그녀가 마이에게 선물 주는 걸 막으려고 마이가 호감을 가진 상대와 데이트하고 있다고 말했었다. 그러니 민트는 내가 마이를 독차지하려고 그랬다고 생각할 것이다.

하지만 난 아니다. 그땐 정말로 몰랐다고!

"파이 선배가 행운을 빈대. 그리고 시간 나면 놀러 오기도 하라고."

건이 마이의 등을 두드리며 말했다.

"고마워요, 건 선배."

건은 웃으며 우리에게 손을 흔들고 떠났다.

"돌아오지는 마. 너 때문에 내 인기가 조금 줄어드니까."

킹이 웃으며 말했다.

"생각하는 거하고는."

그에게 한마디 하려고 돌아섰는데, 으아가 먼저 말했다.

"인기는 무슨, 그런 데 연연하지 좀 마."

으아가 그의 가장 큰 적을 쏘아봤다.

나는 그들 사이에서 눈만 깜박였다. 또다시 싸움을 벌이려는 것 같았다.

"넌 네 X가 찾아오는 바람에 스캔들 나서 인기가 완전 추락했잖아. 그래서 말해주는 건데."

"난 너처럼 그런 거 신경 안 써."

"아! 그럼 이러는 이유는 하나뿐인데."

킹이 혀를 찼다. 으아는 그를 눈빛으로 베어버릴 것처럼 쳐다봤다.

킹… 제발 말 좀 조심해.

"무슨 이유?"

"너 나한테 소유욕 느끼는 거네."

"미친."

으아의 목소리가 아주 차가웠다. 그는 가방을 낚아채듯 획 들고 사무실을 나섰고, 나는 킹이 으아를 보며 음흉하게 미소 짓는 걸 지켜보았다. 그는 곧바로 내 머리를 흩뜨렸다.

아! 제발, 얘들아.

미들맨에게 또 스트레스를 주지 말아줘.

나 진짜 미치겠다고, 어?

"너 미쳤어, 킹? 왜 계속 으아한테 지나간 사람을 가지고 장난을 쳐? 너 가. 너한테는 저녁 안 사줄 거야."

나는 킹을 나무랐다.

그러자 그는 내 어깨에 팔을 두른 채 웃었다.

"나한테 저녁 사주는 건 마이 아냐? 그리고 너한테 큰 은혜를 베푼 사람한테 그런 말 하면 안 되지. 내가 마이를 네 부사수로 붙여주지 않았다면 이렇게 마이와 사귈 수 있었겠어? 내가 아니면 누구한테 저녁을 사주겠냐?"

나는 말문이 막혔다. 마이의 사수는 으아였는데, 빌어먹을 킹 이 자식이 매니저에게 나라고 말했었다.

"좋게 포장하지 마! 너 그냥 나한테 장난쳤던 거잖아!"

"글쎄, 내가 그날 너한테 장난치지 않았다면 너희 둘은 이렇게 가까워지지 않았겠지. 내가 널 외로운 노총각으로 남지 않게 도와준 건데, 나한테 이래도 돼? 마이, 네 남자친구 존나 못된 놈이다."

킹은 마이에게 그렇게 말하면서 내 어깨를 더 꽉 쥐었다. 마이는 그냥 웃었고, 나를 킹에게서 빼내어 자신에게로 끌어당겼다. 그리고 자연스럽게 내 어깨에 팔을 둘렀다.

"가요. 더 늦으면 차가 많이 막힐 거예요."

마이는 그렇게 말하면서 나를 감싸 안고 사무실을 나왔다. 나는 고개를 돌려 킹을 약 올렸다.

"꼭 그렇게 껴안고 걸어야 해? 젠장, 요즘 애들은 자기 애인을 너무 과보호한다니까!"

킹이 유난히 큰 목소리로 말하는 바람에 나는 조금 부끄러워졌다. 나를 내려다보는 마이의 입꼬리가 조금 올라가 있는 것 같았다.

맙소사.

킹이 지금 내 얼굴을 보지 않아서 다행이다. 만약 보았다면 평생을 놀려댔을 것이다.

* * *

월말의 쇼핑몰은 평소에도 사람들로 붐볐는데, 오늘은 다음 주 월요일까지 이어지는 긴 연휴가 시작되기 직전이었기 때문에 더욱 성황이었다.

식당들은 이미 사람들로 가득 차 있었다. 다행히 마이가 미리 테이블을 예약해두었다. 그러지 않았다면 식사할 곳을 찾는 데 한참이나 애먹었을 것이다.

분위기는 예상보다 좋았다. 사무실을 떠나기 전 으아는 킹을 보고 냉랭한 표정을 지었지만, 싸움으로 번지지는 않았다. 하지만 킹은 여전히 으아의 신경을 건드리려고 안달이었다. 으아가 튀긴 새우를 집으려고 손을 뻗으면 킹이 그걸 재빨리 가져가는 식이다. 화를 내는 으아를 보곤 위험하다 싶었는지 새우를 돌려주었는데, 아무튼 저녁을 다 먹을 때까지 그들이 손에 든 포크를 흉기로 쓰지 않은 것에 안도할 뿐이었다.

식사 후에는 마이가 밥값을 계산하려고 했는데 킹이 먼저 계산을 해버렸다. 그는 졸업도 하지 않은 학생에게 직장에 다니는 성인 세 명이 돈을 내게 하는 건 옳지 않다고 말했다. 그 말에는 나도 동의했다. 마이가 그 결정을 별로 마음에 들어 하지 않자 킹이 그의 어깨를 두드렸다.

"돈을 벌게 되면, 그때 열 번쯤 사주면 돼. 아니면 너희 결혼 축의금에서 뺄까? 난 그것도 좋아."

킹의 말에 나는 움찔했지만, 마이는 아무렇지 않은 듯 가만히 미소를 지었다.

"그게 좋을 것 같네요."

이런 농담도 받는다고?

게다가 날 아주 반짝이는 눈으로 바라봤다.

나는 그를 마주 보지 못하고 시선을 먼 곳으로 던졌다.

젠장, 나 또 귀 빨개졌지?

"이제 가. 운전 조심하고. 언제든지 연락해. 제이드에 대해 알려줄 부끄러운 이야기가 아주 많이 있거든. 악!"

내가 발을 꾹 밟자 그가 소리쳤다. 그는 나에게 몇 가지 익숙한 단어로 욕을 한 다음 차로 걸어갔다.

"내 친구 잘 부탁해. 제이드, 화요일에 보자."

으아는 무표정한 얼굴로 나와 마이를 한번 보고는 자기 차로 걸어갔다. 극과 극인 두 절친의 뒷모습을 지켜보며 나는 고개를 흔들었다.

비록 그들은 아주 다르지만, 그들 사이에 몇 가지 공통점이 있다는 걸 모르지 않는다. 남이 보기에 킹은 장난스럽고 쉽게 다가갈 수 있는 재밌는 사람인 반면 으아는 너무 차갑다. 하지만 수년간 그들의 친구로 지낸 나는 그들이 자존심 때문에 잘 지내지 못한다고 생각한다. 그들이 스스로를 조금만 낮추면 커플로 진전될 수도 있을 것 같았다.

하지만 역시, 이번 생애에는 그럴 가능성이 전혀 없어 보인다. 으아는 킹 같은 선수를 싫어하니까. 킹이 이대로 변함없는 한 으아는 절대 그에게 눈길을 주지 않을 것이다.

"우리도 돌아가요."

마이가 내 손을 잡고 주차장으로 이동했고, 우리는 함께 차를 타고 집으로 향했다.

"다음 주부터는 학교로 가는 거지?"

"네, 인턴 보고서 제출하고 그다음 주엔 시험을 봐야 해요. 그러면 학기가 끝나요."

앞으로의 일정을 대충 알려주곤 그가 나를 쳐다봤다.

"그 이후에 같이 여행 가요. 가고 싶은 곳 있어요?"

"음… 응. 나 여행 안 간 지 꽤 됐어."

나는 보통 집과 사무실이 아니면 근처 쇼핑몰, 부모님 집에서 시간을 보냈다. 여행이라고 해봐야 가족여행이나 회사 워크숍뿐이었다. 그나마도 엄마 무릎이 안 좋아져서 자주 다니지 못하게 되었고, 회사 워크숍은 1년에 단 한 차례였다. 그러다 보니 결국 여행은 한 해에 한두 번뿐이어서, 정서적으로 조금 지칠 수밖에 없었다.

"아, 너 친구들이랑은 어디 안 가? 저번에 친구들이랑 해변에 간다고 했지?"

마이는 고개를 저었다.

"안 가려고요."

"어? 왜?"

"친구들은 일주일 동안 크라비에 갈 거예요. 일주일은 너무 길잖아요. 일주일 동안 내 남자친구가 없는데 어떻게 자요. 아! 왜 때려요?"

내가 그의 팔을 가볍게 치자 그는 강아지 같은 눈망울로 억울하다는 듯 되물었다. 나는 그 순진한 표정에 더 이상 속지 않고 눈을 가늘게 떴다.

"가고 싶으면 다녀와. 네 친구들이 내가 너 못 가게 옭아맨다고 생각할지도 몰라."

"그런 건 아니에요. 크라비에는 가본 적이 있으니까, 다른 곳에 가고 싶어요. 친구들하고는 이미 여러 번 여행을 가봤으니 한 번쯤 빠지는 것도 문제없어요."

마이는 정말 안 가는 이유를 설명하며 웃었다.

지금 우리는 내 콘도 근처의 빨간불 신호 앞에 멈춰 있었다. 그는 내 손을 만지작거렸다.

"그렇게 먼 곳이 아니라면 형을 데려가고 싶기도 해요. 친구들이 보고 싶어 하거든요. 제가 어떤 사람을 좋아하는지 알고 싶어 하더라고요."

마이 말을 듣고 있으려니 뭔가 생각났다.

"맞다. 물어볼 게 있어."

"뭔데요?"

"언제부터 날 좋아하기 시작했어?"

27년을 살아오면서 지금까지 누구도 나를 좋아한다고 말한 적이 없었다. 그래서 마이가 날 왜, 언제부터 좋아한 건지 너무 궁금했다.

"음···. 처음부터 그랬던 것 같아요. 처음부터 눈에 들어왔고, 그래서 친해지고 싶었고, 같이 있으려니 너무 귀여워서 좋아할 수밖에 없었어요."

그렇게 말하고는 마이가 내 손에 부드럽게 입술을 가져다 댔다. 나는 부끄러움을 감추려고 입술을 꼭 물었다.

"형은요?"

"언제부터인지는 모르겠지만, 체육대회 때 널 좋아한다는 걸 정확히 알게 됐어. 항상 다정하게 챙겨줘서··· 의도치 않게 반해버렸어. 근데 처음부터 눈에 들었다는 건 무슨 뜻이야? 어떤 부분이?"

그는 꽤 교활하게 미소 짓더니, '비밀이에요' 하고 말했다.

"치사해! 난 다 말했잖아! 왜 숨겨?"

"나중에 말해줄게요. 약속해요."

그는 다시 내 손등에 키스한 다음, 신호등이 녹색으로 바뀌길 기다렸다.

나는 답답하고 혼란스러웠다. 그가 그런 걸 비밀로 하려고 할수록 나의 호기심은 더욱 미쳐 날뛰었다.

"그럼 힌트라도 줘."

"안 돼요."

"마이!"

나는 계속해서 그를 불렀고, 내 콘도 앞에 차를 주차할 때까지 쉬지 않고 그를 괴롭혔다.

"별로 놀랄 일도 아닐 거예요."

나는 한숨을 쉬었다.

"지금 말 안 해주면 오늘 내 방에 못 와."

"…."

나는 말문이 막힌 듯한 마이를 보며 뿌듯하게 웃었다.

어디 한번 해봐.

나한테 말 안 할 거면, 가서 혼자 자!

"그냥 힌트만 주면 되잖아. 그 정도는 괜찮지? 내가 맞춰 볼게."

그를 좀 더 밀어붙였다. 마이는 생각에 잠긴 듯 침묵했다. 신나게 기다리다 보니 탐정 에너지가 불타올랐다.

나는 이걸 바로잡고 최고의 명탐정 코난 팬의 영예를 되찾을 것이다!

"제가 형을 어디서 처음 만났는지 알아요?"

"사무실에서!"

나는 자신 있게 대답했다.

하지만 싱긋 웃는 마이를 보니 자신감이 떨어졌다.

"맞지 않아?"

내가 혼란스러워하며 묻자, 그는 대답을 하지 않고 내 뺨에 키스할 것처럼 가까이 다가와 속삭였다.

"더 이상 말 안 해줄 거예요."

"…."

"가요."

나는 한숨을 쉬며 차 문을 열고 나온 뒤 남자친구 옆에 나란히 서서 걸었다. 내 눈썹은 잔뜩 찌푸려졌다.

분명 난 이전까지 마이를 알지 못했다. 저렇게 잘생긴 얼굴을 봤더라면 분명 기억했을 것이다. 게다가 같은 학교에 다녔다기엔 나이도 너무 차이 난다.

나한테 장난친 건가?

"먼저 샤워할래요?"

집에 도착하자 마이가 물었다. 나는 생각에 잠겨 있어서 우리가 언제 집에 도착했는지도 모르고 있었다.

"어? 아, 응."

나는 가방을 소파 위에 놓고 잠옷과 수건을 챙겼다. 마이는 냉장고에서 물을 꺼냈다. 우리가 연애를 하게 된 이후로 그는 마치 자기 방인 것처럼 거의 내 콘도에서 살았다.

"마이, 나 내일은 부모님 댁에 가야 해."

"알겠어요. 저도 부모님께 다녀올게요."

"나 월요일에 돌아올 건데, 넌?"

"아마 저도 그럴 거예요."

"너희 부모님은 칸차나부리에 살고 계시지? 나한테 선물 사다 주는 거 잊지 마!"

장난치듯 말하고는 화장실 문을 열었다. 그리고 막 들어가려는 순간, 이어진 마이의 말에 돌로 변하고 말았다.

"시험 끝나면, 같이 부모님 만나러 가요."

나는 화장실 문 손잡이를 잡은 채 잠시 굳어 있다가 고개를 돌려 그를 바라보았다. 내 남자친구는 행복하게 웃으며 말을 이었다.

"부모님께 연애하고 있다고 말씀드렸는데, 아직 사진은 보여드리지 않았거든요. 그냥 데리고 가서 소개해드리고 싶은데, 같이 갈래요?"

"어… 아…. 응."

나는 머뭇거리며 대답하고 화장실로 들어갔다. 그리고 갈아입을 옷을 걸어놓고 거울을 보았다. 거울 속 내 눈은 어느새 근심 걱정으로 가득 차 있었다.

대부분의 부모들은 자식이 집안을 이을 자녀를 갖기를 바란다. 예전만큼은 아니지만, 여전히 이 문제에 대해 꽤 심각한 가족들도 많다. 내 부모님이 내 결정을 존중하고 결코 강요하지 않으신다는 것은 행운이지만, 마이의 가족이 어떨지는 알 수 없다.

마이는 자신의 연인이 여자인지 남자인지 부모님께 구체적으로 말하지 않았을 것이다. 사랑하는 아들이 여자가 아닌 남자를 집에 데려왔을 때 심장마비라도 오면 어쩌려는지….

내 안에 불안이 켜켜이 쌓여갔다. 샤워할 준비를 하며 크게 한숨을 쉬었다.

일어날 일은 일어난다. 내가 할 수 있는 건 모든 일이 잘 풀리고 그들이 나를 있는 그대로 받아들일 수 있기를 바라는 것뿐이다.

20

연인의 눈엔 그저 어린아이

태국의 12월 날씨는 팔뚝에 있는 솜털까지 다 태워버릴 기세로 후덥지근하다. 이곳의 햇빛은 아무리 일기예보에서 겨울이라고 해도 전혀 상관없다는 듯이 뜨겁다. 나는 얼굴에 흐르는 땀을 닦아내고 여행 가방을 남자친구 차 트렁크에 실었다. 그리고 걱정스러운 눈빛으로 마이를 쳐다보았다.

가족에게 연인을 소개하는 것은 중요한 이벤트다. 마이는 나와 함께 칸차나부리로 여행을 가서 그곳에 계신 부모님께 나를 소개하겠다고 했고, 그날이 바로 오늘이다.

지난주에는 마이를 내 부모님 집으로 데리고 갔었다. 우리 가족들은 그를 따뜻하게 맞아주었다. 나에게 남자친구가 있다는 걸 어떻게 생각할까 걱정했는데, 직접 가족을 만나보고서야 안도했다. 대학 시절 그것에 대해 부모님께 물은 적이 있었다. 당시에 부모님은 괜찮다고 하셨지만 현실이 된 지금도 정말로 괜찮아하실지는 자신할 수 없었다. 하지만 다행히 성별을 떠나 내 곁에 누군가 함께 있다는 것만으로 부모님은 진심으로 기뻐하셨다.

우리 부모님은 마이를 정말 마음에 들어 하시는 것 같았다. 특히 내 남자친구는 여자들에게 좋은 인상을 남기는 데 아주 능숙한 사람이었다. 우리가 부모님 집을 떠나올 때 엄마는 그를 꼭 껴안고 쓰다듬어주며 또 놀러 오라고 했고, 나란 아들은 완전히 잊은 것 같았다.

엄마! 엄마의 진짜 아들은 여기 이 제이드라고요!

왜 마이한테 그렇게나 애틋한 건데요?

뭐, 됐다. 어쨌든 우리 가족은 잘 넘어가서 다행인데, 이제 다음 단계로 마이의 가족이 남았다. 그래서 지금 이 순간 가족 대면을 앞두고 걱정과 불안이 나를 잠식해가고 있었다. 내가 그의 부모님 집에서 하룻밤 자게 될 거라는 걸 알았을 때부터 내 정신은 온전치 못했다. 그의 부모님께 받아들여질 수 있을지 너무나 걱정스러웠다.

들은 바로 마이의 아버지는 퇴역한 고위 군장교였다. 그의 어머니는 한 기업의 전무이사이자 대주주였다. 마이는 부모님이 은퇴 후 칸차나부리로 이사했다고 말했는데, 큰 홈스테이 사업도 하고 있다는 사실은 말하지 않았었다. 결론적으로 그들은 아주 부유한 준명문 집안이고, 나는 평범한 중산층 집안이라는 것이다.

우리 집안은 그의 집안과 아주 다르고, 심지어 나는 마이보다 여섯 살이나 많다. 그보다 가장 최악인 것은, 내가 남자라는 것이다.

이런 악조건을 보고도 그들이 나를 순순히 받아들여줄 것이라고는 상상도 할 수 없는 노릇이었다.

"왜 그래요? 아침부터 말도 없고."

그가 손으로 내 코를 부드럽게 쥐었다. 나는 벌써 연인이 된 지 한 달이나 된 남자친구를 애처롭게 바라보았다.

"걱정돼요?"

"당연하지. 네 부모님이 날 좋아하시지 않을까 봐…"

나는 오늘만 거의 백 번쯤 한숨을 쉬며 말했다.

보통 어른들은 자식의 지인에게 친절하게 대해준다. 그런데 그게 아들의 남자친구라 해도 여전히 다름없이 친절할 수 있을까? 어떻게 해야 할지 몰라 지난번에 으아와 킹에게 이 문제에 대해 고민을 털어놓은 적이 있는데 그들은 다양한 제안을 했다.

'마이의 부모님을 뵐 땐 옷 제대로 입어. 일단 단정해 보이고 예의 바르면 어른들은 누구나 좋아하실 거야. 만약 부모님

의 반응이 좀 그러면… 마이가 부모님께 잘 이야기할 테니까, 일단은 남자친구를 믿고 기다려.'

물론 이 말은 으아가 한 말이다.

'뭘 걱정하고 있어? 마이는 아주 너 좋아 죽더구만. 부모님이 마음에 안 들어 한다 해도 너랑 헤어지진 않을걸? 아니면 부모님 마음에 들 만한 선물을 잔뜩 사 가.'

이건 분명히 킹이 한 말이고.

결국 나는 흰색 셔츠와 옅은 파스텔 톤의 긴 바지를 입었다. 직장에서 입는 것과 같은 비즈니스 캐주얼이 깔끔하고 정중해 보였기 때문이다. 그리고 부모님께 드릴 건강 음료도 샀는데, 지금 마이의 차 뒷좌석에 놓여 있다. 혹시 머리가 부스스해질까 봐 가볍게 젤도 발라 고정해놨다.

이제 내가 할 수 있는 일은 다 했다. 그러니 더 이상 걱정하지 않는다. 조금도….

….

악!

"너무 깊이 생각하지 마요. 우리 부모님 그렇게 무서운 분들 아니에요."

마이가 내 손을 잡고 다독였다. 그는 이번 일주일 내내 나를 이렇게 응원해주었지만, 조금도 불안을 떨쳐버릴 수 없었다.

"아주 다정한 분들이세요. 분명히 형을 좋아할 거예요."

그의 얼굴에는 온화한 미소가 떠올랐다.

"저도 좋아하고요."

"내가 너보다 나이도 많은데…."

내가 입술을 삐죽거리며 중얼거리자 마이는 소리 내어 웃더니 내 뺨에 입을 맞췄다.

"형이 아무리 나이가 많다고 해도, 좋아할 수밖에 없어요. 너무 사랑스러우니까."

그 눈은 조금 교활해 보였다. 어쩐지 부끄러워져서 나는 재빨리 고개를 돌리고 창밖에 펼쳐진 하늘을 올려다보았다. 한 달이 지났음에도 그가 하는 이런 말들이 익숙해지지가 않았다. 여섯 살이나 어린 남자친구 앞에서 냉정을 잃는 것도 창피하다.

전혀 멋있어 보이지가 않잖아!

나는 그가 나를 더 부끄럽게 만들기 전에 가자, 하고 그를 재촉했다.

마이는 얼른 고개를 끄덕였다. 그리고 우리는 곧장 칸차나부리로 향했다.

우리는 오전 8시경 랏크라방에 있는 콘도를 떠났고, 그의 부모님과 함께 점심을 먹기 위해 쉬지 않고 달려서 오후 1시쯤 마이의 부모님 집에 도착했다.

보통은 정오가 될 즈음이면 배가 고프기 시작했는데, 지금은 1시가 다 됐어도 아무런 느낌이 들지 않았다. 스트레스가 배를 가득 채운 것 같았다.

마이는 사이욕 지역의 홈스테이로 차를 몰고 들어가면서 '여기예요' 하고 말했다.

나는 넓은 주차장과 저택들을 둘러싼 멋진 주변 광경을 감탄하며 둘러보았다. 커다란 나무와 예쁜 꽃으로 장식된 집들이 아름답게 늘어서 있었다.

"여긴 사람이 끊이질 않는 곳이겠다."

주차장에 차들이 많이 있는 것을 보니 관광 명소인 것 같았다. 마이는 다른 주차장으로 이동해 메르세데스 옆에 주차를 했다.

"네, 홈스테이는 항상 열려 있어요. 대개 삼사 개월 전에 예약하는데, 성수기에는 6개월 전에 예약하기도 해요."

"와, 정말 아름다운 곳이야."

내 말에 남자친구가 환하게 웃었다.

"고마워요. 우리 집은 이 건물 바로 뒤에 있어요. 바로 부모님 만나러 가요."

마이가 차에서 내려 짐을 챙겼다. 나는 백미러를 들여다보며 머리를 정돈하고 옷차림을 확인하고서 차에서 내렸다.

"이건 내가 가져갈게."

나는 마이의 부모님을 위해 사 온 음료 바구니를 받아 들었다. 그리고 불규칙한 심장박동을 조금이라도 진정시키기 위해 여러 번 심호흡했다.

"무서워할 필요 없어요."

마이가 내 손을 꼭 붙잡았다. 나는 고개를 힘차게 끄덕이고 그를 따라 강 근처의 큰 집으로 걸어갔다.

여기까지 온 이상 어쩔 수 없다. 나는 결국 이곳에 왔고, 이제는 부딪쳐야 한다.

하지만….

하, 회사 사장님도 아니고 마이의 부모님이라고!

"아, 마이 씨, 오셨네요."

집 근처로 걸어가자 누군가의 목소리가 들렸다. 그녀는 우리 엄마보다 조금 어려 보였고, 물뿌리개를 들고 있었다.

"안녕하세요, 깨우 이모! 어머니, 아버지는 안에 계세요?"

"네, 안에서 기다리고 계세요. 그리고 그쪽은…?"

"제 남자친구 제이드예요."

마이가 팔에 힘을 주어 내 어깨를 감싸 안았다. 나는 두 손을 공손하게 모아 인사했다. 마이 씨라고 부르는 걸 보니 집 안일을 도와주시는 분인 것 같았다.

"오, 이제야 만나네요."

그녀는 한동안 혼란스러운 표정을 짓더니, 나에게 미소를 지으며 인사를 건네고는 마이에게 시선을 돌렸다.

"얼른 들어가세요. 아침 일찍부터 루에디 부인이 요리를 하셨어요."

"알겠어요."

그는 나를 집 안으로 이끄는 동안 여전히 내 손을 잡고 있었고, 환하게 웃고 있었다.

넓은 실내는 베이지 톤으로 꾸며져 있었는데 따뜻하고 아늑한 분위기를 풍겼다. 거실 중앙에 놓인 커다란 베이지색 소파를 제외하면 대부분의 가구는 목재로 만들어진 것이었다. 그리고 그곳에 중년 부부가 앉아 있었다. 두 분 다 아주 점잖아 보이는 인상이었다.

"저 왔어요."

마이는 두 손을 모아 소파에 앉아 있는 여성에게 인사했다. 그리고 곧장 자리에서 일어나 다가오는 어머니를 두 팔 벌려 안아준 뒤, 아직 소파에 앉아 있는 아버지에게 인사했다.

나는 어색하게 문 앞에 서서 그들을 바라보았다.

마이의 부모님을 보고 나니 그가 왜 그렇게 잘생겼는지 저절로 납득이 되었다. 두 분 모두 선남선녀였는데, 예순이 넘은 나이인데도 불구하고 여전히 멋지고 아름다웠다.

"차가 많이 막히진 않았니?"

그의 어머니가 물었다.

마이는 고개를 젓고는 미소 지으며 나에게 다가왔다.

"어머니, 아버지. 여기, 제 남자친구 제이드예요."

나는 마이 부모님의 눈이 내 쪽으로 향하자 저절로 움찔했다. 그리고 곧장 그들을 향해 인사를 드리며 할 수 있는 한 가장 정중한 미소를 지었다.

"안녕하세요."

최대한 부드럽고 공손하게 말하면서도 손바닥에 땀이 너무 많이 나서 들고 있는 선물을 놓칠 지경이었다. 어떻게든 음료 바구니를 놓치지 않으려고 손에 힘을 잔뜩 주었다.

"어… 만나 뵙게 돼서 영광이에요. 이건…."

나는 조금 더 가까이 다가가 선물을 건넸다. 아무 말 없이 나를 바라보기만 하는 모습에 내 불안한 마음은 점점 커져만 갔다.

왜 아무 말도 하지 않는 걸까.

충격을 받으신 걸까?

혹시 날 경멸할까…?

하….

"이 사람이구나?"

마이의 어머니가 나를 잠시 쳐다보더니 마이에게 물었고, 마이는 네, 하고 대답했다. 내 심장박동은 더욱 커지고 빨라졌다. 그녀는 한 번 더 나를 보더니 부드럽게 웃었다.

"귀엽구나."

하아….

아마 혼자였다면 지금쯤 온몸이 흐물흐물 풀어져 바닥에 쓰러졌을 것이다. 마이는 어머니의 말을 듣고 더 활짝 웃었다. 그들은 미소가 아주 많이 닮았다.

"선물 고마워요. 이럴 필요까진 없는데."

그녀는 내가 가져온 선물 바구니를 받아 들며 상냥하게 말했다.

"아니에요."

나는 마이의 어머니가 최소한 나를 경멸하지는 않는 것 같아 안심하고 미소를 지었다.

"둘 다 멀리서 오느라 고생했겠다. 배고프지? 점심부터 먹고 얘기하자. 깨우 이모랑 내가 너희가 좋아할 만한 음식을 많이 만들어놨어."

그녀는 우리를 부엌으로 안내했고, 마이의 아버지도 따라왔다. 나는 마이의 아버지가 나에게 한마디도 하지 않고 있었기 때문에 걱정스러운 눈으로 마이를 올려다보았다. 마이는 그저 웃으며 고개를 숙이고 속삭였다.

"아버지는 원래 이래요. 선배를 미워하는 건 아니에요."

"응…."

나는 고개를 조금 끄덕였다.

마이는 점심 식사를 시작하기 전 내 손을 꼭 쥐며 힘을 북

돌아주었다. 나도 마음을 편하게 먹으려고 노력했다. 적어도 그들이 나를 보고 충격에 빠져 뒤로 나자빠지거나 쫓아내진 않았으니까. 조금은 내려놓아도 될 것 같았다.

* * *

남자친구 부모님과 함께 점심을 먹는 것은 생각만큼 무섭지 않았다. 그들은 나를 따뜻하게 대해주었다. 마이의 어머니는 나에게 이것저것 물어보셨는데, 주로 내가 어떤 사람인지, 무엇을 하는지, 마이는 어떻게 만났는지 같은 것들을 물었다.

마이의 아버지는 별로 많은 것을 묻지 않지만, 특별히 기분 나쁜 표정도 아니었다. 나는 스트레스가 조금 사라져서 제법 편안하게 대화를 할 수 있었고, 내가 인지하기도 전에 자연스럽게 우리 가족에 대해 이야기하고 있었다.

"저희 부모님은 고등학교 선생님이셨다가 정년퇴직하셨어요. 지금은 정원을 가꾸거나 요리를 하면서 노후를 보내고 계시고요. 저희 남매가 휴가를 맞춰 함께 가족여행을 다니곤 했는데, 요즘은 어머니가 무릎이 안 좋아지셔서… 자주 다니진 못해요. 어… 혹시 제가 말을 너무 많이 하고 있나요?"

나는 문득 너무 수다스러운 건 아닌지 걱정스러워서 메마른 미소를 지었지만, 마이의 어머니는 부드럽게 웃으며 대답해주었다.

"전혀 아니에요. 계속해도 돼요."

"아, 네. 그래서 최근에는 많이 돌아다니지 않는 해변이나 예쁜 식당, 사원 같은 곳으로 가요."

그때 마이의 아버지가 말했다.

"여기서 휴가를 보내도 돼요. 연로하신 부모님을 모시고 오는 여행객들도 많거든."

나는 잠시 멈칫했다가 활짝 웃으며 두 손을 모으고 인사했다. 가슴속에 쌓여 있던 스트레스가 이제야 깨끗하게 다 날아가는 기분이었다.

마이의 부모님은 정말로 나를 경멸하지 않는다.

"다 먹었니? 마이 방으로 가서 좀 쉬렴."

마이의 어머니는 그렇게 말하고는 가정부에게 설거지를 도와달라고 부탁했다.

나는 자리에서 곧장 일어나 '제가 도울게요' 하고 말했다.

"그럴 필요 없어. 너희들 아침 일찍부터 멀리서 오느라 피곤하잖니. 가서 좀 쉬어. 아니면 마이가 이 주변을 소개해줘도 되고. 볼 것도 많고 날씨도 좋은데 마이, 남자친구 잘 챙겨주렴. 알았지?"

마이는 웃으며 알겠다고 대답했다.

"여기가 네 마음에 들었으면 좋겠구나."

그녀는 나를 향해 따뜻한 미소를 지었다.

"감사합니다."

남자친구를 잘 챙겨주라는 말에 나는 조금 부끄러워하며 머쓱하게 웃었다.

아, 남자친구의 부모님이 날 받아들여주셨다.

난 정말 얼마나 운이 좋은 사람인 거야.

"올라가요. 제 방 보여드릴게요."

마이는 한쪽 손으로 내 손을 잡고, 남은 손으로 우리 짐을 챙겼다. 그리고 2층에 있는 침실로 향했다. 그의 침실은 방콕에 있는 그의 콘도처럼 넓고 깨끗해 보였다. 방에는 물건이 많지 않았는데, 아마 여기엔 자주 오지 않아서 더 그런 듯했다.

방을 구경하는 나를 마이가 뒤에서 와락 안았다. 그러고서 잘생긴 얼굴을 내 어깨 위에 얹고는 나를 좀 더 꼭 안아주었다.

"우리 부모님 무섭지 않죠?"

"응, 처음엔 겁이 좀 났는데…. 날 좋아하지 않으시는 줄 알았거든. 아버님은 너무 말씀이 없으시고…. 그래서 엄청 긴장했는데 이젠 괜찮아. 너무 좋은 분들이야."

나는 밝게 웃었다. 뒤에서 마이가 후훗, 하며 웃는 소리가 들렸다.

"내가 말했잖아요. 우리 부모님 친절하시다고."

"응, 근데 혹시 모르니까…. 걱정이 돼서…."

나는 그들이 나를 받아들이지 않는다고 해도 어쩔 수 없다고 생각했다. 아직도 일부 사람들이 동성애를 받아들이지 않는다는 걸 알고 있으니까. 하지만 마이가 가족과 싸우게 되는 원인이 나라면 정말 마음이 아플 것 같았다.

"고마워요."

마이의 갑작스러운 말에 나는 반문했다.

"응? 뭐가?"

"나한테 기회를 줘서요."

그의 입술이 내 목덜미에 닿더니 천천히 귓가로 올라갔다. 나는 순간 마음이 초조해져서 아무 말이나 던졌다.

"나, 나 이 주변 구경하고 싶어!"

그가 이 대낮에, 그것도 부모님이 계신 집에서 나를 옭아매기 전에 그를 밀어내려고 애썼다.

이보세요, 마이 씨!

당신 부모님이 아래층에 계시다고!

내 귀 물지 마!

"지금요?"

"응, 지금 바로!"

나는 재빨리 대답했다.

마이는 나를 꿰뚫어보는 듯한 눈으로 잠시 응시하더니 웃으며 나를 놓아주고 내 손을 잡았다.

"알겠어요. 좀 걸어요."

마이는 자전거를 빌려 나를 데리고 멋진 경치가 펼쳐진 주변을 둘러보러 다녔다. 이곳은 마이의 아버지가 말한 것처럼 정말 아름다웠다. 강가에는 커피를 마시며 휴식을 즐길 수 있는 레스토랑과 카페가 있었고, 그곳 직원은 마이와 제법 친해 보였다.

"오, 마이. 오랜만이에요. 친구를 데려온 거예요?"

직원 아주머니가 그에게 물었다.

마이는 나를 한번 보고는 웃으며 대답했다.

"안녕하세요. 오늘은 남자친구를 데리고 부모님을 뵈러 왔어요."

"…."

내 뺨은 다시 뜨겁게 타올랐다.

우리는 여기저기서 사진을 찍고 카페에서 디저트를 먹은 다음 래프팅을 하러 갔다.

익스트림 스포츠를 즐기지도 않는 데다 이런 활동을 할 때 입는 옷도 불편했지만, 마이의 설득에 결국 배에 올라앉았다. 물살을 타고 내려오면서 머리부터 발끝까지 젖어버렸는데 나를 이렇게 만든 사람은 내 꼴을 보고 너무나 즐거워했다.

너… 나한테 일부러 장난친 거지?

"다 젖었잖아."

나는 액티비티를 끝내고 그의 집으로 돌아갈 준비를 하는 동안 피부에 달라붙은 흰색 셔츠를 주욱 잡아당기며 중얼거렸다. 누군가 나를 쳐다보는 시선이 느껴져 돌아보니 10대 무리가 보였다. 그 소년들은 래프팅을 하려고 기다리고 있는 듯싶었다.

고개를 돌려 옆에 서 있는 키가 큰 남자를 보았다. 언제나 그렇듯이 잘생긴 마이를 쳐다보고 있는 것 같았는데, 지금 마이는 조금 엄한 표정을 짓고 있었다. 마이의 이런 표정이라니 너무나 드문 광경이어서 나는 조금 혼란스러웠다. 그는 말없이 커다란 타월을 가져와 내 몸을 감쌌다.

"마이, 괜찮아?"

"날이 어두워져요. 이제 집에 가요."

마이는 나를 향해 미소 지었지만, 그 눈은 평소의 그와 너무나 달랐다.

"…응, 가자."

마이는 내 허리를 감싸 안고 더 가까이 끌어당겼다. 그리고 래프팅 장소를 곧장 벗어났다. 나는 그를 따라 걸으며 눈만 깜빡였다. 내 남자친구가 지금 몹시 기분이 좋지 않다는 걸 알 수 있었다.

마이는 너무 잘생겨서 항상 사람들이 쳐다본다. 그게 오늘은 유난히 피곤한 일이었던 걸까?

＊＊＊

우리는 오후 6시가 다 돼서야 집에 도착했다. 마이의 어머니는 내가 홀딱 젖은 걸 보고 저녁 식사를 하기 전에 샤워부터 하고 오라고 했다.

이제 마이의 집에 방문하기 전까지 가지고 있던 불안과 스트레스가 모두 사라져서 곧 있을 저녁 식사 시간이 어른들과 수다를 떠는 즐거운 시간으로 여겨졌다. 그리고 예상대로 저녁 식사 자리에는 내내 웃음이 넘쳐났다.

"가장 좋아하는 사람 자격을 잃은 것 같아요."

저녁 식사를 마친 후 2층으로 올라가는데 마이가 말했다.

나는 그를 되돌아보았다.

"응?"

"우린 어머니가 가장 좋아하는 사람이 저라고 농담하곤 했는데, 오늘 어머니가 형을 대하는 걸 보니까 그런 것 같더라고요. 이제 어머니는 형을 더 좋아하는 것 같아요."

그는 자못 슬픈 표정을 지으면서도 행복한 미소를 감추지 않았다.

"글쎄, 우리 둘 다 그럴지도 몰라. 우리 엄마도 나보다 널 더 좋아하시던데."

나는 그에게 되갚아줬다는 사실에 행복하게 웃었다.

우리 엄마를 훔쳤으니, 나도 네 엄마를 훔칠 거야!

그의 어머니는 정말로 나를 좋아했다. 내 이야기에 관심을 기울이고 다정하게 바라봐주셨다. 눈빛도 정말 따뜻했는데, 내가 스물일곱 살이라는 사실이 믿기지 않는다며, 아주 동안이어서 마이와 같은 대학생인 줄 알았다고 했다. 그녀의 말은 내 마음을 정말로 편안하게 해주었다.

"그렇네요."

나는 그에게 눈을 한번 찡긋거리고는 커다란 침대 위로 몸을 던졌다. 그리고 몰려오는 피로에 하품을 했다.

"하아, 피곤해…."

"졸려요?"

침실의 주인이 내 옆에 앉았다.

"응…."

나는 스르륵 눈을 감았다. 어젯밤에는 생각이 너무 많아서 잠도 거의 못 잤다. 그리고 일찍부터 서둘러 이곳까지 온 데다가 주변을 둘러보러 나가 물놀이까지 했다. 그러니 내 몸이 침대에 스며드는 것은 놀라운 일이 아니었다.

정말 기나긴 하루였다. 하지만 남자친구 가족의 따뜻한 환대 덕분에 그만한 가치가 있는 하루였다.

내 남자친구….

"아, 맞아!"

나는 침대에서 거의 튀어 오르듯이 일어나 앉았다. 그리고 무슨 일이냐는 듯 놀라는 마이를 마주 보았다.

"그럼 나 처음 봤을 때 어땠는데? 우리 사무실에서 처음 만난 거 아니었어?"

몇 주 전에 꺼낸 적 있는 질문이었다. 알아내려고 애썼지만 마이가 그의 부모님을 만나러 가자고 하는 바람에 정신이 온통 거기에 쏠려 완전히 잊고 있었다.

"아, 그게…."

그는 조금 망설이는 듯 어색하게 웃었다.

나는 그의 팔을 꽉 붙잡고 손에 점점 힘을 주었다. 몽롱했던 정신이 완전히 깨어난 기분이었다.

지금 당장 말해!

"응? 나 진지해. 진짜 궁금하다고."

그가 이번에도 말해주지 않을 것처럼 망설이자 나는 끈질기게 대답을 요구했다.

장난치지 마! 내 호기심을 자극하지 말란 말이야.

나 진짜 잠도 못 잔다고!

"형은 제가 인턴십을 하러 왔을 때 사무실에서 저를 처음 만났죠?"

"응."

"제가 형을 처음 만난 건 그때가 아니었어요."

"뭐?"

"그전에 만난 적이 있어요."

그는 수줍게 웃었다.

조금 어지러운 기분을 느끼며 그를 어디서 만났는지 뇌 구석구석을 뒤적거렸다.

하지만….

없다.

"언제?"

나는 도저히 모르겠어서 결국 포기하고 그에게 물었다. 마이는 나를 안아 자신의 무릎에 앉힌 다음 내 어깨에 턱을 얹었다.

"아마 인턴십을 시작하기 몇 주 전이었을 거예요. 사무실 근처 시장에서 봤어요. 멀리서 보고 있던 거라 형은 몰랐을 거예요."

"왜 나를 보고 있었는데?"

나는 혼란스러웠다. 내가 으아나 킹처럼 잘생기거나 예쁜 것도 아닌데, 첫눈에 반한다는 건 있을 수 없는 일이다.

내가 그때 뭘 하고 있었던 걸까?

혼자 마실 것을 사고 있었나?

"그날 형이 강아지 한 마리를 구해줬어요. 사쿠라는."

"…."

"그쪽에 일이 있어서 갔다가, 인턴 지원한 사무실이 근처에 있다는 게 생각나서 한번 둘러보려고 했었거든요. 그때 시장을 지나다가 강아지를 안고 있는 걸 봤어요."

마이는 차분한 목소리로 말하고는 내 뺨에 가볍게 키스한 뒤 다시 말을 이었다.

"형이 그다음에 어떤 행동을 할지 궁금해서 보고 있었어요. 강아지에게 음식을 사주고, 약국으로 데려가는 걸 봤죠. 그러고는 시계를 보더니 셔츠가 얼룩진 채로 뛰어갔고."

나는 머리를 쥐어뜯고 싶었다. 하지만 마이는 그저 나를 향해 부드럽게 웃었다.

그날 사쿠는 얼마나 떠돌아다녔는지 흙먼지가 잔뜩 묻어 있었기 때문에 안고 있던 내 셔츠도 더러워졌다. 출근 시간이 임박해서 서두르지 않으면 월급이 깎일 위기였고, 급하게 맡겨놓고 미친 듯이 사무실로 뛰어간 것이었다.

그런데 마이가 그런 나를 봤다니….

그럼 난 처음 봤을 때부터 별로 멋있지 않았잖아!

"그게 그렇게 인상 깊었어?"

내가 갸웃하고 묻자 그는 나를 꼭 안고 고개를 끄덕였다.

"대부분 아무것도 안 했을 텐데 형은 강아지를 도와줬어요. 그냥 구해준 게 아니라 믿을 만한 사람에게 부탁까지 했고. 그게 너무 감동이어서 계속 마음에 남았어요."

나는 마이의 어깨에 머리를 기댄 채 계속해서 이어지는 그의 말을 들었다. 당시 나는 그런 내 행동에 대해 그다지 깊이 생각하지 않았다. 그냥 사쿠를 구하고 싶었을 뿐이었는데, 이렇게 그의 시선에서 듣다 보니 좀… 좋은 것 같다.

"정말로 다시 만날 수 있을지 몰랐는데 그날 사무실에서 보고 너무 좋았어요."

"그럼 그렇게 뚫어져라 쳐다보던 게 나였어?"

"네."

"난 네가 으아를 보고 있는 줄 알았어."

"전 여기 있는 이 사람을 보고 있었어요."

이번에는 그가 내 뺨에 깊게 입을 맞췄다. 나는 내 뺨을 문질렀다. 어린아이가 된 듯한 기분을 지울 수 없었다. 그는 나를 무릎에 앉히고 뺨에 키스했다.

너, 내가 훨씬 나이가 많다는 걸 잊은 거야?

"어떻게 알았겠어. 이전까지 날 좋다고 한 사람은 없었어. 네가 마음에 드는 사람이 있다고 했을 때 당연히 그 명단에 나는 포함하지 않았거든."

내가 중얼거렸다.

"전 형이 모르고 있을 거라고는 생각 못 했어요. 제가 다른 사람들한테도 너무 잘해서 오해를 불러일으킬 수 있다고 말했을 땐 형이 저한테 소유욕을 느끼고 있다고 생각했거든요."

"미안…."

나는 머쓱하게 웃었다. 나 같은 바보를 좋아하는 바람에 마음고생한 그에게 안타까운 마음이 들었다. 그는 나를 무릎에서 내려놓고 다시 침대에 눕혔다. 그러고는 얼굴을 더 가까이 가져와 나를 당혹스럽게 만들었다.

"생각하니까 또 마음이 안 좋아요. 책임져요."

뭐?

"왜, 왜 그런 마음이 들었을까아…?"

"상처받았던 걸 생각하니까 마음이 너무 아파요."

"시, 시간이 많이 흘렀는데…."

"시간이 해결해주지 못하는 일도 있잖아요. 네? 형…."

마이는 계속 애원했다. 나는 상처받은 척하는 모습에 기가 찼지만 재빨리 그의 뺨에 키스했다.

"좀 낫지?"

"네, 나아졌어요."

그는 눈을 감은 채 웃었다. 나는 조금 움직여서 침대에 제대로 누우려고 했는데 그 순간 마이가 내 위로 올라왔다. 그의 얼굴이 나에게 더 가까이 다가왔고, 그의 갈색 눈이 반짝반짝 빛났다.

"그럼 이제 결제해주세요."

그의 입이 내 뺨에 닿더니 곧이어 내 귀와 목덜미 쪽으로 움직였다. 그 뜨거운 숨결에 나는 숨을 쉴 수가 없었다.

"무, 무슨 결제?"

내가 더듬거리자 그가 웃었다.

"오늘 이곳저곳 안내해준 대가요."

"…."

잠깐만.

그의 어머니가 그에게 여길 안내해주라고 했는데 왜 나한 테 대가를 요구하는 거야?

이의를 제기하겠어! 여기, 누가 매니저 좀 불러줘!

"하지만…."

"최선을 다해 모셨는데, 결제해주시겠어요?"

그는 애원하는 투로 말했지만, 이런 속삭임은 반칙이다!

그 잘생긴 얼굴에 달콤한 목소리로 그렇게 말하는 건 진짜 치사하다고!

내 얼굴은 점점 더 뜨거워졌다.

"어… 어떻게?"

"키스해도 돼요?"

이미 그의 입술은 내 입술에 거의 닿아 있지만 인내심을 갖고 내 허락을 기다렸다. 나는 가볍게 고개를 끄덕이고 그의 입술이 닿도록 고개를 조금 움직였다.

그의 키스는 느릿하고 부드러웠다. 입술을 가볍게 대고 잠시 숨결을 공유하다가 곧 내 입술을 벌리고 따뜻한 혀를 안으로 집어넣었다. 나는 팔을 들어 그의 목을 감싸 안았고, 그의 혀를 깊숙이 받아들였다. 그와 여러 번 키스를 했음에도 불구하고 내 심장은 여전히 처음처럼 빠르게 뛰었다.

"형은 언제나처럼 스윗해요."

잠시 후 그가 나를 놓아주고 속삭였다. 그의 날카로운 눈이 붉어진 얼굴로 누워 있는 나를 보고 있었다. 나는 숨을 고르기 위해 애썼다.

"이제 내려가. 무거워."

"싫어요."

나는 그를 바라보며 눈을 깜빡이다가 그의 넓은 어깨에 고개를 묻었다.

"나 진짜로 피곤해."

"알겠어요. 이제 그만 놀릴게요."

그가 웃으며 이불을 덮어주고는 몸을 일으켜 불을 껐다.

바깥의 희미한 불빛이 침실을 비추었다. 나는 그가 침대에 돌아와 내 옆에 눕는 것을 가만히 기다렸다. 그리고 그를 끌어당겨 품에 안겼다.

"잘 자요."

나는 어둠 속에서 그의 가슴에 머리를 기대고 그를 쳐다보았다.

나같이 누군가의 다리 역할만 하던 사람이 남자친구 부모님을 뵈러 오는 일이 생겼다는 것.

가족에게 누군가를 소개하게 되었다는 것.

사람들에게 내가 더 이상 싱글이 아니라고 자신 있게 말할 수 있다는 것.

그리고 친구들의 놀림을 받아들여야 한다는 것….

나처럼 10여 년 동안 항상 다른 사람들의 조력자 역할만 해왔던 미들맨이 마침내 누군가의 연인이 되었다는 것은 정말 믿기지 않는 일이다.

나는 눈을 감고 마이를 더 꼭 껴안았다. 웃지 않으려고 애썼지만 자꾸만 웃음이 나왔다.

이봐요, 세상 사람들!

이 제이드니팟이 품절이 됐다고요!

평범한 사람들

- 마이 시점 -

바쁜 월요일 아침, 나는 사무실 근처 시장에서 제이드를 처음 만났다.

내 이름은 파킨, 건축학부 커뮤니케이션 아트디자인학과에서 공부하고 있는 대학생이다. 곧 4학년에 올라가기 때문에 한 학기 동안은 인턴십 프로그램에 참여해야 했다. 그래서 얼마 전 프롬퐁에 있는 사기업에 인턴십 지원서를 냈고, 합격했다. 그리고 2주 후면 인턴십이 시작될 예정이었다.

마침 오늘은 수리를 맡긴 형의 카메라를 찾으러 내가 지원한 회사 근처에 오게 되었고, 이참에 주변을 미리 둘러보기로했다. 앞으로 몇 달 동안 이곳으로 출근해야 하니까, 알아봐두면 좋을 것 같았다. 카메라 매장이 아직 문을 열지 않아 그

동안 나는 여기저기 둘러보며 시간을 보내려고 했다.

슈퍼마켓 주차장에 차를 주차한 뒤 기웃기웃 구경하며 돌아다니다가 길 양쪽으로 높은 빌딩이 늘어서 있는 활기로 넘치는 곳에 도착했다. 출근을 서두르는 수많은 직장인들이 나를 스치며 바삐 지나쳐갔다. 2주 후면 나도 그들과 비슷한 일상을 보낼 거라는 생각에 조금 설렜다.

대학은 현실 세계 입문 전에 거치는 일종의 시뮬레이션 세상이었다. 그리고 나는 이제 인턴십을 통해 졸업 후 그 안전지대에서 벗어나면 어떤 일이 일어날지 살짝 경험하게 될 예정이었다. SNS에서 선배들이 자신이 겪은 일에 대해 토로하는 걸 보면서 사회로 나가는 게 그렇게 멋지기만 한 건 아니라는 걸 이미 알았다. 하지만 그게 꼭 그렇게 나쁘기만 한 것도 아닐 거라 생각했다.

나는 이리저리 돌아다니다가 조그마한 골목에 다다랐다. 골목 안에는 길거리 음식을 파는 노점이 즐비했고, 가게마다 손님들로 북적였다. 유난히 사람이 많은 국수 가게를 쳐다보던 나는 갑자기 들려온 큰 소리에 고개를 돌렸다.

"꺼져! 이 더러운 개새끼! 이걸 그냥!"

화가 잔뜩 난 목소리가 주위에 있던 사람들의 시선까지 사로잡았다.

좀 더 가까이 다가가서 보니 돼지고기구이를 파는 노점의 상인이 꼬질꼬질한 강아지에게 돌멩이를 던지고 있었다.

"그냥 보내주세요. 강아지일 뿐이잖아요."

근처 노점 상인의 만류에 그녀는 다시 고함을 질렀다.

"말은 쉽지! 이 빌어먹을 개새끼가 내 가게를 더럽히잖아! 꺼져! 가라고!"

그녀는 다시 강아지에게 던질 숯 조각을 집어 들었다.

배가 고픈 강아지가 냄새를 따라 떠돌다가 노점까지 이른 것 같은데, 몹쓸 상인을 만나 겁에 질린 채 심하게 몸을 떨고 있었다. 내가 강아지를 구하러 가려는 순간 누군가 나보다 더 빨리 달려가 강아지를 품에 안았다.

"안 돼요! 던지지 마세요. 제가 데려갈게요!"

강아지를 향해 뛰어든 사람의 다급한 목소리가 골목을 울렸다. 그는 짙은 색 슬랙스 위에 푸른 셔츠를 입고 있었다. 귀엽게 생긴 중국계 태국인 남자로 이 근처 회사에 다니는 사람인 듯했다.

"그 빌어먹을 강아지를 놔주면 내 돼지고기를 먹으러 또 올 거라고! 본때를 보여줘야 해, 내려놔!"

"배가 고파서 그런 것뿐이에요! 쉬이, 착하지. 괜찮아."

그는 달래듯이 말하며 품 안에서 떨고 있는 작은 강아지를 진정시키려고 애썼다. 그가 입고 있던 깨끗하고 단정한 셔츠는 금세 더러워졌다.

소동이 사그라들자 흥미를 잃은 사람들이 다시 제 갈 길을 갔다. 하지만 나는 아직 조금 떨어진 곳에서 그를 지켜보고 있었다. 그는 화가 난 상인에게 일부러 구운 돼지고기를 사고 돈을 계산했다. 애써 미소를 짓긴 했지만 조금 지쳐 보였다. 돼지고기를 받고 나선 서둘러 강아지를 데리고 근처 다른 골목으로 들어갔다.

내 두 다리는 나도 모르게 그를 따라가고 있었다.

다음은 뭘 하려는 걸까?

그 남자는 보도에 멈추더니 쪼그려 앉아서는 구운 돼지고기를 꼬치에서 뺀 다음 강아지에게 먹였다. 배고픈 강아지는 환장하듯 달려들어 마구 먹어대면서 연신 꼬리를 흔들었다. 행복하게 흔들리는 꼬리를 지켜보던 그가 빙긋 웃었다.

왜인지 모르게 그 모습을 보는 나도 웃음이 나왔다.

그는 강아지가 돼지고기를 다 먹어 치울 때까지 지켜보다가 다시 안아 들었다. 그리고 걱정스러운 얼굴로 망설이다가 다른 골목으로 걸어갔다.

아무래도 강아지를 이곳에서 꽤 멀리 떨어진 데까지 데려가야 할 것 같았다. 강아지가 여기로 다시 돌아오면 또 같은 상황이 벌어질 수 있을 테니까.

그는 강아지를 안고 한동안 걸어가다가 마침내 어느 약국 앞에 멈춰 섰다. 약국 주인으로 보이는 아주머니와 다정하게 이야기를 나눴는데, 서로 꽤 잘 아는 사이 같았다.

나는 그들이 무슨 말을 하는지 정확하게 들을 수 있을 정도로 가까이 다가가지는 못했지만, 몸짓과 표정으로 보아 아주머니에게 강아지를 잠시 돌봐달라고 부탁한 게 아닐까 짐작했다.

"헐!"

잠시 후 시계를 확인한 그는 깜짝 놀라 소리를 질렀고.

"저 퇴근하고 다시 올게요!"

다급하게 말했다.

"그래, 얼른 가요."

그는 아주머니에게 꾸벅 인사를 하고는 나를 지나쳐 달려갔다. 그가 점점 멀어지는 걸 보면서 나는 흐뭇한 기분에 젖어 미소 지었다.

떠돌이 강아지를 구해주고, 먹이도 주고, 또 다치지 않도록 믿을 수 있는 사람에게 부탁했다. 대부분의 사람들처럼 강아지가 처한 상황을 무시하고 지나칠 수도 있었지만, 그는 그렇게 하지 않았다.

정말 다정하고 마음씨가 고운 사람 같았다.

정말… 인상 깊은 사람….

나는 내가 처음 왔던 곳으로 돌아가며 주변을 살폈다. 그 사람은 근처 사무실 어딘가에서 일을 할 것이고, 어쩌면 이 시장에서 다시 만날 수도 있을 것이었다.

그를 다시 만날 기회가 생긴다면, 어떻게 해야 할지는 모르겠다. 조금 전처럼 그냥 쳐다보기만 할 수도 있고, 어쩌면… 그에게 웃으며 인사를 건넬 용기가 생길지도 모르겠다.

한 가지 확실한 건 그를 다시 만나고 싶다는 것이다.

* * *

내가 간절히 바랐다고 해서 정말로 2주 뒤에 그 소원이 이루어질 줄은 꿈에도 몰랐다.

오늘은 인턴십 첫날이다.

나는 매니저를 따라 일할 부서 사무실로 들어가기 전에 잠시 대기했다. 부서 관리자인 바스라는 사람이 사장님의 호출을 받고 자리를 비운 상태였기 때문이다. 그래서 나는 다른 부서 직원들의 시선을 한 몸에 받으며 서 있었다.

내가 사람들의 주목을 받는 외모라는 건 알고 있다. 늘 있는 일이지만, 그때마다 어색함을 느끼는 건 별수 없었다.

그들을 향해 정중하게 미소를 지어 보이고는 재빨리 시선을 돌렸다. 그리고 사무실 입구 근처에 서서 벽에 걸린 사진을 보았다. 곧 함께 일하게 될 직원들의 얼굴이 걸려 있었다. 그런데 사진을 살피던 중 낯익은 얼굴이 눈에 띄었다.

'제이드니팟 탕트라칸.'

사진을 뚫어지게 바라보며 그 이름을 머릿속으로 되뇌었다. 그를 다시 만날 수 있다는 기쁨에 심장이 더 빨리 뛰었다. 2주 전 시장에서 만났던 그 사람이 앞으로 넉 달간 함께 일할 그래픽 디자이너였다.

인연은 정말로 존재했다. 내 간절한 바람이 이루어진 것일지도 모르겠지만, 어쨌든 세상이 이렇게 좁다는 게 다행으로 여겨졌다.

"새로 온 인턴?"

그때 들려온 허스키한 목소리에 나는 고개를 돌렸다.

"네."

나와 키가 비슷해 보이는 남자가 서 있었다. 너무 잘생겨서 누가 그를 배우라고 소개해도 놀라지 않을 정도였다.

"어느 부서?"

그는 날카로운 눈빛으로 마치 나를 꿰뚫기라도 하려는 듯이 내 얼굴을 똑바로 쳐다봤다.

나는 미소를 지으며 정중하게 대답했다.

"IT 부서입니다."

"오, 굿! 나도 IT 부서야. 프로그래머로 있는 킹."

"제 이름은 마이예요. 만나서 반갑습니다, 킹 선배님."

그는 고개를 끄덕이며 내가 보고 있던 사진으로 눈을 돌렸다.

"이 사람, 알아?"

"네?"

"제이드 보고 있는 거 봤어."

나는 다시 한번 그의 사진을 보고는 조금 부끄러워져서 웃어버렸다.

"그냥 좀 낯이 익어서요. 어디선가 본 것 같아요."

"그래? 난 또, 첫눈에 반하기라도 한 줄 알았지."

킹 선배의 얼굴에 장난기가 가득 번지더니, 시원하게 웃었다. 방금 만난 사이인데도 금방 나를 놀리고 싶어 하는 그를 보고 조금 놀랐다. 아마 사진을 유심히 보고 있던 내가 수상해 보였던 모양이다. 곧 그는 음흉스럽게 웃으며 얼굴을 내 쪽으로 더 가까이 숙였다.

"혹시 정말로 그렇다면…. 얘 아직 싱글인데, 내 도움이 필요해?"

"아, 전…."

"아, 쿤나콘 씨. 오셨군요."

그때 다시 등장한 매니저가 우리의 대화를 방해했다. 킹 선배는 돌아서서 그에게 인사했다.

"오랜만이네요. 새 드라이브를 받으러 나가던 중이었는데 새로 온 인턴을 만나서 인사하고 있었어요."

"아, 좋아요. 이번 인턴도 IT 부서로 갈 거거든요. 사장님께 인사드린 후에 부서로 데리고 갈게요."

"네, 매니저님."

대화를 마친 킹 선배가 다시 나를 쳐다봤다. 그리고 눈썹을 한번 치켜올리더니 내 어깨를 손으로 툭툭 치고는 자리를 떠났다.

"또 보자, 꼬마야."

"좋아요, 마이. 따라와요. 부서로 가기 전에 다른 부서장들을 먼저 만납시다."

나는 그를 따라다니며 모두에게 인사를 한 뒤 마침내 IT 부서로 갔다.

"올해 IT 부서에서 그래픽 디자이너와 함께 일할 인턴은 한 명뿐이에요. 여기, 선배들에게 인사해요."

매니저의 말에 사무실에 있던 사람들이 나를 보고 웅성거렸다.

"안녕하세요. 제 이름은 파킨 샤오파파콘입니다. 마이라고 불러주세요. 뵙게 돼서 영광입니다."

나는 모두에게 웃는 얼굴로 인사한 뒤 사무실 내부를 둘러보았다.

그 사람이 저기 서서 나를 쳐다보고 있었다. 그의 맑고 새하얀 얼굴에는 호기심이 가득했고, 나는 그를 보고 웃지 않으려고 최선을 다했다. 하지만 심장은 훨씬 더 빨리 뛰었다.

"좋아, 잘 돌봐주도록 해요. 이번 인턴 교육 담당은 누구죠?"

"올해는 제이드니팟입니다."

"네, 맞아요…."

이름의 주인은 말을 하다 입을 꾹 닫고 경악한 얼굴로 킹 선배를 쳐다보았다.

나도 그를 따라 뒤쪽에 앉아 있는 킹 선배를 보았다. 그는 자신의 친구를 향해 눈썹을 찡긋거리더니 다시 나를 보며 히죽히죽 웃었다.

아….

아까 말한 대로, 그는 나를 도와주려는 것 같았다.

"좋아요. 잘 돌봐주세요, 제이드니팟 씨."

"네가 담당이라고? 잘 돌볼 수 있지? 난 회의가 있어서, 다음에 얘기하자."

부서장 대리인 바스 선배는 혼란스러워하는 듯한 제이드 선배에게 나를 밀어놓고 떠났다.

그때 누가 쳐다보는 듯한 느낌이 들어 돌아보니 제이드 선배 옆에 앉아 있는 잘생긴 남자가 보였다. 그의 표정은… 몹시 차가웠고, 날 별로 달가워하는 것 같지도 않았다. 그 동그란 눈으로 그저 가만히 나를 뚫어지게 쳐다보고 있었다.

내가 제이드 선배를 너무 오랫동안 쳐다봐서 수상하다고

여기는 걸까?

"아아, 앞으로 4개월 동안은 매일 출근할 맛 나겠네."

한 중년 여성이 깔깔 웃으며 말했다.

나는 그저 미소를 지으며 킹 선배가 말하는 걸 들었다.

"벌써 새로운 사람한테 마음을 빼앗긴 거예요? 이제 전 잊히나 보네요."

"에이, 그러지 마. 내 심장에는 특별한 네 개의 방이 있거든. 그중 하나의 방을 마이가 차지했을 뿐이야. 안녕, 내 이름은 파이야. 만나서 반가워!"

"겁먹고 도망가버리기 전에 그만하세요."

그때 마침 제이드 선배가 나섰다. 그는 의자에서 일어나 내 앞에 섰다.

나란히 서 있으니 키 차이가 꽤 났다. 그는 키가 내 어깨높이 정도여서 올려다보며 말했는데 나를 보는 눈이 너무나 맑고 빛이 나서 그 안에 내 모습이 비칠 정도였다.

다시 만난 그는….

몹시 귀여웠다.

"난 제이드고 여기는 으아. 우린 그래픽 디자이너야. 원래 몽콘이라고 한 명 더 있는데, 오늘 쉬는 날이야."

나는 재빨리 그에게 인사한 다음, 꾹 참아왔던 기쁨의 미소를 띠었다.

"안녕하세요."

"너무 긴장하지 마. 음… 그리고 난 네 사수가 아니야. 방금은 내 친구가 장난을 친 거고, 네 진짜 사수는…."

"그냥 네가 맡아. 매니저한테도 이미 말했잖아."

조금 전 나를 아주 뚫어지게 쳐다보던 남자가 말했다. 그러면서도 그는 여전히 나를 알아내려고 애쓰는 듯한 눈을 하고 있었다.

제이드 선배는 말문이 막힌 것 같았고, 나는 최대한 공손하게 미소만 지었다.

그들의 대화를 들어보니 으아라는 선배가 내 사수가 되었어야 하는 것 같았다. 그런데 킹 선배 덕분에 제이드 선배가 나를 맡게 되었으니, 운이 좋았다. 이제부터 내가 할 일은 그에 대해 더 많이 알아가는 것이다.

* * *

제이드 선배가 내가 쓸 컴퓨터와 물건들을 준비하는 동안, 나는 그의 얼굴을 가만히 관찰했다. 거의 보이지 않는 희미한 여드름 흉터 두어 개를 제외하고는 희고 투명한 피부였다. 그리고 얇고 조그마한 붉은 입술에 동그란 콧망울을 가지고 있었다.

지금 그는 내 비즈니스 이메일 계정을 만드는 데 집중하고 있다. 평범한 사람인 것 같지만, 그를 보면 어딘지 모르게 마음이 편안해졌다. 차분한 목소리에도 다정함이 묻어나서 설명할 수 없을 만큼 마음이 따뜻해졌다.

무엇에 이끌리는지는 모르겠지만 그에게 더 가까이 다가가고 싶었다.

이 사람에 대해 더 알고 싶다….

나도 모르게 의자를 끌고 가서 그의 책상 위에 노트북을 올려놓았고 수시로 일에 관해 물었다. 그렇게 우리 사이의 간격은 점점 줄어들었고, 그에게 말을 걸기 위해 자꾸만 질문거리를 만들어내는 나를, 그런 내 진심을 그가 간파하지 못하기만 바랐다.

* * *

"마이, 몇 살이야?"

점심을 먹으려고 들어온 식당에서 주문한 식사를 기다리는 동안 제이드 선배가 물었다.

"저 스물한 살이에요. 선배들은요?"

"우린 스물일곱이야."

제이드 선배가 그들을 대표해 대답했다.

좀 놀랐다. 오전에 내게 가르쳐준 것들을 생각하면 그는 분명 경력이 있는 사람이긴 했지만… 그의 외모는 아직 대학생 같았다.

"넌 애인 있어?"

그는 킹 선배와 재밌는 싸움을 벌인 후 다시 내게 물었다. 나는 그의 빛나는 눈을 마주 보며 대답했다.

"아뇨, 만나는 사람 없어요."

"거짓말. 너처럼 잘생긴 사람한테 아무도 없다고?"

"사람들이랑 그다지 잘 어울리지를 못해서요. 연애에 관심도 없고, 친구도 별로 없어요."

솔직하게 말했지만, 그에게 숨긴 한 가지가 있다.

그것은 바로… 이제 내가 누군가를 정말로 원하게 되었다는 것이다.

* * *

오후부터는 제이드 선배에게 직접 물어보거나 다른 사람들의 대화를 주의 깊게 들으면서 내가 해야 할 일과 더불어 그에 대한 정보를 얻으려고 노력했다. 그리고 나는 내 사수가 단순하고 평온한 성격의 사람이라는 걸 알게 됐다. 엉뚱하고 재미있는 성격이었고, 동료들로부터 사랑을 받았다. 나는 그런 그의 성격이 그의 외모와 딱 들어맞는다고 생각했다. 그는 정말로 날 편안하게 해주는 사람이었다.

"자, 마이. 집에 가자."

근무 시간이 끝나자 제이드 선배가 내 어깨를 두드렸다.

나는 자리에서 일어나 컴퓨터를 끄고 옆자리 선배를 힐끗 보았다. 멋진 하루가 너무 빨리 지나간 것 같아 아쉬웠다.

"선배들은 어디 사세요?"

나는 선배들을 따라 엘리베이터로 들어가면서 물었다.

"킹은 실롬, 으아는 사톤에 살아. 난 여기서 좀 떨어진 랏크라방에 살고."

그가 랏크라방에 산다는 말을 듣자마자 내 마음은 다시 벅차올랐다.

"제 콘도도 랏크라방에 있어요."

나는 이 절묘한 우연에 설렜지만 목소리를 가능한 한 평범하게 내려고 애썼다.

"전 차가 있어서, 같은 지역에 사니까 태워드릴 수 있어요."

"아, 아니, 아니야. 그럴 필요 없어. 그럼 내가 너무 민폐잖아."

"괜찮아요. 어차피 가는 길이니까, 집에 데려다드릴게요."

나는 조금 더 단호하게 말했다.

그는 망설이는 것 같았지만 다행히 킹 선배가 그를 설득시켰고, 마침내 내 제안을 받아들였다. 나는 돌아서서 킹 선배를 마주 보고 눈짓했다.

'감사합니다.'

나는 오늘 킹 선배에게 아주 많은 빚을 졌다.

* * *

집으로 돌아가는 길에는 서로에 대한 이야기를 많이 나누었다. 그와 이야기를 하면 할수록 그에 대한 호감이 커졌다. 이미 그에게 깊은 인상을 받았는데, 이제 가까이에 있으려니 욕심이 나지 않을 수가 없었다.

"마이, 솔직하게 말해봐. 진짜 여자친구 없어?"

빨간 신호에 차가 멈추자 그가 물었다.

"없어요, 진짜로."

나는 다시 한번 말하며 그가 나에 대해 이토록 궁금해하는 것이 못내 기뻐서 웃어버렸다.

"왜 그렇게 보세요?"

"누가 그 말을 믿겠어? 넌 잘생기고, 좋은 차도 가지고 있잖아. 학교에 있는 사람들은 다 눈 감고 다녀? 아니면 최근에 헤어진 거야?"

"마지막 연애는 12학년 때였고, 대학에 들어온 후로는 계속 혼자예요."

나는 빨간 신호가 녹색으로 바뀌자 다시 차를 출발시키며 말했다.

"사실, 최근까지 연애에 대해 별로 생각해본 적이 없어요."

나는 그 말까지 하고서 옆에 있는 사람을 바라보았다. 굉장히 궁금해하는 표정이었다. 겨우 미소를 숨기고 그에게 물었다.

"그럼… 선배는 연애 중이세요?"

'아니. 지금 으아는…' 하고 말한 그가 잠시 말을 멈췄다.

"질문이 뭐였어?"

"선배는 연애 중이시냐고 물었어요."

그가 눈을 깜박이며 한동안 멍하게 있다가 대답했다.

"아, 어… 아니."

나는 만족스러워하며 웃었다. 킹 선배가 이미 그가 싱글이라고 일러주었지만, 이렇게 직접 듣는 것이 더 좋았다. 그리고 내 마음도 더 분명해졌다.

내 콘도 쪽으로 차를 몰고 가는데, 제이드 선배의 집이 내 콘도 맞은편에 있다는 것을 알고 깜짝 놀랐다. 이런 우연의 연속이라니…. 이건 그와 가까워질 수 있는 더 큰 기회를 얻었다는 의미였다.

앞으로 그와 함께 차를 타고 다니면 서로를 더 많이 알아갈 수 있을 것 같아 내일 함께 출근하자고 말했고, 처음에 그는 내 제안을 사양했다. 선배로서 그럴 수 없다고 생각하는 것 같았지만, 나는 그가 포기하고 수락할 때까지 밀어붙였다. 결국 그에게 내일 아침 콘도 앞에 도착하면 전화하겠다며 전화번호를 알아냈다. 내 휴대폰에 자신의 번호를 입력하고 있는 그의 모습이 너무 순진해 보였다. 마치 작은 토끼를 유인해내는 늑대가 된 기분이었다.

첫날부터 너무 밀어붙이는 걸까?

하지만 나는 맹세코 이전까지 누구에게도 이런 일을 해본 적이 없으며, 이런 기분을 느껴본 적도 없다.

"아침 7시에 데리러 올게요, 괜찮죠? 전화할게요."

"그, 그래, 이제 갈게."

그는 나에게 손을 흔들어주었고, 나는 그를 향해 밝게 웃어준 뒤 차를 몰고 떠났다.

처음에는 그냥 다시 만나면 좋겠다고 생각하는 정도였지만, 다시 만나고서는 그를 더 알고 싶어졌다. 지금은…. 아무래도 난 진심으로 그에게 관심이 있는 것 같다.

* * *

그날 이후로는 매일 제이드 선배를 데리러 갔다. 우리는 아침 7시부터 저녁 7시까지 하루 12시간 이상 한 공간에 같이 있었는데, 그와 함께 있는 시간이 많아질수록 그 사람이 얼마나 귀여운지 여실히 알게 되었다. 그는 주변 사람들에게 늘 친절했다. 배려심이 깊고, 잘 베풀며, 차분하고, 성숙했다. 그 모든 것이 날 빠져들게 했다. 결국 단 일주일 만에 나는 그를 정말로 좋아한다는 것을 인정해야만 했다.

나는 그에게 조금씩 다가가며 내가 얼마나 관심이 많은지 깨닫게 하려고 노력했다. 항상 그가 좋아하는 디저트를 사다 주었는데 너무 부담스러워하지 않도록 대부분 같은 사무실 사람들 것도 준비했다. 그렇게 최대한 자연스럽게 보이려고 노력했음에도 불구하고, 그의 가장 친한 친구인 으아 선배는 나를 꿰뚫어보고 있었다. 그 옅은 갈색의 눈동자는 언제나 나를 예의 주시하고 있었다. 하지만 따로 얘기하거나, 특별히 개입하지도 않았기에 그냥 그대로 괜찮다 싶었다.

그러던 어느 날, 평소처럼 점심 식사를 한 후 제이드 선배가 버블티를 사러 간 동안 킹 선배가 내게 단도직입적으로 물었다.

"마이, 너 제이드 좋아해?"

"네."

나는 솔직하게 대답했고, 킹 선배는 내 목에 팔을 감아 당기며 즐겁게 웃었다.

"하! 좋아, 좋아. 넌 좋은 애니까, 내가 응원할게."

"감사합니다."

"근데 너도 알겠지만…. 제이드는 엄청 느려. 그러니까 걔가 너무 겁먹지 않게 신경 써. 쉽게 겁에 질리는 타입이거든. 지금처럼 자연스럽게 다가가."

그렇게 말한 킹 선배는 여전히 기분 좋게 웃고 있었다. 그는 경험이 풍부한 사람이었고, 관심을 주는 내 행동에 대해서도 잘 알고 있었다.

"네, 알겠어요."

"오늘 파티를 즐겨. 대신 뭔가 해보려고 제이드를 취하게 만들 생각은 안 하는 게 좋아. 내가 제이드를 걱정하는 건 아니고, 걔 술 존나 잘 마시거든. 절대 안 취할 거라 소용없어."

킹 선배는 내 환영회에 대해 미리 언질을 주었고, 나는 당황해서 재빨리 부인했다.

"아, 그런 의도는 전혀 없어요."

"그래, 그래. 네가 나랑 다르게 아주 나이스 가이라는 걸 잠시 잊었네. 좋아."

그는 제이드 선배가 다가오자 킥킥거리며 내 목을 놓아주었다.

제이드 선배를 보면서 킹 선배가 한 말을 곰곰이 생각했는데 조금 의심스러웠다. 제이드 선배의 모습을 보면… 술을 잘 마실 것 같진 않았다.

하지만 나는 회식 자리에서 킹 선배의 말을 완전히 납득할
수 있었다. 맥주를 연거푸 마셔댔는데도 전혀 취하지 않는 그
를 보며, 사람을 외모로만 판단할 수 없다는 걸 다시 한번 깨
닫게 되었다. 조금도 어지러워하거나 힘들어하는 기색이 없
어 놀라웠다. 심지어 그는 온전한 정신으로 즐겁게 노래를 부
르러 나갔다.

킹 선배는 '내가 말했잖아' 하며 맥주를 한 모금 더 마시고
는 내게 술병을 흔들어 보였다.

"제이드는 취한 적이 없어."

"네, 이제 알겠어요."

나는 그에게 잔을 내밀었고, 그는 노래를 부르는 제이드
선배를 슬쩍 쳐다보며 대답했다.

"술에 취한 공주님을 구하는 멋진 기사 역할을 못 한다고
너무 슬퍼하지는 마. 오늘 밤 그와 오랫동안 함께하고 싶다면
다른 방법이 있으니까."

내가 웃으며 그게 뭔지 묻자, 그는 꿍꿍이가 있는 듯한 표
정으로 나를 한번 쳐다보고는 내 술잔을 가리켰다.

"그 사람이 취하지 않는다면, 네가 취하면 되는 거야. 무
슨 말인지 알겠지? 간단해."

그의 농담 같은 말에 나는 조금 어이가 없다는 듯 다시 웃
었다. 하지만 손에 든 술잔을 가만히 보다가 이내 한 잔을 다

마셔버렸다.

나도 술을 꽤 잘 마시는 편이라, 어지간히 마셔서는 취하지 않는다. 하지만 오늘, 정말로 취할 때까지 마셔보면… 내가 무언가를 얻을 수 있을까?

* * *

지금까지 살아오면서 나도 다른 사람들만큼 교활하고 계산적일 수 있다고 생각해본 적은 없었다. 하지만 제이드 선배와 함께 지내면서 그런 것들이 꽤 필요하다는 것을 깨달았다.

"마이."

"음…."

"내 말 들려?"

"음…."

"네 콘도 어느 건물 몇 층, 몇 호야?"

나는 침묵을 지켰고, 내가 너무 취해서 의식이 없다고 믿게 만들려고 노력했다. 내 집에 대해 말한 적도 없기 때문에 그는 내 콘도가 아닌 자신의 집으로 나를 데려가야 했다. 물론 내 덩치를 짊어져야 하는 가녀린 그가 안타까워서 속으로는 몇 번이나 미안하다고 말했다.

하지만 킹 선배의 조언은 그만한 가치가 있었다. 조금 전

제이드 선배가 자신의 침대 위에 나를 눕히려다가 무게를 견디지 못하고 함께 쓰러져버렸고, 나는 이 침실의 주인을 껴안게 됐다.

"음…. 제이드 선배…."

나는 중얼거리며 그의 허리를 꼭 안았다. 내 손이 그의 피부에 닿았고, 그의 체향을 맡으며 삐져나오는 웃음을 참느라 부단히 애를 써야 했다. 그는 도망치려고 발버둥 쳤지만, 몸집이 너무 작아서 내 위에서 아무리 버둥거려도 그다지 무게가 느껴지지 않았다.

정말 죄송한데… 이대로 조금만 더 있게 해주세요.

잠시 후 그가 뭔가 잘못됐다는 걸 깨닫기 전에 얼른 놓아주었다. 그가 내 몸을 밀어내고 침대 한쪽으로 내려가 거칠어진 호흡을 가다듬는 기척이 느껴졌다. 그다음엔 내 신발과 넥타이를 벗기더니 타월로 얼굴을 닦아주기까지 해서 깜짝 놀랐다. 그냥 내버려둘 줄 알았는데…. 심지어 이불까지 덮어 다독여주었다.

조금 뒤 그가 침실을 나가며 문이 닫혔고, 나는 어둠 속에서 눈을 떴다. 그리고 가슴 한편에 묵직하게 자리 잡은 따스함을 움켜쥐고 닫힌 문을 바라보다가 잠들었다.

그는 정말 배려심 깊고 다정했다. 매일매일 그에게 더 빠져드는 나를 도저히 말릴 수 없었다.

***

나는 너무 오랫동안 사랑의 감정을 나눌 대상을 찾지 않
았고, 그래서 아침에 눈을 뜨자마자 보고 싶은 사람이 있다는
설렘이 어떤 느낌인지 거의 잊어버렸다. 하지만 제이드 선배
를 만나고 모든 감정이 다시 돌아왔다. 워커홀릭도 아니면서
일하는 시간이 끝나지 않기만 바랐다. 여느 때의 나는 사람들
과 적당히 거리를 두는 편이었지만, 제이드 선배라면 언제 어
디서라도 함께 있고 싶었다.

스물한 살의 나에게 이런 사랑이 찾아오다니…. 하지만 내
사랑은 나를 사랑하고 싶지 않은 것 같았다.

나는 늘 그에게 가까이 가기 위해 노력했다. 매일 저녁 식
사를 그와 함께했고, 그가 야근을 할 때면 함께 있기 위해 일
을 만들어서라도 기다렸다.

호감이 있다고 간접적으로 여러 번 표현했지만, 그는 여전
히 내게 관심이 없어 보였다. 때때로 그의 눈에 호기심이 담
기긴 했어도, 결코 나를 향한 것은 아닌 것 같았다.

킹 선배는 그가 아주 느리다고 했다. 나는 내가 다른 사람
들에 비해 그에게만 얼마나 예외적으로 행동하는지 분명하게
보여주었다고 생각했는데, 그는 여전히 평소와 다를 게 없었
다. 이제는 그가 나를 어떻게 생각하는지 정말로 헷갈려서 힘

들었다.

그가 정말로 모르는 걸까… 아니면 내가 상처받지 않도록, 스스로 물러나길 기다리는 걸까?

처음엔 스스로에게 제법 자신이 있었지만, 이제는 조금 걱정스러웠다.

* * *

"마이."

"네?"

"네 마음속에 있는 사람, 포기하지 마."

어느 날 저녁, 우리가 빨간 신호등 앞에서 정차한 사이 그가 말했다. 나는 눈을 빛내며 그를 마주 보았다.

"제가 좋아하는 사람이 누구인지 아세요?"

"물론이지."

그의 자신 있는 말투에 내 마음에는 한 줄기 희망의 빛이 깃들었다. 그래서 나는 위험을 감수하고 그에게 물었다.

"그럼… 그러면 선배는… 그 사람도 절 좋아한다고 생각하세요?"

"누가 널 좋아하지 않겠어? 넌 정말 멋진 사람이야."

그의 가녀린 손이 내 어깨를 두드렸다. 그의 미소는 마치

가뭄의 단비처럼, 메말라가던 나를 다시 싱그럽게 만들었다.

"전 전혀 몰랐어요. 절 그저 그런 사람으로 여기는 것 같아서, 저를 좋아하지 않는 줄 알았어요."

제이드 선배는 환하게 웃으며 말했다.

"이런 일에는 시간이 좀 걸리잖아. 여기 온 지 두 달밖에 안 되어서 서로 알아갈 시간이 부족하니까. 널 좋아한다고 말하게 하긴 너무 이르지만, 분명 생각하고 있을 거야. 그러니까 너무 비관적으로 생각하지 말고 포기하지 마."

그 말을 듣고 나니 그를 끌어당겨 키스하고 싶은 마음을 참아내기가 힘들었다. 하지만 내가 참지 못하고 그에게 입 맞춘다면, 아마 그는 겁을 먹고 달아날 것이다. 그래서 그의 장밋빛 입술을 바라보며 활짝 웃을 수밖에 없었다.

"절대 포기하지 않을 거예요. 저 정말 좋아해요. 정말… 정말로요."

이제 그의 생각을 알았으니, 전속력으로 달려가기로 했다.

* * *

제이드 선배가 간접적으로 내 마음을 수락한 다음부터 나는 사람들이 눈치를 채더라도 신경 쓰지 않고 그의 마음을 얻기 위해 최선을 다했다.

요즘 사무실 동료들은 내가 그에게 음료수나 간식을 가져갈 때마다 나를 자주 쳐다봤다. 그들이 내 마음을 거의 알고 있다고 느꼈지만 굳이 말하지는 않았다. 그들도 나를 보고 그저 미소를 지을 뿐이었다. 하지만 제이드 선배는 거의 달라지는 게 없는 상태였다. 그는 결코 나를 밀어내지도, 끌어당기지도 않았다. 하지만 그것만으로도 충분했다.

그가 아직 혼자이고, 나를 밀어내지 않는 한 희망이 있다고 생각했다.

또한 다른 부서의 사람들까지도 내 의중을 간파한 터라, 제이드 선배의 가장 친한 친구인 으아 선배도 내 마음을 알고 있는 건 당연한 일이었다.

"마이."

우연히 같은 팀으로 분류된 임직원 체육단합대회 점심시간에 으아 선배가 냉랭한 목소리로 나를 불렀다.

"네?"

나는 그를 조금 어색하게 쳐다보았다. 그는 꽤 조용한 편이어서 지난 두 달 동안 그다지 많은 대화를 나누지는 못했다. 다가가기 힘든 타입이기도 했고, 누군가와 엮이는 걸 싫어하는 것 같았지만 어쨌든 선배로서 그는 좋은 사람이었다. 그래서 제이드 선배에게 무언가를 사다 줄 때마다 항상 그를 위한 것도 준비했다.

"제이드 좋아해?"

그의 질문은 아주 짧았지만, 나를 당황시키기엔 충분했다. 나는 도시락 음식을 입에 넣지 못하고 조금 어색하게 웃어 보이며 그의 시선을 마주했다.

"네, 좋아해요."

"처음부터?"

"회사 밖에서 먼저 본 적이 있어요. 그때 눈에 들었는데 이 회사에 인턴으로 와서 보고, 또 옆에서 시간을 보내면서 제가 선배를 좋아한다는 확신이 들었어요."

내 대답에 그는 웃고 싶지만 참는 것처럼 억눌린 목소리를 냈다.

"너희들 나이 차이도 많이 나는데…. 언젠가 어린 사람이 좋다고 가버리는 거 아냐?"

"아뇨, 전 선배를 그 어떤 이유로든 놓을 생각이 없어요."

그는 내 말에 의구심을 품는 것 같았지만, 그렇다고 기분이 상하진 않았다. 으아 선배가 자신의 친구를 몹시 아끼는 마음에 염려해서 하는 말이라는 걸 잘 알았기 때문이다.

"말은 쉽지."

"그렇죠. 말뿐이니까요. 지금은 제 말을 믿지 않으셔도 괜찮아요. 시간이 증명해줄 거니까요"

나는 용기 내 말하고서 웃었다.

그는 잠시 조용히 있더니 내 팔을 쿡 찌르고는 내 도시락에 계란프라이를 놓아주었다.

"난 제대로 안 익은 계란프라이는 싫어. 너 먹어."

"좋아요."

"그리고…."

뒤이어 고개를 든 그의 얼굴에 부드러운 미소가 떠올라 있어서 평소의 감정 없는 듯 보이던 얼굴이 순간 아주 상냥하고 따뜻해 보였다.

"내 친구의 마음을 아프게 하지는 마."

"네, 안 그럴 거예요."

나는 자신 있게 대답했다.

으아 선배는 살짝 미소를 지은 뒤 화제를 돌렸다.

* * *

그날 이후로 나는 으아 선배와 더 많은 이야기를 나누게 되었다. 그는 틈만 나면 제이드 선배의 대학 시절 이야기를 하거나 그가 좋아하는 것과 싫어하는 것(주로 음식에 관련된 것이었지만)에 대해 들려주었다. 심지어 제이드 선배도 내가 으아 선배와 가까워진 걸 눈치채고 놀리곤 했다. 하지만 나는 내가 짝사랑하는 상대의 가장 친한 친구 두 사람이 나를 지지

한다는 사실에 행복해서 웃기만 했다.

이제 마음을 얻어야 할 사람은 제이드 선배뿐이었다.

하지만 두 명의 가장 큰 조력자가 있음에도 불구하고 언젠가부터 제이드 선배는 평소와 다르게 행동했다. 그는 내 눈을 똑바로 쳐다보는 걸 거북해했고, 우리가 단둘이 있을 때는 어딘가 불편해하는 게 분명하게 느껴졌다. 그리고 어디를 가든지 나는 그와 단둘이 있고 싶었는데, 그는 자꾸만 으아 선배를 초대했다.

나는 정말로 무슨 일이 일어나고 있는지 이해할 수 없었다. 몇 번이나 직접 묻고 싶었지만, 그가 더 부담스러워할까 두려워서 꼼짝 않고 기다렸다. 하지만….

"내 생각엔 네가 으아의 남자친구라는 걸 좀 더 확실하게 밝혀야 할 것 같아."

으아 선배의 전 애인이 회사로 찾아와 그를 괴롭혔던 날, 내가 그의 새 남자친구인 척했던 것에 대해 얘기를 나눴다. 제이드 선배는 그 위험한 남자가 믿을 수 있도록 더 확실하게 으아 선배의 남자친구인 척해야 한다고 조언했다. 그가 나를 으아 선배와 시간을 보내도록 하려는 느낌을 받긴 했지만 이렇게까지 명확하게 요구한 적은 없었다.

"…정말 그렇게 생각해요?"

나는 핸들을 꽉 쥐었다.

"그래, 으아와 함께 저녁을 먹으면서 셀카를 몇 장 찍어서 올린다거나 하면 그 남자도 믿게 될 거야. 으아 생일이 얼마 안 남았으니까, 괜찮은 생각 아니야?"

그의 말을 듣고 침묵을 지켰다. 그는 내가 자신을 좋아한다는 걸 알면서도 계속해서 나를 밀어냈다.

"정말로 으아 선배랑 그렇게 하길 원해요?"

나는 한 번 더 그에게 물었고, 이어진 그의 대답에 말문이 막혔다.

"…응, 너 으아 좋아하잖아."

잠깐.

방금 내가 으아 선배를 좋아한다고 한 거야?

나는 곧장 핸들을 틀어 도로 왼쪽에 차를 세운 다음 고개를 돌려 그를 보았다. 그는 아주 당황스럽고 불편해 보였다.

"오해하셨네요."

"어…? 오해? 뭘?"

"전 선배가 알고 있다고 생각했는데…."

정말이지 지치는 기분이었다. 나는 이제야 그가 왜 이상하게 행동했는지 이해했다. 그가 내 마음을 알고 있다고 생각했지만, 실제로 그는 내가 으아 선배를 좋아한다고 생각해서 도우려 했던 것이다.

그런 오해라니….

그럼 지금 당장 바로잡아야지.

"해도 돼요?"

지난 몇 달 동안 만지고 싶었던 그의 부드러운 입술을 머금기 전 조심스럽게 물었다. 그리고 마침내 맛본 그의 입술에서는 단맛이 느껴졌고, 막상 맛을 보니 통째로 맛보지 않고는 도저히 견딜 수가 없었다. 나는 그의 입술에 취해 꽤 오랫동안 즐기다가 마지못해 물러났다.

"이제 알겠어요?"

엄지손가락으로 천천히 그의 촉촉한 아랫입술을 쓸며 눈에는 그의 붉어진 얼굴을 가득 담았다.

"전 으아 선배를 좋아하는 게 아니에요."

그리고 천천히, 분명하게 말했다. 그의 맑은 눈이 더욱 커졌고, 그 모습이 너무 사랑스러워서 한 번 더 그의 볼에 입 맞추고 속삭였다.

"선배를 좋아해요."

이제 더 이상의 오해는 없을 것이었다.

* * *

일은 생각보다 쉽게 흘러가지 않았다. 내가 그에게 키스한 뒤부터 제이드 선배는 더욱 나를 피했다. 처음에는 부끄러워하는 건가 싶었지만, 며칠이 지나고 나니 불안해졌다.

"너무 깊게 생각하지 마. 제이드에게는 시간이 좀 필요할 것 같아."

으아 선배의 조언에 지나치게 절망적으로 생각하지 않으려고 했지만, 그가 나와 말도 하지 않으려는 것은 견디기 어려웠다.

때로는 침묵이 가장 명확한 답이 될 때도 있다.

그가 나의 마음을 알아차리고 이제 그만 돌아봐주기를 바라며 그에게서 조금 거리를 두어보았지만, 그는 아무런 반응도 보이지 않았다. 그것으로 그를 향한 내 마음이 일방적이었다는 사실이 분명해졌다.

그에게 화를 낼 수는 없었다. 그의 잘못도 아니었다. 지금 내가 해야 하는 일은 내 감정을 조절하고 그를 더 이상 불편하게 하지 않도록 노력하는 것뿐이었다.

나는 지금까지 두 번의 연애를 했고, 비록 마지막에는 사이가 멀어지긴 했지만, 그래도 만나는 동안에는 서로 비슷한 감정을 나눴다. 이렇게 일방적으로 한쪽을 사랑하는 마음이 어떤 것인지 처음 알게 된 지금, 너무나 고통스러웠다.

"천천히 마셔. 진짜 쓰러진다?"

킹 선배가 내 손에서 잔을 빼앗아 탁자 위에 올려놓았다. 나는 그 잔을 다시 가져와 단숨에 들이켰고, 나의 미래를 위해 모두가 좋은 마음으로 열어준 송별회에서 내 감정에 작별을 고했다.

"아오, 이 고집불통 꼬마. 무슨 일인데? 너 차였어?"

킹 선배의 물음에 나는 한숨으로 대답을 대신했고, 그러자 으아 선배도 조심스럽게 물었다.

"제이드가 아직 아무 말도 안 했어?"

나는 잔에 맥주를 더 따랐다.

"아직이요."

"걔는 또 뭘 그렇게 질질 끌고 있는 거야!"

킹의 중얼거림에 나는 억지로 웃었다.

"아마 저에게 상처를 주고 싶지 않은 거겠죠."

"그런 게 아닐 거야."

"침묵도 답이겠죠?"

그들에게 질문 아닌 질문을 던지고는 다시 맥주를 들이켰다. 시야가 점점 흐릿해지고 뇌에서는 혈관 속 알코올이 너무 많다고 경고했지만 그래도 멈출 수 없었다.

현실을 잊고 싶었다. 아주 잠시뿐일지라도.

* * *

차 안에서 누가 내 방 번호를 중얼거리는 걸 듣고 나는 의식을 조금 되찾았다. 그 후 그가 나를 부축해 내 무거운 몸을 끌고 움직였다. 그 특유의 은은한 체향에 나를 힘겹게 안고 있는 사람이 누구인지 알 수 있었다.

잠시 후 나는 침대에 누워 있었다. 흐릿한 감각으로 누가 나와 함께 침대에 있다는 걸 인지했다. 나는 온 힘을 다해 그를 품에 끌어안았다. 잘 보이지는 않았지만 희미한 불빛 덕에 그 사람이 제이드 선배라는 것을 알아볼 수 있었다.

"제이드 선배…."

천천히 그를 불렀다. 그의 대답이 들려오자 나는 그의 어깨에 머리를 기댔다.

"선배… 나 안 좋아해요?"

"…."

"내가… 선배 정말 좋아하는 거 알아요?"

나는 내 머리에 와닿은 손의 온기를 느끼며 중얼거렸다. 그가 뭐라고 말한 것 같았지만 내 모든 감각은 내 의지와 무관하게 하릴없이 사라지고 있었다.

* * *

늦은 아침이 되어서야 눈을 떴다. 일어나면 전화해달라는 그의 메시지를 확인하곤 전화 대신 메시지를 보내 고맙고 미안하다고 말했다.

내가 그를 불편하게 만들었고, 그는 술에 취한 나를 여기까지 데려다주어야 했다. 나란 사람은 정말 엉망이었다.

다행히 내 인턴십은 일주일 후면 끝이 날 예정이었다. 그러니 제이드 선배가 더 이상 불편해하지 않도록 내가 앞으로 일주일만 이 고통을 감수하면 되는 일이라고 생각했다.

하지만 그가 내 콘도로 찾아와 이야기 좀 하자고 말할 줄은 몰랐다.

콘도 로비로 내려가기 전, 급히 거울을 보며 헝클어진 머리를 빗었다. 적어도 그가 나를 좋은 모습으로 봐줬으면 했다. 물론 그를 더 힘들게 하고 싶지도 않았다.

그가 눈치를 챘는지는 알 수 없지만, 나는 함께 방으로 올라오는 내내 몹시 불안해했다. 그러고는 불편하게 만들어서 미안하다고, 앞으로는 그러지 않겠다고 말했다.

그를 이만 놓아주겠다고 결심한 내가 어렵사리 내뱉은 말에 제이드 선배는 심각한 표정을 지으며 내 손을 꼭 쥐었다.

"그런 거 아니야."

"네?"

"그렇지 않아…. 내가 널 좋아하지 않는다는 거."

"…."

"그날… 네가 날 좋아한다고 했을 때는 너무 놀랐어. 너 같

은 사람이 나 같은 사람을 좋아할 거라고는 상상도 해본 적이
없었거든."

"저 같은 사람이 왜 선배를 좋아하면 안 돼요?"

"널 봐. 넌 정말 완벽해. 게다가 나보다 훨씬 예쁘고 멋진
사람들이 사무실 곳곳에 널려 있는데, 하필 나같이 평범한 사
람을 좋아할 거라고 감히 누가 생각할 수 있겠어?"

그는 건조하게 웃었다. 나는 그가 왜 내가 으아 선배를 좋
아한다고 생각했는지 드디어 이해했다.

그는 자기 자신에 대해 너무 자신이 없었다. 그에게 특별
한 무언가가 있다는 생각도 전혀 하지 못하는 것 같았다. 나
는 그런 그를 꼭 안아주고 싶었지만, 또 부담스러워할까 봐
두려웠다. 그래서 가만히 그를 격려했고, 그는 조금 웃었다.
그 미소도 너무 예뻐서 내 심장이 쿵쾅거렸지만 동시에 아프
기도 했다.

그가 웃을 수만 있다면 나는 상처받아도 괜찮아.

"너무 깊게 생각하지 마세요. 괜찮아요, 선배가 절 좋아하
지 않아도…."

"좋아해."

그 짧막한 한마디가 내가 준비했던 모든 말을 삼켜버렸다.
나는 그의 말을 듣고 조금 충격받은 얼굴로 그 자리에 서 있
었다.

으아 선배가 맞았다. 그는 단지 어떻게 해야 할지 몰라서, 부끄러워서 나를 피한 것뿐이었다.

젠장.

내가 지나치게 생각하고 있던 게 맞았어!

소리를 지르고 싶을 정도로 기뻤지만 웃지 않으려고 최선을 다했다. 그 하얀 볼이 붉게 물드는 모습을 보니 지금 이 자리에서 그를 꼭 안고 싶었다.

그는 틀림없이 역대 가장 귀여운 스물일곱 살 남자였다.

"그럼 제가 남자친구가 되어달라고 해도 괜찮죠?"

"어… 음… 응, 그래."

그는 귀까지 빨개진 채 말을 더듬었다.

나는 흥분을 진정시키기 위해 심호흡을 한 다음 그에게 더 가까이 다가갔다.

"선배가 절 피할 때는 정말 힘들었어요."

"미안해."

"엄청 슬펐어요."

"응… 정말 미안해."

"보상해주실 거예요?"

나는 가족들에게나 보여주곤 하던 미소를 지어 보였다. 이런 얼굴을 할 때면 가족들은 내가 강아지 같다고 했다. 나는 그가 아주 친절한 사람이라는 것을 알고 있었고, 이렇게 애원하면 결코 거절하지 못할 거라는 것도 알고 있었다.

"키스해주세요."

슬픈 척했다. 하지만 내 마음속은 희망으로 가득 부풀었고, 마침내 상황은 내가 기대했던 대로 흘러갔다. 선배는 너무 부끄러워하면서도 눈을 감으라고 했다.

역시 틀리지 않았다. 그는 순진한 작은 토끼였고, 나는 그점을 이용해 그가 나에게 한 것보다 더 오래 그의 입술을 훔쳤다. 그의 얼굴은 온통 빨개졌고, 나는 그를 꼭 껴안았다. 내가슴에 얼굴을 파묻고 어색해하는 그가 너무 귀여워서 또 키스를 하고 싶었지만, 그가 금방이라도 숨이 넘어갈 것처럼 부끄러워하는 것을 확인한 후에는 그냥 두었다.

제이드 선배는 이제 내 남자친구다.

그러니 괜찮아. 이 작은 토끼와 놀 시간은 많이 있으니까.

* * *

"마이, 다 끝냈어?"

옆에 앉아 있던 사람이 부드러운 목소리로 나에게 물었다. 나는 내 연인을 향해 고개를 돌렸고, 그는 내 컴퓨터 화면을 바라보며 다시 물었다.

"도와줄까?"

"괜찮아요. 다 끝났어요."

나는 서둘러 대답하고서 파일을 저장했다.

이미 사무실의 다른 직원들이 짐을 챙기고 있었다. 시계를 확인한 후 제이드 선배가 몸을 쭉 늘려 스트레칭하는 모습을 지켜보았다. 그가 팔을 쭉 펴자 그의 희고 가느다란 허리가 드러났다.

킹 선배는 항상 그를 통통하다고 놀렸다. 그 말은, 그는 내 남자친구의 허리가 얼마나 얇은지 모른다는 뜻이다.

훌륭해. 나만 아는 게 더 좋으니까.

"오늘 뭐 먹을래? 시장 근처에 새로 오픈한 전골집은 어때?"

그는 어린아이처럼 반짝이는 눈으로 나를 바라봤고, 나는 곧장 동의했다.

"좋아요."

그는 활짝 웃으며 서둘러 가방을 챙겼다.

사실 나는 그가 말하는 대로 뭐든 따를 것이다. 그 반짝이는 눈을 보면 어떻게든 다 해주고 싶어지기 때문이다. 그리고 좀… 엉망으로 만들고 싶기도 했다.

내 생각에도 난 남자친구에게 꽤 집착하고 있다.

"선배."

"응?"

"오늘 밤 우리 어디서 자요? 제 방, 아니면 선배 방?"

주차장으로 가는 길에 물었다. 그가 당황한 표정을 짓는 것을 보면 웃지 않을 수가 없었다.

그의 가장 사랑스러운 면 가운데 하나는 내가 부끄럽게 만들 때마다 이런 반응을 보이는 것이다. 그는 자신이 숨기려는 모든 감정이 거의 즉시 붉어지는 뺨과 갈팡질팡하는 눈빛을 통해 드러난다는 사실을 알지 못했다. 그럴 때마다 그를 더 놀리고 싶어졌다. 그리고 이젠 아예 습관이 되어버렸다.

"나, 나랑 같이 자고 싶어?"

"네."

지금도 그는 여전히 우리 관계에 적응하려고 노력하고 있다. 그러니 적응이 빠른 남자친구로서 내가 도와줘야 한다.

물론 좋은 의도에서다. 다른 의도는 전혀 없다.

…정말로.

"우리 벌써 나흘 밤이나 같이 잤는데…. 우리…."

"나랑 자는 거 싫어요?"

나는 순간 그가 불편해하는 건지 걱정됐다.

"아, 아니, 아니. 그건 좋은데…."

나머지 말이 이어지지 않아 차로 향하던 발걸음을 멈추고 그를 향해 돌아섰고, 동시에 그도 갑자기 등을 돌렸다.

그는 내 손길을 싫어하는 게 아니라, 심하게 부끄러워하고 있었다.

나는 심호흡을 한번 하고 그를 차로 데려갔다.

그를 전골 식당에 데려가기 전에 미리 달콤한 것을 먹어야 할 것 같았다.

조수석에 앉은 남자를 바라보니 그는 지금도 무슨 일이 일어날지 모르고 있다.

제 남자친구가 이렇게 사랑스러워요.

저 달콤한 입술에 몇 번, 부드러운 뺨에 수십 번쯤 뽀뽀를 하면 일단 이 허기가 좀 달래지겠죠? :)

뜻이 있는 곳에 길이 있다

- 제이드 시점 -

누군가 이런 말을 했다. 사랑하는 사람에게 가끔은 서프라이즈 같은 특별한 이벤트를 해줘야 한다고. 처음에는 그게 왜 필요한지 이해가 되지 않았다. 그다지 로맨틱하게 느껴지지 않았기 때문이다. 하지만 지금은 나에게도 놀라게 해주고 싶은 사람이 생겼기 때문에 그 말이 무슨 의미인지 이해한다.

마이를 위한 서프라이즈 아이디어는 유난히 지루했던 오전 업무를 마치고 점심시간을 보내는 동안 불현듯 떠올랐다.

"다들 점심 먹으러 갑시다!"

시곗바늘이 12시를 가리키자 나는 사람들에게 점심시간이 찾아왔다는 걸 알렸다. 그리고 100바트짜리 지폐를 꺼내 주머니에 넣었다. 지금은 월말이 다가오는 시기이고, 그래서 돈이 별로 없으니까. 지갑째로 들고 다니면서 불필요한 물건을 사느라 낭비하는 걸 막기 위해 최소한의 돈만 가지고 나가기로 한 것이다. 이 방법은 효과가 좋다.

"뭐 먹을래?"

너무 게을러서 오늘도 점심 메뉴를 미리 생각하지 않은 킹이 나에게 물었다.

"양념 돼지고기? 폰 이모네 음식은 좀 질렸어."

"너무 자주 먹어서 그런 걸까, 아니면 이모가 나한테만 많이 줘서 질투하는 걸까?"

그렇게 말하며 얄밉게 미소 짓는 킹을 걷어차고 싶었지만, 불굴의 의지로 참아냈다.

하지만 그건 불공평한 게 맞다!

같은 금액을 지불하는데 킹만 훨씬 더 많이 주다니. 물론 그가 달콤한 말로 이모를 단숨에 매료시키는 신공을 발휘하긴 했지만 말이다. 킹은 그녀가 가장 좋아하는 사람이고, 나는 그냥 여느 손님 중 한 명인 제이드니팟 씨에 불과했다.

그러니 내 나름의 복수다. 일주일 동안 거기서 밥 안 먹을 거야!

"으아, 뭐 먹을래?"

"양념 돼지고기."

으아는 언제나처럼 단조로운 목소리로 말했다.

나는 만족스러운 미소를 지으며 그의 어깨에 팔을 두르고 행복한 기분으로 함께 걸었다.

봤지? 친구는 친구를 지지한다고!

넌 절대 날 실망시키지 않아, 으아!

"바스 선배, 점심 안 먹어요?"

킹은 사무실을 빠져나가는 길에 여전히 컴퓨터 화면만 쳐다보고 있는 바스 선배를 보고 물었다.

"아, 아내가 도시락을 싸줬어."

그는 자신의 외모와는 전혀 어울리지 않는 헬로키티 도시락을 들어 보였다. 그러고는 도시락 뚜껑을 열었다. 나도 내용물이 궁금해 일부러 들여다보았다.

"오, 진짜 맛있어 보여요!"

닭고기구이를 얹은 밥과 계란찜, 야채가 정갈하게 담긴 도시락이었다.

"와, 좋아 보이네요. 형수님이 선배를 끔찍이 사랑하나 본데요."

킹의 장난스러운 말에 바스 선배는 조금 쑥스러운 듯 웃으며 대답했다.

"매일 아이들 도시락을 만들어주니까, 덤으로 내 것도 싸는 거야. 돈도 절약되고, 아내가 하는 음식이 여기 어떤 식당 음식보다도 맛있거든."

회사 근처에서 사 먹는 점심은 아주 맛있다고 할 수는 없고, 그저 한 끼 배를 채우는 데 만족하는 수준이라 나도 그의 말에 동의하며 고개를 끄덕였다. 그리고 마이가 폰 이모보다도 요리를 더 잘하는 것 같다고 생각했다.

음… 요리…?

"좋네요. 그럼 저흰 나가서 먹고 올게요."

"그래, 늦게 들어오지 마. 특히 킹, 너 말이야. 계속 여자들하고 시시덕거리느라 한 시 넘어서 들어오면 한 시간 더 일시킬 거야."

"아, 네, 네. 선배님."

킹은 바스 선배에게 눈을 찡긋하며 사무실을 빠져나갔고, 으아도 그 뒤를 따랐다. 나는 선배의 도시락을 보고 나오면서 점심을 먹고 있을 남자친구를 떠올렸다.

지금은 나도 마이와의 관계에 꽤 적응했고, 잘 지내고 있다. 요즘은 대부분 내 방이나 마이의 방에서 함께 잠들었다. 식사는 시간이 맞지 않으면 따로 먹을 때도 있고, 마이가 저녁 시간에 맞춰 나를 데리러 올 때도 있다. 그리고 아무 일도 없는 주말에는 그가 항상 요리를 해주었다.

내 남자친구도 요리를 정말 잘한다. 그 정도 실력이면 식당을 차려도 될 것 같았다. 그런데 내 요리 솜씨는… 어쩌다 한 번씩 괜찮긴 하지만 대부분은 끔찍하다.

나는 요리에 재능이 없을뿐더러 그다지 열정도 없는 타입이다. 내가 할 수 있는 건 라면이나 오믈렛 정도가 고작이다. 대학생 때는 으아가 나의 요리사였고, 나는 설거지 담당이었다. 졸업 후에는 혼자 생활하다 보니 주로 콘도 근처에서 사 먹거나 배달 음식을 시켜 먹곤 했다. 그러니 내가 부엌에서 뭘 하는 건 한 달에 한 번 정도에 불과했다. 게다가 지금은 마이와 거의 같이 살고 있기 때문에 그가 새로운 나의 요리사가 되었다.

그런데 바스 선배의 아내가 만들어줬다는 귀여운 도시락을 보고 나니 요리를 해보고 싶다는 생각이 들었다. 여섯 살이나 어린 마이가 나보다 나를 더 살뜰히 돌봐주고 있었으니, 내가 요리를 해볼까 고민한다는 것 자체가 그에게는 아주 놀라운 일일 것이다. 내가 그를 위해 요리를 해준다면…. 그가 기뻐하는 모습을 볼 수 있지 않을까 싶었다. 집안일은 한 사람만의 일이 아니니까, 마이의 짐을 덜어주고 싶기도 했다. 지금부터라도 내가 요리를 배우면 마이도 쉴 시간이 더 많아질 것이다.

문제는, 해보겠다고 생각하는 것은 쉽지만 실제로 하는 건 또 다르다는 것이다.

나는 식당에 앉아 킹과 으아가 이야기하는 것(사실은 서로를 모욕하고 있지만)을 듣고 있었다. 하지만 별로 귀에 들어

오지는 않았다. 남은 음식을 콕콕 찔러보며 내가 얼마나 요리에 미숙한지 생각하다 보니 절망적이었다.

어쩌다 요리를 할 때면 인터넷에서 레시피를 찾아보긴 했지만, 그대로 만들어내는 경우는 거의 없었다. 레시피 단계 곳곳에서 문제를 겪었기 때문이다. 불의 세기는 얼마로 해야 할지, 재료는 어떻게 자르면 될지도 모르겠고, 한 스푼이라는 게 정말 가득 쌓은 한 스푼인지 적당한 한 스푼인지, 또 적당한 건 뭔지도 알 수 없는 데다 넣으라는 걸 다 넣었는데도 기대하는 맛은 절대 나오질 않았다.

결국 나는 혼자서 할 수 없는 사람이고, 선생님이 필요할 것 같았다.

"제이드."

"…."

"제이드!"

으아의 부드러운 목소리가 들려와 나는 그제야 고개를 들고 그를 쳐다보았다.

어? 언제 벌써 회사로 돌아왔지?

"킹은?"

"담배."

으아는 조금 화가 나 보였는데, 왜 화가 났는지 알 것 같았다. 그는 담배 냄새를 정말 싫어했고, 냄새를 맡을 때마다 두

통이 생긴다고 했다. 나도 담배 냄새는 싫다. 마이가 담배를 피우지 않아서 정말 다행이었다.

"너 괜찮아? 너무 조용하던데."

엘리베이터에 들어서면서 으아가 내게 물었다.

"요리를 해보고 싶다고 생각 중이었어."

나는 그렇게 말하며 15층 버튼을 눌렀다.

내 말을 듣고 으아의 동그란 눈이 더욱 커졌다. 그는 믿을 수 없다는 듯 내가 어디 아픈 건 아닌지 살폈다.

"네가… 요리를 해보고 싶다고?"

"응, 해보고 싶어."

"갑자기 왜?"

"음… 내가 요리를 할 줄 몰라서 마이가 항상 도맡아 하거든. 그래서 메뉴 하나를 연습해 서프라이즈로 요리해주고 싶어. 나도 요리를 할 줄 알면 마이가 좀 덜 힘들 거 아냐."

으아는 내가 말을 할수록 점점 이상한 표정을 지었다.

으아, 그 미소는 무슨 의미야…?

"왜 나를 그렇게 봐?"

"남자친구가 이렇게 자길 생각해주는 줄 알면 마이가 정말 기뻐할 것 같아서."

그의 미소에는 나를 놀리는 기색이 엿보였지만, 난 조금 부끄러워져서 시선을 돌렸다.

처음에는 별생각이 없었는데, 으아가 그런 말을 하니까 좀 쑥스러웠다.

"근데 문제는, 내가 요리를 정말로 못한다는 거야. 너도 알잖아."

"음…."

"그래서… 혹시 가르쳐줄 수 있어?"

"좋아."

으아가 쉽게 승낙했다.

그의 원조를 얻어내자 나는 천군만마를 얻은 듯 너무나 기뻐서 활짝 웃었다.

사랑하는 친구여, 넌 정말 내 최고의 지원군이야!

"이번 주 금요일에 시간 돼? 내가 네 콘도로 가도 될까?"

나는 곧장 그에게 물었다.

이번 주 금요일은 공휴일이고, 마침 마이는 칸차나부리에 있는 부모님 집에 갔다가 일요일에 돌아올 예정이었다. 그를 놀라게 해줄 완벽한 기회였다.

물론, 내가 먹을 수 있는 요리를 만들어내야 가능한 것이지만 말이다.

"응, 난 아무 데도 안 가. 아니면 내가 네 콘도로 갈까?"

"아냐, 아냐. 내가 가르쳐달라고 부탁했는데 그렇게까지 귀찮게 할 수는 없지. 내가 갈게."

"그래. 근데 무슨 요리를 하고 싶은데?"

나는 잠시 얼어붙었다가 어색하게 웃었다.

"그건 아직 생각 안 해봤는데…."

"마이가 좋아하는 걸 해봐."

"마이가 좋아하는 거?"

기억을 되짚었다. 마이는 자기 관리도 철저해서 몸매 유지를 위해 기름에 튀긴 음식 같은 건 좋아하지 않는다.

"생각해보고 알려줘."

엘리베이터 문이 열리자 으아가 먼저 밖으로 나섰다.

나도 그를 따라 사무실로 향했다. 그때 휴대폰에 메시지 알림이 떴다.

'아직 아무것도 못 먹었어요?'

'방금 막 먹고 들어왔어. 이제 다시 일하려고. 야근은 안 해도 될 것 같아.'

마이는 점심시간마다 메시지를 보내거나 전화를 했다. 오늘은 왜 연락이 없는지 궁금했는데, 이제야 알았다. 내가 오늘 일이 너무 많아서 바쁘다고 답장했던 게 기억났다.

'알겠어요. 그럼 방해하지 않을게요. 집에서 봐요.'

그에게 뭘 먹고 싶은지 직접 물어봐야 할 것 같다는 생각에 그의 메시지가 떠 있는 화면을 멍하니 바라보았다. 하지만 마이는 정말 눈치가 빠르고 똑똑해서, 내가 무슨 계획을 세운

다면 바로 알아챌 것이 분명했다. 그렇지만 이번만큼은 그가 먼저 알아채지 못하게 하고 싶었다.

그에게 행복하게 웃는 강아지 스티커를 보낸 다음, 묻고 싶은 말은 삼켜냈다. 먼저 인터넷에서 레시피가 너무 어렵지 않은 음식을 검색해봐야겠다. 그에게 묻지 않고, 그를 깜짝 놀라게 해주고 싶다.

* * *

시간은 날개라도 달린 것처럼 금방 지나갔고, 금요일 점심 무렵 나는 슈퍼마켓에서 산 재료들을 손에 들고 보도를 걸었다. 강렬한 태양을 피해 서둘러 사톤에 있는 으아의 콘도로 들어갔다.

며칠 동안 고민하다가 결국 토마토스파게티를 선택했다. 마이가 자주 고르던 요리이기도 했고, 초보자도 따라 할 수 있을 만큼 조리법도 그다지 복잡하지 않았기 때문이다.

건물 그늘 안으로 들어서자마자 땀을 닦았다. 곧 흰 셔츠와 바지를 입은 늘씬한 남자가 안쪽에서 걸어 나왔고, 나를 자기 집으로 데리고 갔다. 나는 오랜만에 방문한 그의 콘도를 둘러보았다.

"네 방은 정말 깨끗하다."

그의 방은 흠잡을 데가 없었다.

"오늘 아침에 청소해서 그래."

으아는 그렇게 말하면서 침실로 들어갔다.

나는 부엌 조리대 위에 재료를 내려놓고 거실로 갔다. 발코니로 이어지는 문이 조금 열려 있어 에어컨 바람이 새어 나갈까 봐 문을 닫으러 다가갔다. 그런데 발코니에 걸린 옷이 내 시선을 사로잡았다.

"으아, 저거 네 셔츠야?"

거실로 돌아오면서 물었고, 으아의 눈이 내가 가리키는 곳을 따라 움직였다.

"좀 큰 것 같아서."

나는 발코니에 걸려 있는 커다란 회색 티셔츠를 보면서 눈을 가늘게 떴다.

"너도 오버사이즈를 입어?"

"내 거 아니야. 그… 전 애인의 셔츠야. 걸레로 쓰려고."

"아."

나는 고개를 끄덕이고 다시 한번 셔츠를 쳐다봤다.

근데 저 셔츠, 왜 어디서 본 것처럼 익숙한 걸까?

아, 맞다. 며칠 전에 킹이 입은 셔츠였다. 내가 그에게 셔츠가 너무 멋지다고 말하기도 해서 기억하고 있다.

요즘 멋있는 사람들이 입는 옷인가 보다. 마이에게도 하나 사줄까? 마이가 입으면 정말 멋질 텐데.

"시작해볼까?"

나는 셔츠에서 눈을 떼고 으아를 보며 고개를 끄덕였다.

"응, 해보자. 첫 번째 단계부터 가르쳐줘."

* * *

뜻이 있는 곳에 길이 있다고들 한다. 그리고 나는 그 말을 믿었다.

하지만… 내 뜻이 있는 곳엔 길이 없었다. 조금의 희망도 보이지 않는다.

"스파게티 면을 먼저 삶아야 해."

으아가 냄비를 건네주었고, 나는 그걸 가스레인지 위에 올려놓았다. 그러자 으아가 내게 물도 한 병 건넸다.

"물 부어. 끓기 시작하면 소금 한 스푼 넣어."

"웬 소금?"

"물의 온도도 높이고, 파스타 면에 간도 배야 하니까."

나는 고개를 끄덕이며 물을 부으려고 했다.

"으아, 물은 얼마나 넣어?"

"냄비의 절반 정도."

그의 지시대로 얌전히 따랐지만 속으로는 이런 기본적인

것도 모른다는 것에 약간의 절망감을 느꼈다.

"소금을 넣은 뒤에 조금 더 끓이다가 스파게티 면을 넣으면 돼. 여기 팩에 적혀 있는 거 보이지? 7분 동안 끓이라고 되어 있으니까 타이머를 맞춰."

"그럼 여기서 서서 기다려?"

"기다리는 동안 다른 일 해야지. 7분이 다 되어갈 즈음 살피러 오면 돼. 보고 덜 익었으면 좀 더 끓이면 되고."

"오….."

나는 눈을 찡그리고 집중해서 끓는 물을 바라보다가 소금과 스파게티를 넣었다.

하지만 스파게티를 넣는 것도 어렵다…. 이거 그냥 이렇게 넣으면 되는 거야?

나 정말 괜찮은 거 맞아?

"기다리는 동안 스파게티에 넣을 야채를 손질하자. 먼저 토마토를 씻어."

으아는 그렇게 말하고서 칼과 도마를 집어 들었다. 그다음 다른 재료들을 도마 위에 올렸다. 나는 토마토를 씻어서 그에게 가져갔고, 도마 위에 잔뜩 놓여 있는 고기와 야채들을 보았다.

"양파, 토마토, 마늘, 닭고기를 먹기 좋게 썰어줘. 원한다면 닭가슴살이나 베이컨, 소시지를 추가해도 좋아."

으아는 대뜸 나에게 칼을 건넸다.

칼을 건네받은 나는 잠시 멍청하게 서 있었다.

"제이드?"

으아가 정지 상태로 굳어 있는 날 불렀다.

"으아."

"왜?"

"…어떻게 잘라?"

"….."

그의 무표정한 얼굴에 일순간 탄식이 지나갔고, 나는 공연히 미안한 감정을 느꼈다. 우리 엄마도 나에게 요리를 가르쳐주려고 했지만, 그럴 때마다 나는 늘 도망쳤고 만화나 보곤 했다. 게다가 내가 할 줄 아는 유일한 요리인 라면은 양파, 마늘, 토마토 같은 것들을 칼질하는 것과는 전혀 관련이 없다. 그러니 어떻게 자르는 법을 알겠는가.

모든 일에는 처음이 있는 법이겠지…?

음… 그래, 난 처음이니까….

"그럼 먼저 내가 하는 거 보여줄게."

으아가 인내심이 많아서 다행이었다. 그는 차분하게 칼질하는 법을 가르쳐주었고, 마침내 나도 따라서 하며 비슷하게 흉내 낼 수 있었다.

"스파게티가 다 익으면 물을 버리고 헹궈서 식혀줘. 그리고 면이 서로 달라붙지 않도록 오일을 살짝 두르고."

으아는 가스를 끄고 능숙하게 다음 단계로 넘어갔다. 나는 그를 보며 모든 것을 잘 배워두려고 노력했다.

"내가 말한 거, 다 알겠어?"

"응."

…아마도.

"이제 소스를 만들어야 해. 팬을 준비하고 오일을 조금 둘러. 그런 다음 잘라놓은 마늘을 먼저 넣고 조금 있다가 양파와 토마토를 넣어."

"닭고기는?"

"나중에 넣을 거야."

그는 나를 팬 앞으로 가까이 다가가게 했다.

"해봐."

으아는 옆에 서서 코치해주었고, 나는 그의 조언을 따라 요리를 해나갔다. 처음엔 꽤 스트레스였는데 지금은 조금 편안해졌다.

좋아, 별로 어렵지 않아.

"이제 토마토소스를 넣고, 소금, 설탕, 후추 같은 양념으로 입맛에 맞게 간을 더 하면 돼."

"그럼 끝이야?"

"응, 스파게티에 소스를 부어주기만 하면 끝이야."

그가 조리대 위에 접시를 올려놓았다. 나는 팬을 들어 스파게티 위에 소스를 부었다.

"와, 맛있어 보여."

오믈렛과 라면을 제외한 내 인생 첫 번째 요리를 보고 뿌듯하게 웃었다. 맛도 좋았다.

젠장, 나한테도 이런 면이 있다니!

"연습 많이 하면 더 좋아질 거야."

으아도 스파게티를 한 입 먹으며 말했다.

"가르쳐줘서 정말 고마워. 설거지는 내가 할게."

"응."

나는 접시를 들고 소파에 앉아 본격적으로 내가 만든 첫 스파게티를 먹었다. 입가에 저절로 함박 미소가 걸렸다.

요리가 원래 이렇게 쉬운 거였어?

마이가 내 훌륭한 요리 솜씨를 보고 놀랄 게 분명해. 나도 놀랐으니까.

어쩌면 난 탐정이 될 운명이 아닐지도 몰라.

고든 램지 같은 셰프가 될 운명일지도!

* * *

으아와의 성공적인 요리 실습을 마친 나는 제법 자신감이 생겼다. 이번 일요일의 서프라이즈는 오늘 연습한 대로만 하면 성공할 수 있을 것 같았다. 틀림없이!

하지만 곧 선생님 없이 혼자 요리를 하는 것은 훨씬 어려운 일이라는 것을 깨달았다.

"도대체 왜 스파게티 면이 아직도 부드러워지지 않는 거야? 물이 잘 안 끓었나?"

나는 고요한 남자친구의 집 부엌에서 혼자 중얼거렸다.

마이는 아직 돌아오지 않았다. 오늘 아침에 전화했을 때는 오후 5시쯤 도착할 거라고 했다.

나도 부모님 집에 다녀오겠다고 거짓말했다. 그가 집에 아무도 없는 것처럼 믿게 해서 깜짝 놀라게 해주고 싶었다.

전화를 끊고 오후 3시 반쯤부터 나는 남자친구의 부엌에 침입(?)했다. 요리를 준비해서 남자친구가 돌아오면 바로 식사할 수 있도록 하려고 했는데, 지금 보니 시간을 맞출 수 있을지 미지수였다.

아니, 애초에 내가 이 요리를 성공적으로 해낼 수 있을지조차 모르겠다.

나는 부엌에 서서 냄비와 타이머를 번갈아 보았다. 면을 다시 확인했는데, 으아와 함께 했던 날과 달리 면이 익지 않고 딱딱하기만 했다.

대체 뭐야?

그뿐만 아니라 재료를 자르는 것도 서툴렀다. 그날은 으아가 도와줘서 괜찮았지만, 혼자서 하려니 너무 지저분하게 잘렸다.

가스레인지 위에 팬을 놓고 오일을 두르고 나서 마늘을 넣었다. 그다음 스파게티 면이 끓고 있던 냄비를 들어 물을 버렸다. 그리고 돌아서서 확인하니….

아, 이젠 마늘까지 다 타버렸다.

아오!

냄비 속의 검은 조각들을 보니 울고 싶었다. 그래도 실패한 마늘 조각을 쓰레기통에 버리고 서둘러 기운을 차리려고 노력했다. 부처님도 깨달음을 얻기 전에 마귀를 만났다고 하니, 이것은 배우는 과정일 뿐이다. 이런 경험을 통해 내 실수를 하나씩 알아가는 것이겠지….

하지만 지금 난 많은 실수를 저지르고 있다고! 그것도 아주 많이!

요리는 전혀 쉽지 않았다.

팬에 다시 마늘을 넣으려는데 문 열리는 소리가 들렸다. 이 콘도의 주인이 들어오는 것을 보고 나는 화들짝 놀랐다.

이제 막 4시밖에 안 됐는데…. 5시에 온다고 했잖아!

"어, 집에 다녀온다고 한 거 아니에요?"

그는 혼란스러운 표정으로 나를 바라보았고, 나는 고개를 떨구었다.

서프라이즈 작전은 실패다. 고대하던 일이었는데….

"응, 거짓말했어. 미안…. 요리 만들어서 놀래키고 싶었는데, 아직 완성도 안 됐어."

나는 몹시 우울하게 말하며 돌아서서 팬 위의 마늘을 확인했다.

하, 다행이다. 또 버릴 뻔했네.

"아직 아무것도 먹지 않았지? 먼저 씻고 와."

"도와줄까요?"

그가 다가오려고 했지만 나는 거세게 고개를 흔들었다.

"아니! 아냐, 괜찮아. 가서 씻고 와. 그리고 저녁 먹자."

"알겠어요."

그는 조금 머뭇거렸지만, 얼굴에 떠오른 환한 미소를 보니 내가 여기 있다는 사실만으로 무척 기뻐하고 있다는 걸 알 수 있었다. 사랑하는 사람의 이런 얼굴을 보면 기분이 좀 좋아졌다. 비록… 스파게티는 이 모양이지만….

그래도, 이런 소란을 피울 만한 가치는 충분했다.

나는 돌아서서 소스를 준비했다. 으아와 함께 만들던 것보다는 못하지만, 그래도 먹을 수는 있을 것 같았다. 근데 배가 아플지도….

"냄새가 좋아요."

마이의 차분하고 깊은 목소리가 들렸다.

어느새 편안한 긴 바지에 티셔츠를 입은 남자친구가 수건으로 머리를 털고 있었다.

나는 서둘러 스파게티를 담은 접시를 테이블 위에 올리고 그를 의자에 앉혔다.

"음… 그냥 한번 해봤는데, 네가 좋아할지 모르겠어."

맞은편에 앉아 극도의 불안에 사로잡힌 채 마이가 포크로 스파게티를 입안에 넣는 모습을 지켜보았다.

"괜…찮아?"

그는 한 입 가득 넣어 꽤 오랫동안 씹더니 아주 활짝 웃으며 나를 바라봤다.

"좋아요."

"거짓말."

그는 웃는 얼굴에 조금 미안함을 담아 말을 이었다.

"음, 스파게티 면이 좀 많이 익었고, 단맛이 나긴 해요. 설탕이 좀 더 들어갔나 봐요."

"그럴 줄 알았어. 설탕을 얼마나 넣어야 할지 몰라서…. 면도 처음에 안 익길래…. 너무 오래 끓였나 봐."

나도 맛을 봤지만, 그가 말한 것을 똑같이 느꼈다. 단것을 좋아하는 나한테도 달았다.

토마토소스를 더 넣으면 나아지려나….

"하지만 나쁘지 않아요. 처음 만들어본 거잖아요. 두 번째는 훨씬 더 맛있을 거예요."

마이가 나를 격려해주었다.

"응… 연습 많이 하면 좀 나아질 거야."

나는 스파게티를 크게 한 입 먹었다. 비록 최고의 맛은 아니지만, 그래도 일단은 자랑스럽다. 1년에 한 번 부엌을 쓸까 말까 하는 사람에게 딱 맞는 수준이었다. 하지만 마이에게 맛있는 음식을 요리해줄 수 있다면 더 좋을 것 같았다.

나는 그에게 최선을 다하고 싶다.

"근데 왜 갑자기 요리를 하려고 했어요?"

"항상 네가 요리를 해주니까, 나도 해주고 싶었어. 앞으로는 서로 번갈아 요리를 할 수 있게 노력할 테니까, 혼자 요리하느라 힘들지 않았으면 좋겠어."

나는 그렇게 말하면서 계속 스파게티를 우물거렸다.

마이가 잘생긴 얼굴에 따뜻한 함박 미소를 띤 채 나를 바라봐서 가슴이 좀 뜨거워졌다.

왜 나를 그렇게 보는 거야, 내가 그렇게 잘생겼어?

네가 그렇게 쳐다보면 내가 어쩔 줄 몰라 하는 거 알면서!

"고마워요."

나는 고개를 끄덕이고 재빨리 시선을 돌렸다. 그리고 화제를 돌렸다.

"부모님은 잘 계셔?"

"네, 잘 지내고 계세요. 어머니가 제이드랑 같이 안 왔다고 아쉬워하셨어요. 우리 형, 맨도 제 남자친구를 많이 보고 싶어 했어요."

그러고 보니 마이의 형을 직접 만날 기회는 아직 없었다. 사진으로만 봤는데, 마이만큼 잘생겼다.

"네 형이 나를 보고 싶어 해?"

나는 물을 마시며 그에게 되물었다.

"네, 제수씨를 보고 싶대요."

"켁, 콜록! 콜록콜록!"

사레가 들려 솟구치는 기침을 토해냈다.

"그런 말 하지 마!"

마이는 환하게 웃으며 나에게 휴지를 건넸다.

"부끄러워요?"

"아니!"

사실은 제수씨라는 말이 너무 부끄럽다.

이런 건 좀 모르는 척해주라고!

식사를 마치고 마이가 먼저 일어섰는데 내가 막아섰다.

"설거지도 내가 할게."

그에게서 접시를 받아 싱크대로 가져가 설거지를 했다. 마이가 따라와 뒤에서 나를 안았다.

"내 남자친구는 왜 이렇게 귀여운 거예요?"

그는 그렇게 말하며 내 허리를 꽉 감싸 안았다. 내가 설거지를 마칠 때까지도 그러고 있었다. 내가 부엌을 다 치우고 돌아서자 마이가 내 입술에 가볍게 입 맞췄다.

"요리해줘서 고마워요."

"뭘…."

나는 쑥스러워서 그를 제대로 보지도 못하고 웅얼거렸다.

내 얼굴이 방금 전 그 토마토소스만큼 빨개졌을 것 같았다. 그가 내 입술을 쳐다보고 있다는 것을 알게 된 지금은 더욱더 그럴 것이다.

"양치하고 올게요."

그런 나에게 그가 웃으며 말했다.

이제 나는 알고 있다. 그가 그렇게 하는 데는 다른 이유가 없다는 걸. 그는 나한테 키스하려는 것이다.

이 앙큼한 꼬마.

"마이, 어…."

"네?"

"나도…."

나는 그의 갈색 눈이 반짝이는 것을 보고 웃지 않으려고 노력했다. 마이가 내 손을 잡았다.

"좋아요, 같이 가요."

그리고 나를 화장실로 데려갔다.

이렇게 솔직하게 말하는 게 너무 쑥스럽다. 하지만 후회하진 않는다.

나도 남자친구한테 키스하고 싶다.

제이드의 고민

언제나처럼 나는 흘러가는 대로 몸을 맡긴 채 아주 평온한 삶을 이어가고 있다. 머릿속에 너무 많은 것을 담아두거나 지나치게 생각하는 것도 좋아하지 않는다. 아무리 힘든 일이 있어도 '젠장, 그래도 살아야지, 어쩌겠어' 하고 넘어가는 편이다. 문제가 생기면 고치면 그만이니까. 나는 학창 시절부터 공부를 비롯해 일이나 대인관계에서도 이런 마음가짐을 유지했다. 한 가지만 빼고….

바로 사랑이다.

몇 달 전 회사에 인턴이 왔었는데 그 인턴은 한국 드라마에서나 나올 것 같은 미친 듯이 멋진 남자였고, 그가 내 남자친구가 될 줄도 모르고 열심히 챙겨주었다. 물론 정말로 사귀

게 되기 직전까지도 엄청나게 많은 생각을 했지만, 남자친구가 된 지금도 생각할 게 너무 많다.

그리고 이번에는 정말 큰 문제다. 문제 중에도 가장 큰 문제.

나는 스트레스를 조금이라도 줄여보려고 긴 한숨을 내쉬고 20바트짜리 블랙커피를 마셨다. 동료들은 점심을 먹으러 나가기 위해 책상에서 하나둘 일어났고, 내 오른쪽 자리는 아침부터 비어 있다. 으아가 다래끼가 심해 오늘 하루 쉬기로 했기 때문이다. 그리고 왼쪽도 비어 있다. 마이의 인턴십이 끝났기 때문이다.

물론 그의 인턴십은 끝났지만, 그와 나는 끝나지 않았다.

"제이드, 오늘 점심!"

뒤쪽에서 킹의 낮고 허스키한 목소리가 들렸다. 나는 그가 으아의 책상에 걸터앉아 내게 도시락을 내미는 것을 쳐다봤다.

"네 거야. 돈은 니드 선배한테 주면 돼."

나는 도시락을 받고 지갑을 찾았다. 최근엔 회계팀 동료 가족에게 점심 도시락을 주문해 먹었고, 그래서 한동안 점심을 사 먹으러 나가지 않았다. 무엇이든 먹고 싶은 것을 말하면 도시락을 만들어 점심 무렵에 배달해주었다. 맛도 좋고 가격도 비싸지 않고 더위와 햇볕에 노출되지 않아도 돼서 좋았다.

"얼마야?"

킹은 청구서를 확인하며 대답했다.

"90."

"뭐?"

나는 깜짝 놀라 지갑을 떨어뜨렸다. 그리고 재빨리 그에게서 청구서를 받아 직접 살폈다.

계란프라이만 추가했는데 무슨 90바트?

"90은 개뿔. 놀랐잖아!"

나는 그의 얼굴에 지폐를 집어 던질 듯이 손짓했다. 내 것은 45바트밖에 안 되었는데, 그가 또 장난을 쳤다.

"내 것도 45바트인데, 나 1000바트짜리 지폐밖에 없어. 네가 먼저 내."

내 나쁜 친구 놈은 참 태연하게도 말한다.

"넌 1000바트도 있냐, 난 20바트밖에 없다!"

어느덧 25일이 되었으니 월말이 코앞인 시점이다. 난 곧 거지로 진화할 텐데, 1000바트짜리 지폐를 가진 이 자식은 내게서 돈을 빼앗고 있다. 이러니 쥐어패고 싶은 마음을 참을 수가 없는 것이다.

"왜 이렇게 징징거려? 돈 없으면 남자친구에게 달라고 해."

그는 말도 안 되는 소리를 지껄이며 내 목을 잡아끌고 사무실 뒤쪽 테이블에 앉았다.

"재밌어? 아직 학교 다니고 있는 애한테 그러고 싶겠어?"

킹이 돼지고기를 곁들인 파낭카레 도시락 뚜껑을 열다가

나를 힐끔 쳐다봤다.

"마이 부모님이 주시는 용돈이 네 월급보다 많을걸."

젠장!

킹의 말은 내 마음에 비수를 꽂았다. 학교만 다니는 학생의 용돈보다 적은 돈을 벌고 있는 내 커리어가 안타까웠다.

"그건 마이의 돈이 아니라 마이 부모님의 돈이야. 그리고 그게 마이의 돈이라고 해도 그러면 안 돼."

나는 킹을 무시하고 도시락을 열었다. 그리고 내가 추가한 계란프라이를 빼먹고 넣지 않았다는 사실을 알게 됐다. 기분은 더욱 나빠졌다.

내 계란을 잊어버린 건 이번이 두 번째였다. 이제 더 이상 이 배달 도시락을 먹지 말아야 하는 걸까?

"오늘 으아한테 연락 왔어?"

킹이 물었다.

나는 고개를 끄덕이며 휴대폰을 집어 들어 니드 선배에게 5바트를 돌려받기 위해 계란프라이가 없는 도시락 사진을 찍었다. 그러면서 킹의 도시락에 들어 있는 계란프라이를 물끄러미 바라보았다.

나한테 팔라고 하면, 팔까?

"응, 이미 병원 다녀왔대. 다음 주 월요일까지 쉴 거야."

"나한텐 알려주지도 않더니."

"으아가? 당연하지. 너한테 그랬으면 오히려 내가 놀랐겠다. 네가 어제도 으아를 화나게 한 건 기억 안 나?"

어제 으아가 눈이 아프다고 했을 때 킹은 포르노를 너무 많이 봐서 그런 거라고 핀잔을 주었다. 그래서 으아는 화가 무지 났고, 그들은 저녁 내내 서로 한마디도 하지 않았다. 항상 이런 식이니 놀랄 것도 없다. 그들은 수년이 지나도 결코 변하지 않는다.

"난 그냥 농담한 건데, 너무 진지하게 받아들이잖아."

"근데 네가 이렇게 구는 게 처음은 아니잖아. 늘 으아 신경을 긁고 말이야. 그러니까 으아가 화를 낼 만도 해."

나는 고개를 저으며 잘못한 학생을 지도하는 선생님처럼 그에게 포크를 겨누었다.

"으아가 싫어하는 거 알잖아. 그런데도 맨날 그러고. 멍청한 짓 좀 그만해. 안 그러면 정말로 너희들 이번 생에는 사이좋게 못 지낼 거야."

그는 웃으며 의자에 다시 기댔다.

"내가 놀리지 않으면 걔가 나한테 한마디라도 하겠어?"

그의 말 뒤에 숨겨진 묘한 뉘앙스가 말문을 막아버렸다. 내 친구 쿤나콘은 항상 자신감이 넘쳤는데(물론, 그는 그것을 뒷받침할 잘난 외모와 머리를 가지고 있다), 그는 방금 또 다른 면모를 보였다.

지나친 생각인지도 모르지만, 그 말은 그가 불안해하는 것처럼 들렸다.

"그래서 넌 마이랑 요즘 어때? 행복해?"

그가 화제를 바꿔 나를 또 다른 이유로 멈칫하게 했다. 그리고 나의 반응에서 기가 막히게 이상한 낌새를 눈치챘다.

"왜? 너 질린다고 차버렸어?"

"입으로 똥 싸지 마."

나는 숨을 크게 쉬었고, 그는 그런 내 머리를 쓰다듬었다.

"아, 왜 그러는데. 농담이었어. 왜 그렇게 다큐로 받아, 늙은이마냥."

"…."

난 네 얼굴을 걷어차버리고 싶구나.

"그래서, 잘 지내? 아직도 좋아? 너랑 같이 찍은 사진 올리는 거 한동안 못 봤어."

"괜찮아. 마이는 요새 학교가 너무 바빠서 여행 갈 시간이 안 나."

마이는 대학교 4학년이고, 해야 할 일이 너무 많아 주말이 예전만큼 여유롭지 않았다. 그렇다고 내 콘도에 오는 그를 막고 할 일을 먼저 하라고 할 수도 없다. 그는 노트북을 챙겨 와서라도 나와 함께 있으려고 했다.

덕분에 나는 퇴근하고 돌아가면 남자친구 얼굴을 볼 수 있었고, 그때마다 방전된 배터리를 충전하는 기분이었다. 항상, 기분이 너무 좋아졌다.

"너희 둘은 정말 완벽한 커플 같아. 진심이야. 너희들 싸운 적 없지?"

그 질문에 잠시 생각을 멈추고 천천히 고개를 저었다.

"싸울 일은 없지만…."

"없지만, 뭐?"

그가 눈썹을 치켜올렸다. 내 가슴속에서 고민이 튀어나오려고 했지만, 간신히 말하지 않았다.

"아무것도 아니야."

"아무것도 아니긴. 뭔가 있는데?"

물론 20년 동안 알고 지낸 절친을 속일 수는 없었다. 대답을 피하려고 음식에 집중해봐도 소용없었다. 그는 끈질기게 내 대답을 기다렸다.

"사실… 응, 문제가 있어."

"무슨 문제?"

"그게… 그거…에 관한 건데…."

"그거가 뭔데?"

그가 알아듣지 못하는 것 같아 나는 입술을 꽉 깨물었다.

평소엔 눈치 빠르게 굴더니 왜 이걸 모르냐고!

일부러 모르는 척 장난치는 거야?

"그거 있잖아, 그거…!"

아무도 우리에게 관심을 기울이지 않는지 확인하기 위해 좌우를 살폈다. 그러고는 목소리를 더 낮추고 속삭였다.

"아, 왜 그래 진짜. 네가 제일 잘 아는 거 있잖아."

"아, 섹…."

"야!"

나는 그의 입을 틀어막고 우리를 바라보는 직원들에게 어색한 미소를 지어 보였다. 그리고 다시 화난 얼굴로 그를 돌아봤다.

"큰 소리 내면 어떡해, 이 새끼야!"

"미안, 미안."

그는 입에서 내 손을 떼어냈다. 그의 눈빛에 들어 있는 장난기를 보자 이번엔 그의 뺨을 때리고 싶었다.

"무슨 문제가 있는데? 하기 싫대?"

"아니…."

"그럼 별문제 없을 것 같은데."

킹은 눈살을 찌푸렸다. 나는 말해야 할지 망설이며 시선을 피했다.

이 문제를 다른 사람에게 물어야 할지 아주 많이 고민했다. 이건 지극히 개인적인 문제이기 때문이다. 하지만 내가 해본 거라곤…. 손으로 해본 게 다였고, 이전까지 관계를 맺어본 적도 없었다. 인터넷에 검색해보긴 했지만, 경험이 많은 사람한테 물어보는 게 더 도움이 될 것 같았다.

그래서 으아에게 물어보려고 했는데, 그는 아파서 쉬고 있고 지금 옆에 킹이 있다. 마침 이야기가 나오기도 했으니 그에게 물어야 할 것 같다.

"문제가… 마이는 하고 싶어 하는데, 나는…."

"너무 무서워?"

나는 놀라서 그를 바라보며 눈만 껌뻑였다.

"어떻게 알았어?"

"네 얼굴에 다 쓰여 있잖아."

그는 너무 크게 웃지 않으려고 억지로 애쓰며 대답했다. 나는 그가 겁에 질린 내 모습을 알아챈 것이 조금 부끄러워서 삐죽거렸다.

근데 내가 겁먹은 게 이상한 건 아니지 않나?

난 27년 동안 무경험이라고! 당연히 겁이 나지!

"왜? 아플까 봐?"

킹은 마치 내 속마음을 읽을 수 있다는 듯이 물었다.

나는 잠시 침묵을 지키며 고개를 숙이고 있다가 마침내 인정했다.

"응."

"그건 정상이야. 너 한 번도 해본 적 없잖아."

그는 미소를 지으며 내 등을 두드려주었다. 그 미소에 위로가 되었는지 조금 마음이 놓였다. 나는 숟가락을 내려놓고 그에게 더 가까이 다가갔다.

"오랫동안 생각했는데, 하고 싶지 않은 건 아니지만…. 그게… 사람들이 진짜 아프대. 그래서 그 타이밍이 되면 자꾸 떠올라서…. 도무지 진도를 나갈 수가 없었어. 그래서 여러 번 멈췄거든…. 너무 미안해."

나는 그에게 내 감정을 설명했다. 나도 돌은 아니기 때문에 남자친구와 키스하고 껴안으면 당연히 흥분한다. 하지만 너무너무 무섭다. 그래서 항상 거기서 멈췄고, 마이는 결코 내게 화를 내거나 실망하지 않았다. 더 이상은 없다고 무서워하지 말라며 위로해주었고, 너무 깊게 생각하지 말라고도 말해주었다.

그가 그렇게 다정하게 배려할수록 내 안의 죄책감은 더 커져만 갔다.

"그래서 네 마음은 어떤데."

"마이가 나한테 부담을 주는 건 절대 아니야. 하지만 당연히 내 기분은 좋지 않지. 우리 둘 다 행복했으면 좋겠고."

킹은 다시 내 등을 두드리며 위로를 전했다.

"겁먹지 마. 아픈 건 잠시고, 금방 기분 좋아질 거야."

나는 빛나는 눈으로 희망에 차서 그를 바라보았다.

"너 해봤어?"

"아니."

망할 놈.

킹은 나에게 그렇게 말했지만, 한 번도 해본 적이 없었다.

이 방면의 탑이랑 얘기하면 뭐 하냐고! 알지도 못하면서!

"근데 해봐야 알아. 처음은 분명 고통스럽겠지만, 마이에게 부드럽게 해달라고 해. 처음이 있어야 두 번째가 있고, 그래야 또 다음이 있으니까. 그러다 보면 너도 더 이상 어렵지 않을걸. 그것도 사랑의 방식이야."

그런 말을 듣는다고 기분이 나아지지는 않았다. 나는 별로 수긍하진 못했지만 고개를 끄덕이고 계속 음식을 먹었다.

킹은 바텀을 해본 적이 없잖아…

기다렸다가 으아에게 물어봐야 할지도 모르겠다.

"여기."

내가 생각에 잠겨 있는 사이 킹이 내 도시락에 계란프라이를 올려놓았다. 나는 맛있게 생긴 계란 노른자를 보니 당황스러워서 친구를 돌아보았다.

"뭐야? 너 안 먹어?"

"돌려줄게."

"뭐?"

"그냥 먹어."

킹은 쓰레기통으로 걸어가 도시락을 버렸다. 나는 그가 자리를 떠나는 것을 지켜보며 여전히 혼란스러워했다.

돌려주다니? 뭘?

* * *

퇴근 시간대에 지상철을 타는 일은 정말 끔찍한 일이다. 지상철 내부는 너무 혼잡해서 문 앞까지 꽉꽉 사람이 들어찼고, 잔뜩 짓눌려 있어야 했다. 나는 그 안에서 실수로 누군가에게 오해를 살 만한 행동을 하지 않도록 손을 간수하기 위해 노력했다. 이렇게 있다 보니 마이가 차로 편안하게 데려다주던 때가 그리워졌다.

마이는 매일 나를 회사로 데려다주겠다고 했지만, 그의 학교는 우리 회사와 멀기 때문에 시간을 낭비하게 하고 싶지 않았다. 그 시간을 자신의 일에 집중하는 데 쓰길 바랐고, 난 원래 지상철을 타고 다녔으니까 괜찮았다.

콘도 근처 시장에 도착하니 벌써 하늘이 어두워졌다. 나는 마이에게 전화를 걸었다. 그가 전화를 받는 데까지는 그리 오래 걸리지 않았다.

"형."

"나 시장에 왔는데 뭐 좀 먹을래?"

"형을 먹어도 돼요?"

그의 목소리에 장난기가 가득했다.

얼굴이 화끈거렸다.

"먹고 싶은 거 없다고?"

나는 그의 말을 애써 무시하고 되물었고, 마이의 웃는 소리가 들렸다.

"저 이미 먹었어요. 형 것만 사면 돼요."

"알았어, 좀 이따 봐."

전화를 끊고 내가 가장 좋아하는 국수 가게로 향했다.

그리고 국수를 사서 마이의 콘도로 갔다. 우리는 대부분 매일 함께 잤기 때문에 서로의 콘도 열쇠를 하나씩 나눠 가졌다. 그래서 우리 중 한 명이 내려와 다른 한 명을 데리고 들어갈 필요가 없어졌다.

"나 왔어."

마이는 무릎 위에 노트북을 올려놓은 채 소파에 앉아 있었다. 그는 긴 바지에 티셔츠를 입은 편안한 차림이었고, 나는 그 모습을 보며 미소 지었다.

"오늘 어땠어요?"

"으아가 아파서 하루 휴가를 냈고, 몽콘 선배도 없어서 내가 다 처리해야 했어. 그래도 퇴근 전에 다 끝내서 야근은 안 했어."

나는 가방을 소파 위에 올려놓고 부엌으로 가서 사 온 음식을 꺼냈다. 그때 마이가 다가와 나를 뒤에서 껴안았다.

"아직 안 돼. 나 땀났어."

그를 밀어내려고 했지만, 그는 나를 더 꽉 껴안았다.

"괜찮아요."

그가 내 볼에 키스하며 말했다.

나는 손에 들고 있던 젓가락으로 그를 가볍게 때렸다. 마이는 드라마틱하게 '아!' 하고 소리치며 슬픈 강아지 눈으로 나를 바라봤다.

"땀 많이 흘렸다니까. 먼저 씻고 올게."

나는 부드럽게 말했다.

그는 처음에는 슬픈 표정을 짓더니 또 금방 표정이 바뀌었다.

그 슬픈 표정이 연기일 뿐이라는 걸 알지만, 그래도 나는 그게 마음에 걸리고, 얼른 달래주고 싶었다. 그것도 항상.

이게 연하의 남자친구를 가진 단점인가? 아니면 연장자로서의 본능?

마이는 나를 놓아주고 다시 소파로 가서 앉았다. 나는 국수 그릇을 들고 그의 옆에 앉았다. 저녁 식사를 마친 후에는 샤워를 하고 잠옷으로 갈아입었다. 그리고 텔레비전을 보며 이야기를 나누고, 경험자로서 그의 졸업 논문을 보며 조언을 해주기도 했다. 졸업한 지는 꽤 됐지만, 아직 그때 기억이 생생했다.

"끝났어?"

그가 파일을 저장하고 노트북을 끄는 모습을 보며 내가 물었다.

"일단 오늘은 이 정도면 된 것 같아요. 나머지는 내일 하면 돼요."

마이는 노트북 뚜껑을 덮고 테이블 위에 내려놓았다. 그리고 소파에 등을 대고 앉아 나를 끌어당겨 무릎 위에 올려놓고는 내 어깨에 머리를 얹었다.

"볼에 뽀뽀해도 돼요? 엄청 힘든 하루였는데."

그가 어린아이처럼 말했다. 분명히 말로는 허락을 구하고 있었지만 그의 입술은 이미 내 뺨에 닿았다. 나는 눈을 굴리며 웃었다.

어차피 할 거면서 왜 물어봐!

"하… 훨씬 낫네요."

이 어린 남자는 더 환하게 웃으며 내 뺨에 입 맞췄다. 그런데 거기서 멈추지 않았다. 곧 그의 입술이 내 귓가로 옮겨 왔고, 점점 목덜미를 타고 쇄골까지 내려갔다. 그러고는 나를 밀어서 소파에 눕혔고, 나는 그의 목에 팔을 감고 그와 눈을 맞췄다. 그의 눈빛을 본 내 뺨은 불타오르기 시작했다.

그와 키스를 할 때마다 내 심장은 아직도 미친 듯이 뛰어댔고, 아무리 지나도 도무지 익숙해지지 않을 것 같았다.

그의 입술이 잠시 내 뺨에 머물다가 입술로 향했다. 천천히 그리고 부드럽게 시작한 입맞춤은 어느새 열정적으로 변했다. 따뜻한 혀가 서로 놀리며 엉키자, 내 숨은 점점 가빠졌다. 그러자 그가 잠시 입술을 떼어내고 내게 숨을 쉴 틈을 주면서 목덜미를 지분거렸다.

여린 피부 위에 입을 맞춘 다음 천천히 빨아들였고, 동시에 그의 손이 잠옷 안으로 들어와 내 피부를 쓸자 내 호흡은 더 거칠어졌다.

그의 기다란 손가락이 내 가슴을 매만지다 젖꼭지에 이르렀고, 나는 터져 나오는 신음을 참을 수 없었다.

내 눈을 지그시 바라보는 그의 눈에서는 그의 깊은 갈색 눈동자만큼이나 짙은 욕망이 선명하게 빛났다.

하지만 그는 내 아랫입술을 살짝 깨물고서 몸을 빼냈다.

"어, 어디 가?"

"화장실 좀 다녀올게요. 먼저 자러 가도 돼요. 곧 갈게요."

그는 마지막으로 내 뺨을 부드럽게 매만지고는 몸을 일으켰다.

나는 재빨리 그를 붙잡았다.

"기다려!"

"네?"

그가 조금 놀란 얼굴로 나를 돌아봤다.

나는 입술을 꽉 물었다.

좋아, 해봐야 알지.

"가지 마."

"네?"

"계속해도 돼."

서 있는 그를 올려다보았다. 그는 약간 놀란 것 같았다. 그의 눈이 내 눈에서 진심을 찾고 있었다.

"…준비됐어요?"

"모르겠어…."

나는 마른 웃음을 지으며 시선을 조금 피했다.

"아직은 좀… 겁이 나긴 하지만…."

"그럼 괜찮아요. 여기서 그만해도 돼요."

그는 또다시 나를 배려하고 화장실로 향했다. 나는 황급히 일어나 그의 셔츠를 붙잡았다.

"아니, 난…. 어… 난…."

어떻게 말해야 해?

"하자! 하고 싶어!"

"…."

텔레비전 속 뉴스에서는 기자가 열심히 세상의 소식을 알리고 있었지만 우리에게는 아무것도 들리지 않았다. 너무 고요해서 숨소리조차 내기 민망할 정도였다. 나는 입술을 세게 깨물었다. 부끄러움에 터질 듯한 얼굴이 몹시 화끈거렸다.

이번만큼은 여기서 멈추고 싶지 않아….

하지만, 빌어먹을 제이드!

왜 그런 말을 한 거야?

밝히는 사람처럼 들렸으면 어쩌지.

마이 얼굴을 못 보겠어!

"정말이에요?"

내가 속으로 스스로를 저주하는 동안 그가 다시 물었다.

나는 고개를 끄덕였다.

"응, 하지만…. 부드럽게 해줘."

여전히 두려움을 느꼈지만, 분명하게 말했다.

마이가 웃으며 내게 다가왔고, 나를 번쩍 안아 들었다.

나도 그의 목에 팔을 감고 다리로 그의 허리를 감싸 안아 매달렸다. 그와 눈을 마주치려니 얼굴이 화상이라도 입은 것처럼 너무 화끈거렸다.

* * *

마침내 그와 관계까지 맺고 나니, 마이가 평소엔 공손하고 순한 강아지처럼 사랑스러워 보여도 침대 위에선 늑대가 된 다는 것을 알았다. 그리고 나는 그의 앞에 놓인 커다란 고기 조각이었다는 것도.

하지만….

그래… 정말 기분이 좋았어.

우리가 한 일은 단순한 섹스가 아니라 육체적으로 사랑을 나누는 방법이었다. 그러니 킹의 말은 사실이었다.

"정말 행복해요."

그의 손이 다시 내 몸에 닿았고, 그의 입술은 내 귀를 물었 다. 동시에 뭔가 딱딱한 것이 등에 닿는 느낌에 나는 완전히 얼어붙었다.

뭐야, 너 안 피곤해?

"한 번 더 해도 돼요?"

그렇게 물으면서 어느새 내 위로 올라와 있었다.

* * *

다음 날 한낮이 다 되어서야 눈을 떴다. 침대 옆자리가 비 어 있었고, 동시에 밖에서 요리를 하는 소리가 들렸다. 눈을 비비고 일어나 남자친구에게로 가려고 한 순간….

"으악!"

바닥에 발을 미처 다 디디지도 못하고 풀썩 쓰러졌다.

연인과 기나긴 밤을 보낸 나는, 깨달았다.

나… 분명 제 명에 못 살 거야….

함께하는 특별한 날

1년이라는 시간은 참 긴 것 같지만, 새로운 인턴이 자신을 소개하는 모습을 보면서 금세 또 다른 8월이 왔다는 게 놀랍기만 했다. 눈 깜짝할 사이에 또 그때가 온 것이다. 다른 점이 있다면, 이번엔 프로그래밍 부문 인턴으로 킹의 부사수가 왔다는 것이다.

1년 동안 나에게는 많은 일이 있었다. 나는 이제 서른에 좀 더 가까워진 스물여덟 살이고, 여전히 같은 회사에 다니고 있으며, 날이 갈수록 해야 하는 일이 더 많아지는 나날을 보내고 있다. 마지막으로 내 연애는 여전히 달콤하다.

아, 그리고 내 남자친구도 드디어 졸업을 했다.

나는 커피를 한 모금 마시고 작업 중인 프로그램 창을 최소화했다. 내 컴퓨터 배경화면은 졸업 예복을 입은 마이와 함께 찍은 사진이다. 이 사진을 볼 때마다 입가에 미소가 떠나질 않았다. 눈 깜짝할 사이에 그는 학교를 졸업하고, 바로 직장도 구했다.

나는 그가 대학을 졸업한 것이 아주 자랑스러웠다. 처음 만났을 때 학생이었기 때문인지 그가 마냥 귀여운 동생처럼 느껴졌다. 물론 지금은 그가 교활한 여우의 모습도 가지고 있다는 걸 알지만 말이다.

아마도 마이에게 심한 애착을 가지고 있는 것 같다.

어쨌든, 나는 내 남자친구가 정말 자랑스럽다. 마이는 가장 우수한 성적으로 졸업해 바로 유명 광고회사에 입사했다. 나는 졸업하고 나서 구직을 하는 데 몇 달이나 걸렸었다.

사진 속 졸업 예복을 입은 모습은 너무나도 멋졌다. 그가 졸업식 의상을 미리 입어보던 날, 나는 대견해서 볼이 아플 정도로 웃었고, 아주 행복해했다. 내게 남자친구가 있는 건지, 아들이 있는 건지 진지하게 생각해봐야 할지도 모른다.

벽에 걸린 시계를 보니 5분 후면 퇴근 시간이었다. 작업하던 파일을 저장하고 경직된 몸을 쭉 늘려 스트레칭을 한 뒤 얼른 가방을 싸기 시작했다.

"업무 시간 끝났다, 얘들아! 집에 가자."

파이 선배가 소리쳤다.

나는 바로 일어나서 모두에게 인사하곤 돌아서서 컴퓨터를 끄는 가장 친한 친구 두 명에게 당부했다.

"내일 9시에 봐. 잊으면 안 돼."

"그래에애. 나도 안다고오오."

킹이 지겹다는 듯 말을 늘였다.

그는 몹시 피곤해 보였다.

"네 남자친구 졸업 리허설 날은 이미 알고 있다고. 네가 우리한테 백만 번이나 말했잖아."

"내가?"

나는 조금 멋쩍어서 웃어 보였다.

내일은 마이의 졸업 리허설 날이다. 그의 졸업식 날에 나는 일을 해야 했다. 하루 휴가를 내려고 했지만, 마이가 여행을 갈 수 있도록 아껴두라고 하기도 했고, 그의 가족들이 모일 것을 생각하면 가족과 보낼 수 있도록 당일에는 내가 가지 않는 것이 더 나을 것 같았다. 그래서 나는 리허설 날에 가기로 했다.

"그래, 우리가 뭐 치매라도 있는 줄 알아?"

그가 고개를 내저으며 말했다.

"너희가 까먹었을까 봐 그랬지."

졸업을 경험한 사람으로서 그 하루가 오랫동안 기억될 거라는 걸 알기에, 혼자 보내게 하고 싶지 않았다. 그래서 나는 지난 2주 동안 그들이 잊지 않도록 확인하고 또 확인했다. 하지만 킹이 말한 것처럼 백만 번을 말한 건 아니다. 아마… 50번쯤?

"너 마이보다 들떠 보이는데. 왜? 더 이상 학생이랑 연애하지 않아도 돼서 기쁜 거야?"

킹이 또 기회를 놓치지 않고 놀렸다. 화가 나서 그를 노려봤지만, 그는 더 웃을 뿐이었다.

"으아, 보여? 제이드 눈 튀어나올 듯."

"그만 좀 해, 킹."

으아는 짜증스럽게 그를 나무랐다. 하지만 킹은 전혀 개의치 않고 낄낄거리며 내 표정을 따라 했다.

"보라니까. 아들이 졸업하는 걸 자랑스러워하는 아빠 같아. 네 졸업식 때도 그렇게 신나 하지 않았잖아."

"네가 뭘 알아!"

"어, 난 모르지. 어린애 좋아하는 사람이 아니라서."

나는 진심으로 그의 얼굴을 걷어차고 싶었다.

"넌 모든 연령대를 다 만나잖아!"

킹이 나를 비웃는다.

"다 만나보니까, 동갑이 최고더라고."

"아, 그러세요?"

나에게 나이는 그다지 중요하지 않다. 서로를 이해하고,

단점까지도 받아들이고 보듬는 것이 더 중요하다고 생각한다. 하지만 나도 두 번의 연애를 했을 뿐이고, 킹은 지구상의 모든 사람들과 관계를 맺어왔기 때문에 자신의 경험을 토대로 뭔가를 깨달았을 수도 있다.

"그렇지 않아, 으아?"

킹이 계속 침묵을 지키던 으아에게 동의를 구했다.

"나 갈게. 내일 봐."

으아는 대답 대신 간단히 인사하고서 자리에서 일어났다.

"기다려!"

킹이 그를 따라 사무실을 나섰다. 차를 어디다 박았다고 했나…. 뭐 그런 이유로 차가 고장 났다며 최근 매일같이 으아에게 태워달라고 하고 있었다.

음… 사이좋게(?) 지내는 모습이 보기 좋다.

그런데 벌써 거의 한 달이 지났는데 아직도 수리가 끝나지 않았다니. 너무 느리다.

* * *

태양이 눈부시게 타오르는 다음 날 아침, 나는 갓 졸업하는 학생들과 그들의 가족 그리고 사진작가들에게 둘러싸여 있었다. 여기저기 빨간색 졸업 예복을 입은 사람들이 보였다.

다행히 마이는 키가 커서 어디에 있든 눈에 잘 띄었다.

나는 많은 후배들이 선배들을 향해 환호하는 모습을 구경하며 내 남자친구가 대학에서도 너무나 핫하다는 걸 확인했다. 끊임없이 많은 사람들이 찾아와 사진을 찍자고 요청했다. 물론 대부분 소녀들이었다. 마치 모델 같은 마이는 누구에게든 공손한 미소를 띠었다.

나는 아직 오지 않은 친구들에게 전화를 걸기 위해 졸업식장 밖으로 걸어 나왔다. 인터넷 신호가 믿을 수 없을 만큼 안 좋아서 구글 검색조차 되지 않았다.

도대체 왜 이렇게 안 터져?

"뭐 해요, 제이드?"

하얀 옷에 빨간 예복을 입은 키 큰 남자가 행복한 얼굴로 미소 지으며 나에게 다가왔다.

예복의 가슴 부분에 달린 핀을 매만져주고 머리부터 발끝까지 그를 한번 훑었다. 오늘 그는 정말로 완벽했다.

내 남자친구가 정말 자랑스러워!

"인터넷이 안 터져서 킹한테 연락을 할 수가 없네."

나는 휴대폰 화면을 그에게 보여주며 답답해했다.

"킹 선배한테 전화 왔어요. 여기로 오고 있대요. 형한테 전화를 걸었는데 안 된다고 하더라고요."

"어? 그럼 내 휴대폰이 문제인가 보다."

나는 조금 화가 나서 말했다.

통신비로 돈을 얼마를 받아먹는데, 이 정도 안정적인 서비스도 제공해주지 않는다니! 오늘부로 통신사를 바꿔버릴까 보다!

"저랑 저쪽으로 갈래요?"

그는 자신의 친구들을 가리키며 물었다.

"난 괜찮아. 친구들이랑 사진 찍으러 가. 으아랑 킹도 올 거니까."

나는 남자친구가 나를 걱정하지 않도록 토닥였다.

끼리끼리라고 하더니, 그 말은 정말이었다. 마이의 친구들은 배우라고 해도 될 만큼 다들 잘생겼고, 행동거지도 정중했다. 물론 나한테 이야기할 때만 예의 바를 뿐, 저희끼리 얘기할 때면 누구나 그렇듯 욕도 하고 장난도 쳤다. 여느 남자애들처럼 말이다.

그의 친구들은 몇 번 본 적 있어서 그렇게 어색하지는 않았다. 하지만 오늘은 그들의 날이니까 귀중한 시간을 그들끼리 보내는 게 더 낫다고 생각했다. 오늘 이후로는 서로 모이는 게 정말 어려울 거라는 걸 알고 있기 때문이다.

"알겠어요. 으아 선배랑 킹 선배가 오면 같이 사진을 찍을 만한 조용한 곳을 찾아봐요."

나는 고개를 끄덕였고, 그는 친구들에게로 돌아갔다.

10분쯤 지났을 때 킹이 DSLR 카메라를 들고 나에게 걸어왔다. 으아는 큰 꽃다발을 들고 무표정한 얼굴로 그를 따라왔다.

"빌어먹을, 주차장이 완전 꽉 차서 겁나 오래 걸렸어."

킹은 나를 보자마자 투덜댔지만, 그를 바라보는 소녀들에게는 곧장 미소를 지어 보냈다. 내 친구는 조울증이 아니라 그냥 개자식이었다.

으아는 그를 흘끔 보고는 혀를 찼다.

"진정해. 아직 어린애들이거든."

"네 남자친구랑 동갑이거든!"

나는 대꾸할 말이 없었다. 어린 남자친구를 만나고 있으니 그런 말을 할 주제가 안 된다는 걸 완전히 잊고 있었다.

"제이드."

으아가 내게 티슈를 건네주었고, 나는 영문도 모르고 일단 그것을 받아 들었다.

"어?"

"너 땀 많이 흘리고 있잖아."

그가 내 목덜미를 가리켰다.

나는 고맙다고 말하고 얼른 땀을 닦았다.

으아는 피곤해 보였다. 눈 밑에 다크서클도 있고….

"어젯밤에 잘 못 잤어?"

그는 잠시 표정이 굳더니 고개만 조금 끄덕였다.

"제이드, 네 남자친구는 어디 있어?"

킹이 주위를 두리번거리며 물었다.

"저기. 아, 지금 오네."

남자친구가 다가와 내 친구들과 웃으며 인사했다.

"안녕하세요, 킹 선배, 으아 선배."

"안녕! 축하해, 꼬마야."

킹은 으아가 꽃다발 건네는 걸 도우면서 말했다.

"와, 감사합니다. 여기 와주신 것만으로도 충분한데… 이런 것까지 준비해주셔서 감사합니다."

"그냥 받아. 인턴십 때 항상 우리한테 간식 사다 줬잖아."

킹이 유쾌하게 말했다.

"오늘 사진사도 고용했다며."

"네, 저기 저 건물에서 찍으면 될 것 같아요. 사람들이 좀 덜 붐빌 것 같아서."

그런 다음 마이는 나를 데리고 그쪽으로 향했다. 바람에 그의 옷깃이 조금씩 살랑였다.

혼잡한 곳을 벗어나니 숨 쉬기가 조금 더 편해졌다. 주위를 둘러보니 이곳에도 군중을 피해 모인 사람들이 보였다.

마이의 사진작가가 우리가 사진을 찍을 만한 적당한 곳을 발견했고, 그곳에서 우리도 함께 사진을 찍었다.

"나도 새 카메라 갖고 싶다."

사진을 몇 장 찍은 후 킹이 말했다.

마이는 사진작가에게 좀 쉬다 오라고 했고, 킹은 우리의 사진작가인 척하며 즐거운 시간을 보냈다.

킹은 고등학교 때부터 카메라를 좋아했다. 그의 사진 찍는 실력은 수준급이었다. 오늘 마이를 위해 사진을 찍어주겠다고 자원했지만, 최근 회사에서 새로운 애플리케이션을 개발하고 있어 너무 바빴기 때문에 마이가 그를 배려해 따로 사진작가를 불렀다.

전문 사진작가를 따로 부른 것은 정말 잘한 일이었다. 킹에게만 사진을 맡겼더라면….

"제이드, 마이 허리에 팔 좀 둘러봐."

"미쳤어?"

나는 깜짝 놀라서 얼른 주위를 살폈다. 여기 이렇게 사람이 많은데!

"그냥 해. 내가 사진작가잖아, 지금. 내가 어떻게 하면 잘 나오는지 다 알고 있으니까, 부끄러워하지 말고 일단 해."

한 번 더 둘러보고서 웃고 있는 마이를 올려다보았다. 난처해하는 나를 그의 팔이 가까이 끌어당겼다. 아무도 보고 있지 않은 것 같아서 나도 그 틈에 얼른 팔을 둘렀다.

나는 우리가 이런 공개된 장소에서 스킨십을 하는 게 항상 부끄러웠는데, 킹이 그걸 알고 나를 놀리는 게 분명했다.

못된 사진작가!

"으아, 와서 우리랑 같이 사진 찍자."

나는 으아를 보며 간절한 눈빛을 보냈다.

그는 늘 친절했으니까, 지금도 내 부탁을 받아줄….

"싫어. 사진은 너희 둘이 찍어야지."

"…."

내 가장 친한 친구는 내 부탁을 단칼에 거절했다. 분명 킹이 으아에게 사주를 했을 것이다!

"이제 서로 얼굴 마주 봐. 제이드, 마이 예복 고쳐주는 척해봐."

자칭 사진작가가 다시 명령했고, 나는 울며 겨자 먹기 식으로 그의 말을 따랐다. 마이는 나를 그저 다정한 눈으로 쳐다보기만 할 뿐 전혀 도움을 주지 않았다.

"제이드, 마이를 봐야지."

"…."

킹은 내가 기절하는 꼴을 보고 싶은 걸까?

"야! 이거 진짜 괜찮은데. 제이드 귀 존나 빨개, 하하하!"

킹은 사진을 확인하고는 큰 소리로 웃었다.

저 골치 아픈 자식을 정말 때려주고 싶었지만, 마침 졸업생들은 리허설을 하러 오라는 안내 방송이 울렸다.

"됐어. 마이, 이제 얼른 가. 리허설 끝나고 해도 돼."

"야, 빨리. 한 번만 더. 마이, 이제 제이드 감싸 안아."

마이는 곧장 그가 시키는 대로 움직였다. 나는 빨리 사진을 찍어버리고 마이를 리허설에 보내기 위해 얼른 카메라를 향해 미소 지었다.

하지만 그러는 중에도 어쩐지 마이가 킹과 자꾸만 닮아가는 것 같은 기분이 들었다.

"어, 좋아. 셋, 둘, 하나!"

"앗!"

킹이 셔터를 누르는 순간 마이가 내 볼에 키스했다.

연속으로 카메라 셔터가 터지는 소리가 들리고 따뜻한 입술이 서서히 멀어졌다. 나는 얼굴만 붉힌 채 충격에 휩싸였다. 너무 부끄러워서 완전히 얼어 있는데 마이는 부끄러워하는 나를 보고 너무 좋아하는 얼굴이었다.

마이가 정말로 킹을 닮아가고 있어!

"제이드, 너 회사 컴퓨터 배경화면 이걸로 바꾸면 되겠다. 이 사진이 훨씬 낫네."

킹이 나에게 사진을 보여주며 말했다. 으아도 다가가 사진을 보더니 감탄하듯 고개를 끄덕였다.

나는 신발을 벗어 킹의 입에 처넣고 싶었다.

말하지 마! 그만 말하라고!

멈춰!

"우리 사진을 컴퓨터 배경화면으로 해놨어요?"

마이가 나를 돌아보며 물었다.

"그래, 아들 졸업식 보는 아버지처럼 엄청 집착한다니까."

킹이 나를 대신해 대답했다.

나는 온통 빨개진 채로 땅바닥만 쳐다보며 서 있었다. 남자친구를 힐끔 쳐다봤지만, 그 반짝이는 눈빛에 여우인지 늑대인지가 살짝 보여서 얼른 시선을 돌려야 했다.

오늘 밤에 무슨 일이 일어날지 알 것 같아…!

빌어먹을 킹! 네가 지금 내 수명을 단축시킨 거라고!

"어, 얼른 가. 빨리!"

그를 밀어내며 말을 더듬는데 마이가 그런 나를 확 끌어당겨 안으며 속삭였다.

"왜 이렇게 귀여워요?"

"가!"

나는 정말로 미쳐버리기 전에 서둘러 그에게서 떨어졌다.

마이는 웃으며 나를 놓아주었고, 내게 손 흔들며 친구들에게 합류했다.

큰 소리로 한숨을 내쉬는데, 킹이 다가와 내 등을 가볍게 두드렸다.

"제이드, 석양을 배경으로 찍으면 아주 좋은 사진이 나올 것 같아. 내가 잘 찍어줄게. 어떤 자세가 좋으려나…. 마이가 너를 둘러업….”

"그만해!"

"하하하!"

＊ ＊ ＊

마이가 강당으로 들어간 후, 우리는 교직원 건물 1층에서 그를 기다렸다. 더운 날씨를 견디기 힘들었지만 다행히 선풍기 옆자리를 잡았다. 시간이 흘러 오후 4시가 되자 드디어 학생들이 강당에서 걸어 나오기 시작했다. 대부분 졸리고 피곤해 보였다.

내 졸업식 날도 딱 그랬다. 졸업식 주최 측에서 내보내주기 전까지 우리 모두는 강당에 갇혀서 내내 졸았다. 그래도 그것조차 일생에 한 번뿐인 귀중한 경험이었다.

곧 마이가 나왔고, 우리는 그때부터 하늘이 주황색으로 변할 때까지 많은 사진을 찍었다.

해가 질 무렵에야 평상복으로 갈아입은 마이와 함께 대학을 벗어났다. 그리고 집으로 돌아가기 전에 다 함께 저녁을 먹었다.

종일 함께 있어준 친구들에게 고맙다는 인사를 하고 헤어지는 길에 나는 킹이 으아의 차에 타는 걸 보았다.

차가 아직도 고쳐지지 않은 거야?

"뭘 보고 있어요?"

마이는 내가 떠나는 푸른 도요타에서 눈을 떼지 못하는 걸 보고 물었다.

고개를 젓고 차에 시동을 걸었다. 오늘은 마이가 종일 고생을 해서 피곤할 테니 자원해서 내가 운전을 하기로 했다. 이제 나도 이 차를 운전하는 데 익숙해져서 더 이상 긁을까 봐 걱정하지는 않는다.

"오늘 어땠어? 피곤하진 않아?"

나는 그가 입가에 미소를 띤 채 눈을 살짝 감고 있는 모습을 흘끔거렸다.

"네, 좀 피곤해요. 형은 졸업식 날 어땠어요?"

"너무 피곤해서 집에 오자마자 씻고 잠들어서 다음 날 열두 시쯤에야 일어났어."

더운 날씨에다 일찍 일어나야 해서 피곤했고, 사람도 너무 많았다. 힘들었지만 그래도 그만한 가치가 있는 행복한 날이기도 했다. 그날만큼은 가는 곳마다 축하와 웃음소리로 가득차 있었다.

"그날 기분이 어땠어요?"

"즐거웠어. 친구들이랑 함께 졸업을 축하할 수 있어서 좋았고. 넌?"

그는 긴 한숨을 내쉬었다.

"제가 졸업한다는 게 믿기지 않아요."

"나도 그 기분 알아. 친구들이 보고 싶을 것 같기도 했고."

"네. 그래도 다행이에요. 이젠 정말로 사회인이니까."

그가 나를 똑바로 쳐다보는 게 느껴졌다. 이어서 그가 웃는 소리가 들렸다.

"돈 많이 벌어서 형을 잘 돌볼 거예요."

그의 말에 나는 흐뭇하게 웃었다. 마이는 항상 얼른 졸업해서 나를 돌보고 싶다고 말했다. 정말 진심인 것 같다.

"날 응석받이로 만들 생각이야? 돈은 너 자신을 위해 벌어야지."

마이는 항상 나보다 나이 많은 것처럼 행동한다.

미안하지만, 난 스물여덟이고, 너보다 월급도 많이 받는 으른이거든!

1000바트는 더 받는다고!

"형."

"응?"

"우리 이사할까요?"

내 왼쪽 귀로 흘러들어 온 그의 말에 몹시 혼란스러웠다.

"왜?"

"형 사무실이 너무 먼 것 같아서 클렁떠이 근처에 있는 콘도 몇 군데를 봐놨어요. 우리 둘 다 회사랑 가깝고 훨씬 편할 거예요."

마이의 설명에 나는 끙, 하고 앓는 소리를 냈다.

"이제 막 일을 시작하는데 벌써 콘도를 빌리려고? 그건 너무 부담스러운 빚이야."

마이는 이제 막 졸업한 사람치고 높은 초임을 받지만 그래도 새로 콘도를 빌리는 건 부담이 크다. 은행 대출을 받으면 10년 이상 갚아야 하는데….

"아뇨, 가족들과 얘기해봤는데 아버지께 현금을 좀 빌려서 사고, 매달 갚으면 되겠더라고요."

"…."

아, 내 남자친구가 부유한 집안 출신이라는 걸 깜빡했다.

"난 익숙해져서 괜찮아. 혹시 운전하기 힘들어서 그래?"

마이는 고개를 저었다.

"아뇨, 형이 그렇게 힘들게 왔다 갔다 하는 걸 원하지 않을 뿐이에요. 이미 콘도를 살 계획을 세웠어요."

"산다고? 이미 하나 가지고 있는데 왜 또?"

"우리 신혼집이니까요."

"…."

그 말을 끝으로 차 안은 너무 조용해져서 내 쿵쾅거리는 심장 소리가 마이에게도 들릴 것 같았다. 에어컨 바람은 내

활활 타는 열기를 식혀주지 못했다. 지금 운전하고 있는 게 정말 행운이었다. 도로를 주시한다는 핑계로 그의 눈을 똑바로 쳐다볼 필요가 없기 때문이다. 그렇지 않았으면 난 또 이상한 행동을 했을 게 틀림없다.

28년 동안 나는 결혼해서 신혼집을 갖는다는 생각을 한 번도 해본 적이 없다. 나에게는 결혼이 비현실적인 것이었지만, 벌써 마이는 우리의 훨씬 먼 미래를 보고 있다.

기분이….

너무 기쁘다.

"어떻게 생각해요?"

"음, 필요하다면 나도 보탤게."

"그럼 시간 맞춰서 같이 보러 가요."

나는 고개를 끄덕이고 앞만 바라봤다.

제이드, 너무 부끄러워도 집중력 잃으면 안 돼.

네가 운전하는 차는 300만 바트가 넘는다고, 300만!

마침내 우리는 무사히 마이의 콘도에 도착했다. 나는 안도하며 그를 따라 안으로 들어갔다. 마이는 도착하자마자 졸업 예복을 소파 위에 올려놓았다.

"먼저 씻어. 하루 종일 피곤했을 텐데."

나는 그렇게 말하고서 소파로 향했는데, 남자친구가 나를 잡아 끌어당겼다.

"형도 피곤했죠. 그러니까 같이 씻어요."

잘생긴 얼굴에 번지는 미소에는 나쁜 의도가 가득했다. 나는 그의 숨은 의도를 눈치채고 눈을 가늘게 떴다.

"그냥 샤워만 할 수는 없을 것 같은데…."

내 말에 그는 활짝 웃었다.

"아뇨, 그렇지 않아요."

그는 내 허리를 꼭 감싸 안으며 내 뺨을 어루만졌다.

"힘들었으니까, 보상의 시간이죠."

"무, 무슨 보상?"

그의 눈빛이 바뀌었다. 동시에 그가 손으로 내 엉덩이를 매만졌다.

나는 침을 꼴깍 삼켰다.

날 위한 보상은 아닌 것 같다.

"우리 사진을 회사 컴퓨터 배경화면으로 올려준 것에 대한 보상이요. 형은 너무 사랑스러워서 보상을 받을 자격이 있어요."

그러더니 그가 내 옷을 벗기기 시작했다.

"잠깐! 잠깐만. 너 안, 안 피곤해?"

그를 말리려고 노력했지만, 그는 그저 빙긋 웃었다.

"전혀요. 그냥 안아주고 싶은 거예요."

"…."

이런 에너지는 도대체 어디에서 나는 거야?

가끔은 피곤해도 괜찮다고, 넌 인간이야!

"아니면… 너무 피곤해요?"

또 슬픈 댕댕이가 출현했다.

나는 눈만 끔뻑였다.

….

아무래도 난 마음이 너무 약한 것 같다.

어쩌면… 조금만 만지게 해주는 정도는….

괜찮을지도….

"알았어. 같이 씻어."

그가 더 행복해 보이는 표정을 지었다. 그러고는 내가 마음을 바꿀까 봐 곧장 나를 들어 올려 욕실로 향했다.

잠시 후 나는 큰 교훈을 얻었다. 이 남자에게 너무 마음 약하게 굴면 안 된다고!

그에게 단 한 라운드라는 건 존재하지 않는다.

빌어먹을 킹, 이 개자식!

넌 진짜 내 수명을 갉아먹은 거야!

널 러이 크라통에 데려갈게

11월이면 나는 오랜 역사를 자랑하는 태국 전통 페스티벌을 떠올린다. 대개 음력 12월 보름날에 열리는 축제이고, 그것은….

"킹 형, 러이 크라통* 데이에 같이 갈 사람 있어요?"

우리 회사 웹사이트의 새 배너 레이아웃 작업을 하고 있었는데 건이 대화의 물꼬를 텄다. 킹은 외계어처럼 보이는 코드들로 가득 찬 화면에서 눈을 떼지 않고 대답했다.

"네가 그건 왜?"

---

* 태국 2대 명절 중 하나로, 바나나 잎으로 만든 연꽃 모양의 배를 띄워 보내며 행복을 기원하는 축제다.

"에이, 그냥 궁금해서 물어보는 거죠."

"참견이라고 하는 거지, 그건."

"네, 맞아요. 하하! 그래서요? 데이트 상대 있죠?"

"올해는 없어. 아직 찾는 중이야."

킹의 말은 그의 20년 친구인 나를 혼란스럽게 만들었다. 고등학교 시절부터 킹은 이런 날에 데이트를 한 번도 거르지 않았다. 밸런타인데이, 러이 크라통, 송크란 등 무엇이든 말이다. 그는 항상 그의 베이비와 함께 이벤트를 즐겼는데, 올해는 아직 찾고 있다고?

나는 그가 헛소리를 하고 있다고 확신했다.

"나랑 갈래, 킹?"

파이 선배는 우리 회사에서 가장 잘생긴 싱글 남자 왕좌를 되찾은 킹에게(내 남자친구가 더 이상 여기 없으니까) 물으며 윙크했다.

"아뇨, 러이 크라통은 사람이 너무 많아서 이리저리 많이 치이니까 무릎도 아프고, 너무 피곤해서 기절할지도 몰라요. 이제 나이 좀 생각해야죠."

킹은 태연한 투로 즉시 거절했다.

"아, 너 나 걱정해주는 것뿐이지? 모욕하는 게 아니고?"

"에이, 전혀 아니죠. 너무 지나치게 생각하시네요. 전 선배를 항상 존경하고 소중히 생각하고 있다고요."

그가 이번엔 감미로운 목소리로 말했다.

그리고 그녀가 자신에게 화를 내지 않는 걸 보고는 건을 향해 눈썹을 찡긋거렸다.

"선배, 킹 방금 웃었는데요!"

그래서 내가 그녀에게 일러바쳤다.

"킹!"

"제이드는 시력이 나쁘잖아요. 저 안 웃었는데."

내 가장 친한 친구는 전혀 당황하지 않고 여전히 부드러운 말투로 말했다. 그러고는 다가와서 내 머리를 때렸다. 나는 머리를 문지르면서 그를 노려봤다.

"참견하지 마. 너 일은 다 끝냈어? 오늘은 야근하면 안 돼. 마이가 기다리고 있잖아."

"알아, 이제 거의 다 됐어."

나는 작업 파일을 조심스럽게 저장했다. 오늘만큼은 거의 다 완성한 작업 파일을 날려버리는 일이 없어야 했다.

"좋아. 그럼 너넨 어디로 가?"

나는 휴대폰으로 그 장소를 소개하는 리뷰 기사를 보여주었다.

"여기."

마지막으로 러이 크라통 축제에 다녀온 건 대학교 4학년 때였다. 그러니까 소위 커플들의 축제에 안 간 지 오륙 년 정도 된 것이다. 킹이랑 으아는 늘 전 애인들과 데이트를 했지만, 난 혼자 가기엔 너무 외로워서 그냥 집에 있었다.

하지만 이번엔 나도 남자친구랑 가니까, 꽤 신이 났다. 오랜 세월 나 홀로 외로이 잉꼬들을 지켜본 끝에 드디어 나도 남자친구와 함께 강의 여신을 기리는 축제에 갈 수 있게 되었다.

드디어 제이드의 시간이 왔어!

마이는 내가 가고 싶은 곳을 고를 수 있게 해줬고, 나는 인터넷으로 열심히 검색을 했다. 그리고 방콕 중심에 위치한 대학에 가기로 결정했다. 매년 많은 외부 사람들이 그곳에서 축제에 참여한다고 했다. 근처에 지상철역이 있어 교통도 편리했고, 많은 상점과 음식, 행사들이 있는 곳이었다.

물론 내가 그저 음식을 먹으러 가려고 거길 고른 건 아니다. 그저 우리 중 한 사람이라도 심하게 배가 고파서 지쳐버릴까 봐 그런 것뿐이다, 하하.

"아, 여기. 예전에 전 애인을 데려간 적 있어. 되게 좋아."

"장소가요?"

건이 물었다.

"아니, 대학생들이. 아주 핫하다고."

킹의 대답은 내 예상과 크게 다르지 않았다. 그리고 아마 으아도 같은 생각인 것 같았다. 그가 조롱하듯 입꼬리를 비틀어 올렸고 마우스를 더 세게 클릭하는 소리가 들렸기 때문이다.

으아가 저런 선수 스타일을 싫어한다는 사실을 몰랐다면 나는 그가 킹에게 소유욕을 느끼고 있다고 생각했을 것이다.

킹은 눈치 없이 덧붙였다.

"거기 여자애들이 아주 섹시하거든. 제이드, 마이 한눈팔지 않게 잘 지켜봐."

나는 그의 멱살을 잡았다.

이 나쁜 자식이 내 남자친구를 모함하려고 해!

"마이는 너랑 달라."

나는 자신 있게 말했다.

우리가 사귄 지 1년이 지났지만 마이는 나를 속이거나 무언가를 숨기려고 한 적이 전혀 없었다. 같은 사무실에 그와 어울리고 싶어 하는 여자들이 많아서 처음엔 우리 사이에 누군가 끼어들게 될까 봐 무서웠지만, 마이는 항상 그들에게 자신이 이미 연애 중이라고 선을 그었고 그들도 존중해주었다. 그래서 별로 걱정할 일도 없다. 그러니 우리 연애는 아주 잘 되어가고 있었다.

"넌? 오늘 밤에 어디로 가?"

"모르겠어. 으아, 넌 어디 가?"

킹은 으아의 어깨에 손을 얹으며 물었다. 으아는 그에게 위협적인 눈빛을 보내며 손을 쳐냈지만, 킹은 아무 짓도 하지 않은 척 태연하게 행동했다.

으아는 결국 긴 한숨을 내쉬며 대답했다.

"난 아무 데도 안 갈 거야."

"나 같이 갈 사람 없어. 나랑 같이 가."

"안 간다고 했잖아."

으아는 이제 약간 짜증이 난 것 같지만 킹은 여전히 으아를 설득하기 위해 최선을 다했다. 최근 이 두 사람은 더 가까워진 것 같았다. 킹이 으아를 (약간) 덜 놀리고, 으아도 (약간) 덜 짜증을 냈다.

아마 수년간 줄기차게 이어온 싸움에 지쳤을지도 모른다.

부서의 다른 사람들은 업무 시간이 거의 끝나가자 가방을 꾸리기 시작했다. 나도 서둘렀다. 결국 으아를 괴롭히다 말고 킹은 가방의 지퍼를 잠그는 나로 타깃을 바꿨다.

"제이드, 러이 크라통 축제에 다녀오면 네 침실에서도 개인적인 축제를 벌여야지."

"뭐? 왜 내 침실에서 축제를 벌여?"

"뭐야, 너 몰라?"

킹은 연기 톤으로 목소리를 높였다.

그가 가까이 다가오자 나는 눈을 가늘게 떴다.

"러이 크라통은 네 처녀를 잃는 날이… 아!"

나는 킹의 다리를 걷어찼고, 그는 소리를 지르며 나에게 반격하는 대신 뒤돌아 그의 허리를 꼬집고 있는 으아에게 시선을 돌렸다.

"아아아! 놔. 놔, 으아. 아파!"

"넌 좀 아파도 돼. 왜 항상 그런 말만 하는 거야, 너 싸이코야?"

나는 행복하게 웃었다. 으아는 역시 나의 수호천사다.

그리고 빌어먹을 킹, 넌 졌어. 하하하!

"난 이제 갈 거야. 마이한테 6시 30분에 도착할 거라고 했거든. 늦고 싶지 않아."

내가 그렇게 말했지만, 킹이 나를 잡아당겼다.

"제이드."

"아, 왜애애!"

"날 믿어. 이건 러이 크라통 축제야. 즐겨야 한다니까. 같이 욕조에 들어가봐, 아주 좋을 거라고."

배은망덕한 나의 뇌는 그의 속삭임을 따라 그 장면을 상상하기 시작했다.

그리고 곧 목덜미까지 빨갛게 달아올랐다. 나는 소리도 지르지 못하고 말까지 더듬거렸다. 킹은 나를 성공적으로 놀려먹고는 유쾌하게 웃었다.

"내 아이디어 마음에 들지? 내가 마이한테 전화해서 알려줄…."

"됐어!"

나는 그를 밀쳐내고 사무실 밖으로 뛰쳐나왔다.

그의 웃음소리가 귀를 막고 뛰어가는 나를 뒤따라오며 괴롭혔다.

저 자식은 싸이코인 게 틀림없어.

그는 누군가의 약점을 알면 알수록 그걸로 더 물고 늘어졌다. 그를 남자친구로 두는 사람은 정말 운이 나쁜 것이다. 그 사람에게 미리 심심한 위로를 전한다.

* * *

마이의 사무실은 에카마이에 있고, 퇴근 시간은 나보다 30분 빨랐다. 오늘은 특별한 날이라 교통체증이 심할 테니 마이에게 먼저 거기로 가라고 해두었고, 나도 그에게 가기 위해 지상철을 탔다. 아마 비슷한 시간에 도착할 것이다.

"마이, 나 거의 다 왔어. 어디 있어?"

목적지 역이 가까워지자 남자친구에게 전화를 걸었다.

"대학 정문 앞에서 기다리고 있어요."

"알았어, 금방 갈게."

전화를 끊고 군중 속을 헤치며 바삐 걸었다. 많은 사람이 이곳에 오려는 모양인지, 지상철역도 심하게 붐볐다.

역을 나와 남자친구를 찾기 위해 두리번거리며 대학 정문으로 향했고, 얼마 안 되어 파란색 셔츠를 입고 있는 마이를 발견하고 달리듯이 걸어갔다.

"많이 기다렸어?"

그의 이마에 땀이 맺힌 걸 보고 티슈를 찾으려고 가방을 뒤지며 물었다. 그는 미소를 지으며 대꾸했다.

"10분 정도요. 쇼핑몰에 차를 주차하고서 지상철 탔거든요. 이 주변엔 주차할 곳이 없을 것 같아서요."

"응, 잘했어. 사람 진짜 많더라."

나는 티슈를 꺼내면서 말했다. 지나가는 사람들 시선 때문에 그의 땀을 내가 닦아주는 게 맞을지, 그가 닦도록 해야 할지 조금 망설였다. 하지만 마침내 결심하고 직접 닦아주었다. 마이도 얌전히 내게 맡겨두었다.

"손잡으려고…? 사람들이 많은데…."

마이가 너무 멋있어서 그럴 테지만, 우리를 쳐다보는 사람들이 많은 것 같아 그와 손을 잡아도 될지 주저했다.

"당연하죠. 사람들한테 치이거나 떨어지는 일 없으면 좋겠어요."

그는 내 손을 더 꽉 움켜쥐며 단호하게 말했다.

마이는 늘 이런 식이다. 그는 우리가 공개적인 장소에서 손을 잡거나 하는 스킨십을 할 때 사람들의 시선을 전혀 신경 쓰지 않는다. 그게 정말… 멋있다.

"배고파요? 먹을 데부터 좀 찾을까요?"

꼬르륵 소리 나는 배가 나를 대신해 대답했다. 나는 재빨리 고개를 끄덕인 뒤 마이를 근처 가판대로 끌고 갔다.

나는 로스트치킨을 얹고 마요네즈를 곁들인 밥을 주문하고, 마이는 치킨데리야끼를 주문했다. 주문을 받는 대학생이 나에게 친절하게 웃어주어서 나도 덩달아 웃었다.

요즘 아이들은 참 친절하구나.

"우와, 치킨을 이렇게 많이 줘도 돼요? 다른 손님들한테 줄 거 남겨놓은 거 맞아요?"

나는 작은 상자에 치킨이 산더미처럼 들어 있는 걸 보고 깜짝 놀라 말했다.

그 학생은 미소를 지으며 이렇게 말했다.

"고객님이 행복해하길 바라니까요. 그래서 조금 더 드렸어요."

"아, 정말 감사합니다. 엄청 착하다, 그치?"

나는 몹시 신이 나서 마이에게 말했다.

그는 미소를 지었지만… 어쩐지 오한이 드는 얼굴을 하고 있었다.

"조용하게 밥 먹을 수 있는 곳으로 가요."

계산을 마친 마이가 내 허리를 감싸 안고 노점으로부터 멀어졌다.

"왜 그래? 치킨 별로인 것 같아?"

푸드존을 떠나며 내가 조심스럽게 물었다.

마이는 한적한 곳 벤치로 나를 데려가 음식 상자를 건네주며 단조로운 목소리로 말했다.

"아뇨, 질투 나서요."

"뭐?"

나는 그를 바라보며 눈을 깜빡였다.

"질투해?"

"그 주문받던 학생이요. 형한테 관심 있잖아요."

"말도 안 돼. 그냥 친절한 거야."

"난 그 눈빛 알아요."

그 상황을 떠올려보았지만 혼란스러울 뿐이었다. 그 사람은 그냥 친절했다. 손님에게 친절하게 대하는 건 당연하다.

"난 아무것도 못 느꼈는데…."

나는 음식을 입에 넣고 우물거리며 중얼거렸다.

마이는 부드럽게 미소 지었다.

"형은 이런 일엔 정말 느려요."

"음, 그럴지도. 안 그랬으면 네가 으아를 좋아하는 거라고 몇 달이나 오해하고 있진 않았을 거야."

나는 내 말에 금방 슬픈 강아지 얼굴을 한 마이를 보고 웃었다. 지금 보면 좀 웃기지만, 그 당시에는 전혀 그렇지 않았다. 마음이 아팠다고 하니 정말로 미안하고 슬펐다.

우리는 식사를 하며 대화를 나누었다. 오늘 일은 어땠는지, 사장님은 또 어떤 변덕을 부렸는지 같은 것들이었다. 다른 커플들도 우리처럼 서로의 일상에 관심이 있는지 모르겠지만, 나는 매일 마이의 하루가 어땠는지 알고 싶었다. 물론 마이도 그랬다. 사랑하는 사람과 이야기를 나누는 것은 서로의 관계를 더 돈독하게 만드는 데 큰 도움이 된다. 그리고 고된 하루의 피로를 덜어내는 데도 좋다.

"이제 크라통 사러 가요."

우리는 다 먹은 음식 상자를 쓰레기통에 넣었다. 마이는 손을 잡고 날 크라통 상점으로 데려갔다.

하늘은 완전히 어두워졌고, 축제는 점점 더 많은 사람들로 붐볐다. 우리는 인파 속을 거닐며 주변의 예쁜 조명 장식들을 구경했다. 마이는 내가 사람들에게 치이거나 길을 잃지 않도록 내 손을 꼭 잡아 이끌었고, 나는 그의 배려와 든든함에 감동받으며 크라통 가게들을 둘러보았다.

이곳의 모든 크라통은 천연 재료로 만들어진 것이었다. 그중 많은 것이 전통 방식 그대로 바나나 잎을 이용해 만들어졌다. 바나나 꽃으로 만들어진 것도 있고, 밝은 색의 바삭한 옥수수로 만든 만화 캐릭터도 있었다. 심지어 꽃 모양 얼음 조각으로 만들어진 것도 있었다. 나는 바나나 꽃으로 만들어진 것을 50바트에 구매했고, 마이와 함께 대학 앞 연못으로 가서 향과 촛불을 켰다.

그러고는 눈을 감고 물의 여신에게 나의 일과 사랑이 지금처럼 순조롭고 행복하기를 기도했다.

마이가 오래오래 옆에 있었으면 좋겠어요.

그런 다음 크라통을 마이에게 건네주었다. 그도 짤막하게 기도를 한 후 나와 함께 연못 가까이로 다가가 몸을 낮추고 크라통을 띄워 보낼 준비를 했다.

"같이 해요."

우리는 크라통을 함께 잡고, 물 위에 올려놓았다. 그리고 크라통이 물 위를 떠다니는 것을 가만히 지켜보았다. 밤바람에 촛불이 일렁였고, 우리는 그것이 꺼지지 않기를 바라며 조금 더 지켜보았다. 불꽃이 빨리 꺼지면 연인에게 불운이 따른다고 했기 때문이다. 다행히 우리 크라통의 불꽃은 무사했다.

"무슨 기도 했어요?"

"내 일 잘 풀리게 해달라고, 그리고 너랑 오랫동안 함께 있게 해달라고 했어."

나는 연못에 떠 있는 크라통을 바라보며 말했다. 마이의 팔이 내 어깨를 감싸 안았고, 나는 그를 돌아보며 함께 미소 지었다. 그의 갈색 눈동자에 비친 연못 위 수많은 촛불의 불빛이 더욱 부드러워 보였다.

"그건 기도할 필요 없어요. 무슨 일이 있어도 함께 있을 거니까."

나는 불교식으로 기도했고, 마이는 웃으며 다시 연못으로 시선을 돌렸다.

이제 우리 크라통은 연못 한가운데를 떠다녔고, 촛불은 우리가 처음 띄워 보냈을 때처럼 여전히 예뻤다.

나는 마이가 이 장면을 봤으면 좋겠다고 생각하며 그를 돌아보았다. 그런데 그는 어느새 조금 떨어져서 휴대폰으로 내 사진을 찍고 있었다.

"내 사진 찍어?"

나는 그의 휴대폰을 들여다보며 물었다.

왜 난 전혀 멋져 보이질 않아?

"지워줘. 나 바보같이 나왔어."

"아주 사랑스러워요."

마이는 내가 직접 사진을 삭제하기 전에 재빨리 웃으며 휴대폰을 치워버렸다. 그리고 가까이 다가와 내 어깨를 감싸 안은 다음 이벤트가 진행되는 무대 쪽으로 고개를 돌렸다.

"저쪽으로 가요."

"지금 콘테스트가 열릴 건데, 왜? 예쁜 여자들이 보고 싶어?"

"그래서 형이 질투한다면 그러고 싶어요."

"가자. 나 예쁜 여자들 보고 싶어."

"그럼 됐어요. 먹을 거나 찾아보러 가요."

마이는 즉시 마음을 바꿨고 나는 웃었다.

내가 질투하길 원해놓고는 바로 자기가 질투를 했다. 이럴 때 보면 정말 어리다.

우리는 다시 푸드 존을 찾아갔다. 나는 아직 배에 디저트 먹을 공간이 남아 있었기 때문에 아이스크림을 샀다. 물론, 내가 먹고 싶어서만은 아니었다. 내 남자친구는 아직 어리니까, 아이는 많이 먹어야 한다. 그래서 간식을 잔뜩 샀더니 어느새 마이의 손에는 간식 봉지가 가득 들려 있었다. 아이스크림을 다 먹은 후에는 그를 풍선 다트 부스로 데려갔다.

"나 단 한 개도 못 맞혔어, 마이."

투덜거리며 마이를 보았는데, 그는 부스 주인에게 큰 스티치 인형을 받고 있었다.

"다 맞춘 거야?"

"네."

그는 아주 환하게 미소를 지었다.

역시 신은 너무 편파적이다.

다트도 잘한다고? 이렇게 완벽할 순 없이!

마이는 자신을 지켜보고 있던 열 살쯤 된 소녀에게 큰 스티치 인형을 주었다. 우린 둘 다 어른이고 방에 큰 인형을 둘 필요가 없었다.

마이는 나를 데리고 여러 게임을 더 했고, 시간이 흘러 저녁 8시가 될 때까지 크라통으로 가득 찬 아름다운 연못의 광경을 구경했다.

"이제 집으로 돌아갈까요?"

앞에 놓인 멋진 풍경을 찍고 그것을 배경으로 우리 셀카를 몇 장 찍은 뒤 마이가 물었다. 나는 고개를 끄덕였고, 그는 다시 내 손을 잡고 출구로 향했다.

나는 마이의 손을 잡고 하늘을 물들인 화려한 불빛을 올려다보았다. 큰 보름달이 우리 머리 위 하늘에서 빛나며 이 축제를 더욱 특별하게 만들었다. 맞잡은 손의 따뜻한 온기를 느끼며 나는 앞을 바라보고 있는 연인에게 고개를 돌렸다. 동시에 내 얼굴에는 행복한 미소가 그려졌다.

올해 러이 크라통 축제는 그 어떤 해보다 더 좋았다. 아니, 사실 사랑하는 사람이 옆에 있으면 언제 어디서나 무엇이든 특별할 수 있다고 생각했다.

(끝)

당신의 평범함을 누구보다 비범하게 여겨줄
누군가를 만나길

오롯

월급날이면 한 달간 무사히 버텨낸 나에게 주는 선물로 비싸고 맛있는 음식을 사 먹는다. 하지만 월급날이 코앞인 시점엔 그야말로 가난의 궁지에 몰려 스틱 커피로 혈중 카페인 농도를 달래고 조금이라도 아끼려 애를 쓴다.

심지어 이놈의 월급은 도대체 얼마나 강력한 관성이 작용하는 건지 몇 년을 일해도 땅바닥에 붙어 조금도 올라올 생각이 없다. 매일 아침 기계처럼 똑같은 시간에 일어나 지옥철을 타고 출근을 하는 이유도 헌신적으로 일하고 싶어서가 아니다. 그저 먹고살기 위해 돈을 벌 뿐, 커리어를 쌓아 전문가로 성장하는 데는 그다지 관심도 없다.

할 수만 있다면 침대에 누워 하루 종일 최애의 영상을 보면서 뒹굴거리고만 싶고, 그나마 지옥의 인파 속을 뚫고 출근해서도 관심사는 온통 오늘의 점심 메뉴다. 퇴근 후엔 배달앱을 뒤져 음식을 시켜놓고 OTT를 뒤적거리며 오늘은 무엇을 볼까 고민에 빠지는 게 그나마 행복한 한때다.

드라마를 시청하다 느지막이 잠이 들고 다시 비척비척 일어나 출근하는 루틴한 삶의 반복. 문득 이도 저도 아닌 내 인생이 지루하고 보잘것없어 보일 때면 주위의 특출난 사람과 비교되어 좌절감도 커진다. 이런 시간도 오래되면 곧 뭐든지 적당하고 보통뿐인 지루한 삶에 무언가 특별한 일이 생기길 바라는데도 지쳐 체념하고 그저 그렇게 산다. 내가 이렇게나 평범한데, 특별한 일이 생길 리가 없지.

내 이야기인가 하고 생각했다면, 맞다. 이건 당신의 이야기이자, 나의 이야기이고, 우리 모두의 이야기이다. 이것이 흔한 우리네 보통의 삶이고, 궁극의 평범함이며, 이 이야기의 주인공인 제이드도 그렇다.

그는 항상 중간에 있는 사람으로 삼 남매 중 둘째이고, 잘생기지도 못생기지도 않은 중간의 외모에, 키도 태국 남성 평균, 우수하지도 열등하지도 않은 중간의 성적으로 학업을 마친 20대 중반의 남자다.

이런 그의 삶에 유일하게 중간이 아닌 게 있다면 낮은 월급

뿐. 그는 월급날엔 고급 프랜차이즈 커피를, 월급이 바닥날 즈음이면 노점 블랙커피로 버티는 여느 직장인이다. 적은 월급으로 빠듯한 방콕살이를 버텨내며 자차는 꿈도 꿀 수 없고, 지옥철로 출퇴근을 하며, 퇴근 후엔 맛있는 음식을 놓고 좋아하는 코난 만화를 보는 게 삶의 낙이다.

새로 연봉 계약서에 사인을 할 때면 인상분으로 내게 줄 보상을 열심히 꿈꾸지만 동결에 가까운 연봉에 좌절하고 그럼에도 어쩔 수 없이 직장에 다닌다.

너무 별 볼 일 없는 주인공 같은가? 하지만 이것이 내가 제이드를 사랑하는 이유다. 삶에 딱히 큰 굴곡은 없지만, 그렇다고 특별히 좋은 것도 아닌, 그저 중간 정도로 살고 있는 똑같이 평범한 사람인데 심지어 잘난 사람들 사이에 끼어 있는 미들맨. 소설 속에서 처음 만난 제이드에게 동질감을 느끼고 나니 진심으로 그의 인생에 특별한 일이 생기기를 응원할 수밖에 없었다.

주변인들의 후광에 가려져 평생을 살아오느라 작아질 대로 작아져 있는 지극히 평범한 남자. 그런 제이드 앞에 나타난 여섯 살 연하의 인턴, 마이는 매년 받아오던 골치 아프고 성가시기만 한 인턴과는 다르다. 키 크고 잘생기고 목소리도 좋은데 예의 바르고 실력도 좋다. 제이드는 이 매력적인 인턴이 그의 친구 으아를 좋아한다고 착각하지만, 실제로 그의 눈을 사로잡은 사람은 바로 제이드 자신이다.

평생 자신처럼 평범한 사람을 좋아할 사람은 어디에도 없을 거라고 굳게 믿어왔던 제이드는 그런 마이의 마음이 착각일 거라고 부정하지만, 보잘것없다고 생각해왔던 그의 평범함이 마이의 눈엔 누구보다 특별한 것이었다.

"선배는 평범하지 않아요. 제가 선배를 사랑하지 않을 이유가 없다고요."

자신만의 가치가 있다고 생각하려고 노력했지만, 반복적으로 비교당하고 좌절을 겪으면서 자신감이 희미해진 제이드는 마이의 말을 가슴에 머금고 꽃을 피운다. 평범해서 별 볼 일 없는 것 같지만, 그 평범함을 누구보다 특별하게 여겨주는 운명의 남자를 만나 평범한 삶을 살며 점점 잃어가던 자신감을 되찾는다. 그리고 여전히 평범하지만, 그런 자신을 끔찍이 사랑해줄 사람이 있고, 그런 사람과 함께하는 자신의 삶이 누구보다 특별한 삶이라는 걸 깨닫는다.

나는 이 소설을 번역하는 동안 제이드와 마이가 내 사무실에 있는 최애인 양 응원했다. 마치 내 사무실에 있을 것만 같은 짠하고 안쓰러운 제이드, 그 와중에도 특유의 엉뚱함으로 열심히 살아가는 사랑스러운 그가 얼른 제 삶도 다른 사람들처럼 빛날 수 있다는 것을 깨닫게 되기를 응원했다.

그리고 마침내 그를 누구보다 특별한 사람으로 여기는 마이와 연애를 시작했을 때는 누구보다 기뻤다. 어른스럽고 다정한 마이의 사랑을 받으며 뒤늦은 연애를 하면서도 성장해가는 제이드가 내 자식인 것만 같았고, 마이의 눈에 비친 제이드가 누구보다 사랑스럽고 특별하게 느껴져서 덩달아 뿌듯하고 행복했다.

여느 키 크고 잘생기고 예쁘고 똑똑하고 능력까지 좋은 영앤 리치 주인공의 사랑 이야기에 조금 지쳤다면, 별다른 큰 사건 사고는 없지만 그래서 더 현실 같고 친근한 이 담백한 맛의 연애 소설을 읽어보라고 권하고 싶다.

현실과 상상이 적절하게 조화를 이룬 이 소설을 보면 어처구니없을 정도로 엉뚱한 제이드의 상상력에 누구라도 웃음 짓지 않을 수 없을 것이고, 어느새 모두가 한마음 한뜻으로 그의 연애가 성공하기를, 그가 더 이상 그의 인생에서 미들맨이 아닌 센터맨이 되기를 응원하게 될 것이다.

그리고 이야기가 끝나고 다시 현실로 돌아올 사람들에게

사회가 정한 틀 안에서 중간을 유지하며 평범하게 살아가고 있는 것이야말로 엄청난 능력이라고, 당신만의 평범함은 누구보다 특별할 수 있고, 제이드처럼 그런 당신의 평범함을 누구보다 비범하게 여겨줄 누군가를 만나길 바란다고 응원의 말을 전하고 싶다.

미들맨즈 러브 2

1쇄 발행 2024년 1월 31일

지은이 littlebbear96
옮긴이 오롯
펴낸이 배선아
디자인 강민영
펴낸곳 TaiBL(테이블)

출판등록 2017년 3월 13일 제2022-000078호
주소 서울특별시 마포구 성지1길 35, 4층
대표전화 02-6269-8166 **팩스** 02-6166-9199
이메일 taibl.novel@gmail.com
트위터 https://twitter.com/TaiBL_novel

ⓒ littlebbear96, 2024
ISBN 979-11-6316-515-6 04830
 979-11-6316-516-3 (세트)

일러스트 Shimotsuki04

잘못된 책은 구입하신 서점에서 교환해 드립니다.
이 책은 저작권법에 따라 보호받는 저작물이므로 무단 전재와 복제를 금합니다.